香港文學通論

從金庸、余光中到西西

黃維樑 著

中華書局

Supported by

本書出版獲香港藝術發展局資助

自序

一甲子對香港文學的關懷

讀大二那一年，在春夏之交的時節，埋頭埋腦做作業和應付考試之際，沒有談戀愛，卻寫了一篇愛情小說的評論，題為《看〈星星．月亮．太陽〉》，在《盤古》雜誌發表，洋洋六千五百字。作者徐速把一男三女的愛情寫得「崇高無邪」，我幻覺是個文學批評家，東徵西引一些文學作品做比較，對小說的內容和技巧加以評論，褒貶都有。徐速先生器量大，把拙作轉載於其主編的《當代文藝》。應付考試期間，為什麼還費時費力寫這篇長文章，用紙上談兵的戀愛觀來看《星星．月亮．太陽》？堂皇的理由是：「當時我有感於香港的文學，是好是壞，都甚少得到注意和評論，於是毅然寫作本文」（引自 1984 年 9 月我為此文所寫的《後記》）。

1969 年大學畢業，留學美國，1976 年回港，在母校香港中文大學教書；我經常參與本港的文學文化活動，而關注本土是當年知識分子的一個重要理念。幾年後「九七」問題冒起，香港的回歸祖國成為一大議題：香港的過去有什麼文化表現，未來的歲月又會如何。內地的學者對香港也十分關心，十分有興趣研究：這個即將回到母親懷抱的孩子，生長出落得什麼樣子。「香港學」由此興起。1980 年代上半期，我發表為數可觀的文章，對香港文學的本質和現象從各個角度加以探討，從而有 1985 年春夏之間《香港文學初探》的出版（出版者華漢文化事業公司把此書列為「名家系列」的第一部）。

《初探》是港內港外首部論述香港文學的專著，引起港內港外的很多注目，好評甚多，也有表示不滿的。此書 1987 年北京的友誼出版公司推出內地版，內容與港版全同；1988 年港版第二次印刷。論者對我主張的「多論作品，少貼標籤」，對我的「正視通俗文學的態度」，對我將香港作家分為四大類別，對我通過本書「徹底否定了『香港是文化沙漠』的說法」，對我「靈活」「精彩」的、宏觀微觀兼備的析評手法，予以肯定和鼓勵。內地研究香港文學的中山大學中文系王劍叢教授，2005 年這樣回憶：「1986 年我託友人從香港買了黃維樑博士的《香港文學初探》，翻開來一看，我如獲至寶」；此書讓讀者「清晰地看到了香港文學的基本狀貌」；此書「對一個開始香港文學研究者來說，非常重要。它就像一幅指路圖，也是一本入門書，我是放在身邊隨時翻閱的」（引自《香江文壇》2005 年 12 月所刊王文）。研撰成果獲好評，我深感欣慰，引述之，為自己「貼金」；其實也是為香港文學文化「貼金」，那句通過本書「徹底否定了『香港是文化沙漠』的說法」不無誇飾之處，我讀來卻實在感動。

「香港文學的基本狀貌」究竟怎樣？我在《初探》一書和後來的相關論著，有這樣的描述：香港文學百多年來不斷演化，形成了古今兼攝、中外並蓄、雅俗共賞的特色。便捷普及的專欄雜文、精緻高華的學者散文、創意豐盈的現代小說、風雅傳承的舊體詩詞、瑰奇多姿的現代詩、益智多趣的兒童文學、天空海闊的旅遊文學、異彩紛呈廣受歡迎的武俠科幻言情小說，如此的活潑紛繁，加上嚴肅從事的古今中外兼顧的文學研究，加上香港在文學交流的重要貢獻，總括起來可說明香港文學的主要特色和成就。

文學是人生社會的大寶藏，我數十年來東觀西望，東尋西挖，興趣盎然，收穫豐盈；如要歸納我的文學研究重點，則有三個：香港文學研究、余光中研究、《文心雕龍》研究。學界同道有厚愛稱譽我的，說我為港學奠基、為余學奠基、為新龍學奠基。我非惟精惟一專注港學，《初探》之後，卻仍然關注香港文學的活潑紛繁。看到新人新作迭出，禁不住津津樂道作家作品的種種美善，一本一本的評論文集因而先後面世：1996 年的《香港文學再探》、2004 年的《期待文學強人：大陸台灣香港文學評論集》（全書 26 萬字，關於香港文學的有 13 萬字，即佔了一半的篇幅）、2018 年的《活潑紛繁：香港文學評論集》、2021 年的《海上生明月：談金庸與胡菊人》，合共四本。此外 2024 年的《當代文學自由談》有九篇文章講的是香港的文學創作、文學研究和文學交流。數十年來經我詳論或點評的作家，從許地山、司馬長風、徐速、林以亮、金庸、劉以鬯、饒宗頤、曾敏之、蘇文擢、餘光中、倪匡、戴天、犁青、林燕妮、林曼叔、西西、也斯、吳康民、胡菊人、金耀基、梁錫華、蔣芸、小思、阿濃、林行止、陳耀南、董橋、岑逸飛、黃國彬、潘銘燊、亦舒、彥火、陳浩泉、黃坤堯、西茜凰、陳德錦、王良和、胡燕青、陳煒舜……難計其數，無論如何點兵點將，都是點不完的。

百多年來香港文學活潑紛繁、包羅萬象，資料要整理、作品要析評、歷史要編修，非少數人所能成功，單靠一人更難如登天；幸好 1980 年代中期以來，研究香港文學的香港內外學者人數增多，成果日豐，我在本書的《香港概述》一文對此已有介紹。

現在，2025 年春夏之間出版的，諸位讀者面前有這本拙著《香港文學通論》。新書名為「通論」，因為一如既往，我希望所有的論述，都力求客觀中肯，力求通情達理。用「通論」一詞，還因為書中有一長文名為《香港文學概述》，新寫成的，對香港文學的概括雖然簡略，卻是一個通盤的考察。本書內容分為五輯，書稿的先後次序是：一，概述和研究方法；二，新詩和舊體詩；三，專欄雜文和學者散文;四，小說:「高雅」和「通俗」;五，敘事和抒情；另外有附錄一小輯。

第五輯的文章比較輕鬆、比較「接地氣」：我記述金庸如何在大學校園與眾多教授談笑風生，如舌戰群儒，如高手過招；我建議香港作家如何為香港「搶遊客」給力；我語帶譏諷描繪香港文學的一幅「錢景」；我掃描香港和外地學者作家如何歡愉交流。本書的編輯先生認為把第五輯移前成為第一輯比較好，因為這樣讀者會開卷「有趣」，跟着「有益」地讀下去。我從善如流，乃有目前的輯次先後。文學的功能，歸根結底，不外是讀來感到有益和有趣。活潑紛繁的香港文學，兼具這兩大功能。我論述香港文學，也希望把文章寫得有益和有趣：書中高頭講章和輕鬆小品並存。

首部論著《香港文學初探》(內含《看〈星星・月亮・太陽〉一文》) 出版至今剛好四十年，《初探》以及其後的《再探》（1996）、《期待》（2004）諸書都絕版多年，其中的一些文章不時有同道提及，他們且希望《初探》重版面世。在編輯近年論著成為《香港文學通論》一書時，我自珍起來，我從眾起來，把《初探》、《再探》、《期待》中若干「重頭」文章編入目前這部新書，以饗較為年輕的讀者。

《看〈星星．月亮．太陽〉》一文寫作、發表於1967我讀大二那一年，這樣計算，我對香港文學的關懷和書寫，已將近一個甲子了。近六十年來，香港內外眾多先生女士邀稿、接受投稿、邀請在研討會發表論文、邀請出書、接受出書的請求、用心用力編輯拙作，還有從小學到研究院無數老師對我的教導，還有很多位我敬重的前輩和好友對我的敦促、指教與支持；一甲子裏的高人雅士們，其大名芳名，多如天宇閃亮的星星，他們給我的啟發有如月亮的澄明，給我的支持與鼓勵更有如太陽的溫暖以至熱情。我獻上無盡的感謝。

至於這本《香港文學通論》的出版，我當然要特別感謝香港藝術發展局的資助、香港中華書局編輯部專業細緻的工作；還有，老校長金耀基教授又一次揮墨賜題書名。

寫於2025年勞動節

目錄

一　香港文學：敘事和抒情

二　香港文學：概述和研究方法

五　小說：「高雅」和「通俗」

附錄

香港文學：敍事和抒情

金庸在大學校園會群英

時間：1979年10月31日晚上
地點：香港沙田香港中文大學校園

（一）高朋滿座，初晤名士大俠金庸

馬料水山上的雲起軒，傳出金大俠要來主持「晚餐敍談」的消息，大家都頗為興奮。金大俠是文林一流大手筆，又主持《明報》筆政，迷他的讀者很多。而高人平時不肯輕易亮相，山中各人心想這是一睹廬山真面目的大好機會，於是都來了。

時維（農曆）九月，序屬三秋，金風送爽，正當入暮時分，雲起軒高朋滿座，等候大俠駕臨。這個晚上，馬場挑燈夜戰。金氏過了七時，仍未見來到，眾人猜想一定馬兒當道，阻塞了交通，大俠的座駕受困，欲速不能。大家飢腸轆轆，正在議論紛紛之際，金大俠翩然而至。

軒主在門前笑臉躬迎客人入座，略事寒暄，介紹之後，晚餐開始。飯後軒主作開場白，語多風趣，大俠與大家無不怡然而笑。軒主這樣說：「我在二十年前服兵役時，初讀金庸先生的《射雕英雄傳》，十分佩服。見金庸是我本家，我更有『與有榮焉』的感覺。於是查一查作者，才得知原姓查。金庸先生的原名是查良鏞。他的社評寫得好，見識超卓，大家都拜讀過，也不必言。他的社評，我是天天看的，可是，他的武俠小說，我就只看了那一本《射雕英雄傳》。」說到這裏，雲起軒主人金先生稍為停頓，製造了一個懸疑氣氛。接着說道：「因為他的小說太迷人了，一看下去，就什麼事都不必做了。我想有兩種人，怕讀金庸的小說：一種是我那類，深恐入迷；另一種是怕破產。你們都知道，金庸先生的小說，不斷修正，精工重印，定價頗不尋常，每本都買，你說破不破產？」軒中近四十位朋友，聽後大笑。笑有益身心，猶記數月前陳存仁醫生在本軒主持「敍談」，奉勸大家平居多笑，可延年益壽。金軒主可謂得其三昧矣。軒主繼而表示，同仁深感榮幸，得查先生光臨，請大家不要客氣，隨意談談，隨即請查氏發言。

（二）藝高人謙和，思想很現代

此時，丁字型餐桌的各人，屏息收聲，大有靜觀武林高手踏上擂台，如何使出第一招的氣氛。俗語說藝高人膽大，其實說藝高人謙虛更有道理。金大俠說最喜歡和有學問的人聊天，希望以後退休了，在沙田買個房子住下來，這樣就可以時時來大學旁聽課了。在座諸君，聽到這番恭維，雖然明知是客套話，心中怎能不感到非常受用？

近年來，作家的社會責任，在香港的文藝界，是個熱門的話題。座中一位高先生首先發問：「武俠小說和武俠電影，應該怎樣和社會教育配合？」問者語氣極為謙和，但毫無疑問，這是熱辣辣、頂硬朗的一招。金大俠從容不迫，答稱教育是一個大題目，而文藝的教育性，千百年來討論得很多。所謂「文以載道」，究竟文藝是否必須為社會人生服務呢？金庸認為文藝也有娛樂的功能，不必一味強調實用價值。

隨後一位劉先生問：為什麼中國人喜歡看武俠小說？劉先生也是妙語如珠的人。他先說曾與朋友討論到中國人的特性，有人說中國人喜歡打麻將，這是特性。後來一想，不對不對，好此道者不孤，比方說，還有猶太人。想來想去，愛看武俠小說，才是中國人的特性。可是，為什麼中國人喜歡看武俠小說呢？

金大俠接過這一招，說：武俠小說寫的是中國人的道德倫理，有濃厚的民族色彩，這是吸引中國讀者的原因。

座中一位陳先生，熟讀《神雕俠侶》等書，立即指出：金庸的武俠小說中，如涉及楊過和小龍女的愛情，表現的思想並不是傳統那一套。此外，小說裏面多處流露出對少數民族的同情，作者也不站在統治者的立場說話。凡此種種，是否表示金庸先生對中國某些傳統觀念提出了質詢？

金氏答道：我身為現代人，不免有現代人的思想；作品所表現的情思，不盡合古人那一套，不足為奇。

（三）常苦思數日才得武功的一招半式

「現代」這一觀念一經提出，馬上有回應。另一位「金迷」張先生跟着發言。他說自己看武俠小說，至少有一百部。看了金庸的作品之後，就覺得從前所看到的武俠小說，全部可以休矣。不過，張先生說，若干現代的東西，都飛到數百年前了。例如，太極拳的很多招式名目，是現代才有的；但是金庸的作品早就出現過了，那寫的是幾百年前的事啊！

金氏連忙說，自己的想像力確實超前了，又說自己的確不會武功，小說裏面的招式，都是虛構出來的。招式的名目故意用上了詩詞的字眼，這樣比較好聽、比較有趣。

談到寫作經驗，雲起軒主人金先生，興致勃勃插口道：「查先生的小説，人物眾多，撰寫小説之前，是否已畫好了圖表，或者寫好了一張一張的卡片，然後照着去刻畫人物、鋪陳故事？」

金庸説，當中主要角色，都已一一構思停當，然後寫作。不過，也有即興的成分。《書劍恩仇錄》是他的第一本小説，寫到後面，不禁大發議論，説皇帝（指乾隆）的話不可盡信。這番話和小説的主線沒有多大關連。

接下來的問題，由一位胡女士提出，她也是一位金庸迷，胡女士説：《鹿鼎記》中的韋小寶，年紀輕輕，就懂得那一大套花樣。他的所作所為，究竟是不是有查先生的經驗在？金大俠接這一招，仍然一副面不改色的態度；只見他金絲眼鏡後雙目一轉，徐徐答道：「小説連載時，我每天寫一千字左右，一邊寫一邊想。韋小寶的各種花招，不是十秒八秒就想出來的，有時想了好幾天，還想不到一種花樣哩！」座中各人，發出笑聲。笑聲過後，金庸表示小説人物的行為，大多是想像出來的，而非根據自己的經驗。

問題此起彼落，仿如刀光劍影，又如舌燦蓮花，煞是熱鬧。有人問查氏，他自己最喜歡哪一本作品，又有人請教，何以《鹿鼎記》後即不見有新作面世。金庸謙稱很難説哪一部作品自己最滿意，不過，他有一個原則，就是不重複自己寫過的故事和人物。每一本小說，總希望和上一本不同。如近期的《鹿鼎記》特別的地方，在於最為兼顧主角正反兩面的性格。主角韋小寶叛國出走，這種安排，有些人會認為不可思議。不過，人不會絕對地好，也不會絕對地壞，正如真理不會永遠只站在某一邊。教條化、絕對化是他所深惡痛絕的。這些意思，小說中和社評中，都表現了出來。金庸很久沒有新作品面世了，他的解釋是沒有新意要寫。勉強要寫的話，只有重複自己、抄襲舊作。他不會這樣做。

武俠方面的問題，大體如上所述。跟着的問題，有關於政治的，也有關於新聞事業的。後者構成了敍談會下半部分的內容。

（四）盛讚香港的新聞自由

座中潘先生、皇甫先生、朱先生先後提出了問題。潘先生遊學美國歸來不久，對美國的新聞自由、揭發水門醜聞的調查性新聞報導甚感興趣，而香港最近一位外國記者，要在扶輪會上發表演說，則受到阻擱。香港報紙一般而言，又缺乏深入的調查性的新聞報導。幾年前葛柏貪污事件，本來報界大可調查研究，然後據實報導；可是香港各報，並沒有這樣做。潘氏就此請教查先生的高見。

查先生認為香港的新聞自由相當充分。1967 年某報被政府封閉，社長被捕入獄，當時報界憤憤不平；後來該報解禁，社長獲釋，大家對此事也就不了了之。類似的事件就只有這一宗。最近那名外國記者要向政府索取資料；其實政府對這些要求是不會斷然拒絕的。不過，索取的人能否如願，視乎個別情形而定。美國憲法維護新聞自由，新聞界向政府索求檔案，除非是極端機密的，否則有求必應。香港這方面的條文不很清楚，可是政府不會斷然拒絕索取者的要求。香港政府對於不利於當局的言論，當然頗為緊張；可是，查先生在報界工作了三十一年，政府插手禁止刊登某某消息，這類事情，他還不曾經歷過。

查先生續稱：至於調查性新聞報導，這自然是很好的，不過，香港一般報館規模小，人手不足（11 月 1 日起，香港的報紙，售價由三角增至五角，聯名刊登加價啟事的日、晚報就有四十八家，報館數目多，而大多數報館的規模則不大），要作調查性報導大有困難。紐約只有三份報紙，華盛頓等大都會，每城報紙也是那麼三兩份，資金集中而雄厚，自然可以從事調查性報導。另一方面，香港即使有記者作這類報導，報館老闆有沒有勇氣刊登這類文章，也很難說。報紙靠廣告，老闆不太敢得罪大機構大財團。即使歐美的報紙，也免不了這些顧慮。

討論到新聞自由，皇甫先生補充說，據他研究英美報業史所得，新聞自由是要新聞工作者自己努力爭取的，政府不可能雙手把自由奉送給新聞工作者。查先生表示極為同意這個見解。皇甫先生又說香港應有報業評議會之設，以求自律。查先生謂香港的報紙水準參差不齊，對組織評議會之事，不敢樂觀。皇甫先生最後一個意見是：香港的報紙，應多刊登署名的文章。

金庸謂這個建議很好，有分量的文章，如好的特寫、專稿，應該署名發表；一方面表示負責任，一方面可說體現了明星制度的精神。金庸十分贊成表現好、報酬高的明星制度。不過，他打趣道：記者太出風頭也不好，一旦成了名記者，就容易給別人挖走了。眾人至此又一笑。

朱先生有感於香港中文報業人員待遇低，很多新聞系畢業生，寧可教書，也不願到中文報紙工作。很多記者和編輯，都只有中學程度。現代社會這樣複雜，如此教育程度的從業人員，能否勝任工作，頗成疑問。金庸答謂：中文報紙從業人員的待遇低是事實，不過情形在逐步改善中，現在大學畢業的記者和編輯，愈來愈多了。

潘先生跟着再發言。他說《明報》及《明報月刊》

都是知識分子愛看的刊物。明報機構站穩了之後，會怎樣發展和改善呢？例如有沒有考慮出版叢書呢？如果查先生有「美夢」，能否和我們一起分享這個「美夢」呢？

金庸一再謙稱，《明報》的缺點仍多，很多文章仍嫌淺陋，需要各位批評。說到叢書，明報出版社一直有出版。查氏透露，《明報》在策劃增加思想性的文章，每星期會刊登一至兩篇；適當的調查性報導，也會刊載。

金庸先生就這樣討論了香港的報界和《明報》本身。還有兩個回答，順記於此。座中另一位劉先生，是查氏多年朋友。劉先生說，金庸的作品文字，沒有一點洋味，讀起來非常舒服。他修訂自己的武俠小說，在某本的後記中，特別說明，他修飾潤色，去掉文字中的若干洋腔洋調。由此可見查先生對文字極為考究。查先生的文字真好，請問有沒有什麼金針，可以給予時下的作者，使他們也寫出純潔的中文。金庸先生答道：對這些恭維不敢當。中文大學有幾位先生，最近就寫過文章鼓吹純正的中文。

（五）喜愛中國古典小說，兼及西方浪漫作品

最後座中一位黃先生發言：「從武俠到報業，查先生，也就是大家所稱的金大俠，把問題一一化解了。我

最後這個問題，回到今天晚上的主題『武俠小說與文學』上面去。查先生的文字好，我非常佩服。請問您可受過某些作家的影響？或者說，您最喜歡哪些作品：古代的、近代的？另外一個問題是：您小說中的人物，並非善惡分明，角色近於現代批評家 E.M.Foster 所稱的圓形人物，請問您的創作有沒有受到過這類文學理論的影響？」

金庸先生答稱他沒有。他很喜歡中國古典的傳統小說，也很喜歡西方的浪漫作品，也許曾不知不覺地受到他們的影響，但應未受到某一特定作家的影響。他偏愛古文的簡潔，古書中，他喜歡《資治通鑒》。至於他的創作，他認為並沒有受過什麼理論的影響，他並不相信什麼文學理論。

答完最後這個問題，已經十點多鐘了，雲起軒主人宣佈敍談結束。金大俠連拆了數十招，招招多見功力，氣定神閒，姿勢穩健。座上諸客，無不佩服。這時眾人走出軒外，清風習習吹來，一彎新月，點點星光。校園面對八仙嶺，眾人頓感仙風俠骨，飄飄然有在峨眉山巔之概。大俠與諸客揮手道別，對着潘先生說：「您提出來的問題很好，很好！」

筆者在下山歸家途中，與同行者繼續聊天，大家都衷心佩服金庸的文學功夫。蔡先生是一位文學家，他說有一次學者文人相聚，大家對金庸的武俠小說，多能侃侃而談，對「嚴肅」的文學作品反而頗感陌生。我補充說，武俠小說一定會在文學史上佔一席地位，好的武俠小說也能夠嚴肅地探討人生問題。武俠小說情節離奇詭祕，這是它吸引大量讀者的地方；不過，這個特色，也使它難以登上文學的最高境界。斯時歸家心切，而路燈昏暗，不過我仍然看到「青年文學獎」的巨型招貼。「青年文學獎」是香港的大學生籌辦的，今年已到了第七屆，香港的青年為文藝已盡了極大的努力。香港市政局今年舉辦了第一屆「中文文學獎」，這是政府有史以來首次大力舉辦的文學獎，希望當局繼續支持，並且擴大支持，也望其他團體如大報館能俠骨豪情，回應此事。香港鑿通了海底隧道和地下鐵路，這些大氣魄的成就值得台灣參考借鏡。反過來說，台灣各大報刊和高水準副刊和隆重的文學獎，則值得香港的同業參考借鏡。

寫於 1979 年 10 月 31 日

補記

　　此文提到的人物全名為：金軒主自然是金耀基院長（後來他成為中大的副校長、校長）；劉先生指哲學系劉述先教授（另一位劉先生則記不起是誰）；潘先生指中大新亞書院圖書館主任潘華棟博士（後來他擔任過港、澳好幾所大學的圖書館館長）；陳先生應是陳方正博士，在中大物理系任教（後來他成為中大的祕書長，以及中大的中國文化研究所所長）；胡女士指中大教務處的胡玲達；蔡先生指散文家、翻譯家蔡思果；朱先生和皇甫先生分別是朱立和皇甫河旺兩位，都任教於中大新聞系（朱立博士後來先後成為中大新聞系主任，以及浸會大學傳播學院院長）；張先生大概是張全聲，也任教於中大新聞系；黃先生即在下黃維樑。有幾位先生單憑姓氏我記不起他們的大名了，畢竟已時隔四十一年。這裏補足全名，為了顯示金迷確有其人，我當年寫的是實錄，報導的絕非「假新聞」（fake news）。以上蔡、劉、胡諸位已作古。現在提到這些舊同事，也表示我對他們的懷念。

2020 年 10 月 9 日黃維樑補記

金耀基：從現代到傳統

（一）彷彿是個劍橋大學年輕的 Don

1969 年美國匹茲堡大學的一個典禮上星光熠熠，美國國務卿基辛格與香港中文大學創校校長李卓敏同獲榮譽博士學位；李校長還有一個收穫，像星探一樣在該校探獲了一顆未來的耀眼明星：金耀基。1970 年金耀基獲得博士學位後，即到香港中文大學（以下或簡稱為「中大」）任教，直至 2004 年從中大校長職位退休，其三十四年的傑出貢獻為中大人所熟知。

金博士 1970 年開始任教，五年後利用休假，到劍橋大學訪學一年。1976 年返回中大，一年後擔任中大新亞書院院長，至 1985 年，共八年。我 1976 年 8 月在美國獲得博士學位，隨即返回香港，在母校中大新亞書院教書，一年後與金耀基院長開始在校內多個場合見面。

金耀基著的《人間有知音》有一幅大頭像，穿西裝繫領帶，戴金絲眼鏡，雙目炯炯，儀容英俊；還有呀，口含煙斗，像個標準的英國紳士，更彷彿是個劍橋大學年輕的 Don（老師）。金耀基訪學期間愛上了劍橋，他喻劍橋為仙鄉，此地因劍河而靈動，因草坪而清麗；在後來結集出版的《劍橋語絲》裏他這樣讚美草坪：「劍河兩岸的學院的草地像一塊塊藍玉，像一幅幅錦繡。」

他還愛上了劍橋的詩人文士，其中校友華茲華斯（William Wordsworth）感覺最為靈敏，聽出三一學院禮拜堂的鐘聲，「一響是男的，一響是女的」，而金耀基聽到了雌雄美聲的迴蕩。《霧裏的劍橋》一文的結尾最為浪漫：素描了史詩《失樂園》作者密爾頓（John Milton）與一少女的樂園式傳奇。徐志摩曾在劍橋（康橋）訪學，摹寫美景，傾訴別情，書卷氣就比不上金耀基筆下的濃郁；人呢，看其照片，似乎也沒有金耀基那樣玉樹臨風。

（二）中大新亞書院進入「金耀基時代」

香港中文大學在 1963 年創立，有三個成員書院（即新亞、崇基、聯合），實行類似劍橋和牛津的書院制度。金耀基在劍橋「取經」，成為新亞的院長後，根據「院情」「校情」（校指整個中文大學），對書院事務開拓創新，新亞書院於是進入「金耀基時代」。大學本來就是學術文化機構，新院長致力增加書院的文化活動，提升書院的文化水平，如設立多種學術文化講座，創辦學術集刊，增加與各地的學術文化交流。

金耀基的成名作是1966年在台北出版的《從傳統到現代》，在美國進修的是社會科學；研究的對象，是往往被視為與「西化」等同的「現代化」。金氏論著中出現大量的外文概念和學者名字，如「育化」（enculturation）、「社化」（socialization）、黑格爾、馬克思、羅素、費正清等。韋伯尤其是他常常提及的大師，講話時他經常中英夾雜，涉及其「偶像」時，更是直呼其名Max Weber。錢鍾書的小說《圍城》諷刺講話中英夾雜的習俗（夾雜的無謂英文字「好比牙縫裏嵌的肉屑，表示飯菜吃得好，此外全無用處」），但夾雜是很多「西化」「現代化」香港人——特別是知識分子——的常態，夾雜為的是要表示「吃得好」。

新任院長的新猷之一，是舉辦「晚餐聚談」雅集。中國古今有各種性質、形式的雅集，「晚餐聚談」卻可說頗有牛津風、劍橋風。牛、劍傳統有高桌餐會（high table dinner），校內師生或加上外賓，在餐聚時或餐聚後交談，文化味濃而氣氛輕鬆。新亞的「晚餐聚談」在雲起軒舉行，軒是山頂的高軒，人是校園的高士，軒主就是院長。軒主在主講嘉賓開繡口之前，先開金口作開場白；短短幾分鐘，妙語從錦心連珠而出。曾為某次主講嘉賓的余光中，說雅集的出席者，主要是來聽金院長開場的「脫口秀」。

1979年一個金秋之夜，金庸應邀做嘉賓那次的軒主開場白，有這樣的話：「我在二十年前服兵役時，初讀金庸先生的《射雕英雄傳》，十分佩服。見金庸是我本家，我更有『與有榮焉』的感覺。於是查一查作者，才得知原姓查。金庸先生的原名是查良鏞。他的社評寫得好，見識超卓，大家都拜讀過，也不必言。他的社評，我是天天看的；可是，他的武俠小說，我就只看了那一本《射雕英雄傳》。」說到這裏，雲起軒主人金先生稍為停頓，製造了一個懸疑氣氛，接着說道：「因為他的小說太迷人了，一看下去，就什麼事都不必做了。我想有兩種人，怕讀金庸的小說：一種是我那類，深恐入迷。另一種是怕破產，你們都知道，金庸先生的小說，不斷修正，精工重印，定價頗不尋常，每本都買，你說破不破產？」軒中近四十位雅士，聽後大笑；笑後「金大俠」才柔柔開腔，「輕功」先行，展開一場「論劍」夜話。當年這場群英會我有文為記，這裏不贅。

（三）請來錢穆、李約瑟、朱光潛

新亞書院的對外交流，近交遠亦交。就任院長之初，金耀基即創設「錢賓四先生學術文化講座」；錢賓四即錢穆，乃新亞書院的主要創辦人。這是新院長飲水思源的象徵性也是實質性的一個舉措。1978 年 10 月，錢先生專程從台北飛來，作此講座的首位講者。83 歲的國學大師來港，是個學術文化之旅，也是個懷舊之旅；香港學術文化界為之轟動，我自然也在滿堂的聽眾之中。1969 年我讀大四，曾因為五四新文化運動五十周年紀念，而訪問這位守護國學的「老校長」，對其濃重的無錫口音感受極深，獲益極少；這次擁擠在大禮堂裏，純然為了一睹風采。金院長與夫人陶元禎女士，聽起來則是津津有味。

首講之後，大師與鉅子絡繹來會，英國的李約瑟（Joseph Needham）和北京的朱光潛先後來新亞，兩次都請來錢穆與講者相見。李約瑟那次，金耀基還親自出馬充當記者，先「做足功課」，就科學主義、中國傳統科技、宗教信仰、科層主義等與這位中國科技史專家深入對談，時有交鋒。我在金著《有緣有幸同斯世》一書讀到這篇訪談錄，有批語曰：「只讀此文，值回書價。」

1983 年朱光潛來港，86 歲的美學教授和 88 歲的史學權威相會，金耀基回憶道：「兩位老人握手談往，真有隔世之感，在感慨唏嘘中，我見到他們流露出的一絲歡悦。」1983 年朱、錢相會，那時兩岸尚未相通；在香港，卻通了，會了。來港與錢穆相見的是一位美學家，而不是政治學家之類的學者，這樣的安排含有院長的智慧。

(四) 社會學者顯本色、接地氣

1978 年杪，中央政府宣佈實行改革開放政策，從此內地與香港的各種交流活動漸漸多起來。在學術文化的交流方面，金耀基領導下的新亞書院，在香港的大學諸校中，據我印象，不但是先驅，而且活動最為頻繁。院長主持院務，教授責在教學、研究與著述；金教授兼任院長，其工作多管齊下。中大的校園依山而建，上山下山，有穿梭校巴代步。一次我看到金院長在等校巴，請他上我的小汽車，送他一程，好奇問他為什麼不自己開車。須知道那些留美的中大同事，多半在美國就學會開車取得駕照，到港後換個本港駕照，就可以繼續遠近馳騁。「我不能開車！」奇怪，耳聰目明，為什麼？「我如駕車，邊行車邊思考，很危險。」我明白了，金院長各種事物的「遠慮近憂」實在太多。

金耀基是社會學者，為了顯本色、接地氣，與同事實地調研香港的小型工廠，考察其運作涉及的社會心理因素。他又研究香港政府的運作模式，在 1973 年發表著名的「行政吸納政治」(administrative absorption of politics) 學說。對中國現代化的研究，他自謂是一生的志業。日思夜思，博學、審問、慎思，幸好他勞逸有致，健身有道（愛好之一是打網球），才沒有為「伊」（志業）消得人憔悴，而是精神飽滿、活力十足。順便解釋一下：「行政吸納政治」意為通過推薦、考核、觀察，把優秀的各業行政人才，吸收到政府各個高層部門工作，而非通過歐美民主式的選舉。這個理念，可説是中國古代「選賢舉能」政治的一個現代優化版本。

（五）一生研究：從「現代化」到「現代文明秩序建構」

中國現代化的研究，牽涉極為廣闊。我從讀大學開始，就脱離不開「現代化」這個思維。現代詩、現代文學、《現代文學》（雜誌）、現代音樂、現代畫、《傳統與現代》（專著或單篇）、現代化、現代性、現代主義，以至後現代主義，紛繁的術語、學説和現象入我耳目，入我心思，甚至入我夢境成為夢魘（當年有一本書名為《現代人的夢魘》）。讀金耀基的名著《從傳統到現代》，可見他對中國現代化這個頂級重要而複雜問題的宏大論述（可名之為「grand discourse」），是如何博洽、細緻、明暢、通達。他闡述中國傳統的價值系統，列出崇古尊老、內聖外王、君子與通才、家與孝、道德與學問等八個元素；認為中國的現代化，包含三個層次：器物技能層次，制度層次，思想行為層次。滔滔議論，盡在這影響深遠的名著之中。

「中國現代化」議題之後，進而是「中國現代文明的建構」的又一宏大論述（2023 年香港中華書局出版了金耀基兩個議題書寫的合集，都五百頁，沿用《從傳統到現代》的書名）。這位一生研究中國現代化的權威學者，認為中國現代文明秩序的建構，是「中國現代化的最終願想」。這「秩序」包括以下三個方面：「一個有社會公義性的可持續發展的工業文明秩序；一個彰顯共和民主的政治秩序；一個具理性精神、兼有真善美三範疇的學術文化秩序。」這樣的論述，我相信大多數的中華知識分子都會認同。這裏說的三個秩序，其學說形成的歷史文化背景，其詳細內容的闡述，請讀原著。

（六）「博雅之人」的《語絲》

金耀基是《文心雕龍》說的「智術之子，博雅之人」；他「彌綸群言，而研精一理」，成其「文明秩序」的學說。這位理論家也是文學家。1966 年出版的《從傳統到現代》已顯現其言說間的文采，如《自序》一開始的比喻：19 世紀末葉，「西方勢力如狂飆暴雨，一侵而入，整個中國赤裸裸地、無力地呈露在帝國主義的利爪之下。」又好像在一篇論香港之為最具現代性的城市的文章，結尾是「在歡慶公元 2000 年的香港夜色，我在維多利亞看到一條巨龍揹負着聖誕老公公的燈飾，這是否象徵着『本地』與『全球』的關係？」

至於金耀基的抒情性散文，如上面引過的《劍橋語絲》片段，真能做到劉勰說的「情采」兼備。《劍橋語絲》1970 年代在台北出版，大受歡迎；《海德堡語絲》1986 年在香港、台北差不多同時出版（香港版是我主編的《沙田文叢》的一種，《劍橋語絲》也加入此文叢）。二書使得台、港紙貴，後來內地先後再版、三版……面世，京、滬等地也紙貴了。

身為主編，我這樣推介《海德堡語絲》：此書「乃作者繼《劍橋語絲》後之遊記結集，寫德國、奧地利諸城之迷人風光與深厚文化。作者駐足海城、放眼天下、關心中國，對西德戰後如火鳳凰之再生，夾敍夾議，即景抒情，筆鋒常觸及德國之歷史、社會、文藝、學術、政治、思想諸面。讀者一卷在手，如聽作者在學園從容論學，心服其博聞與睿智；如偕作者在花園騁懷賞花，目悅其俊秀與清華。」金耀基讚美海德堡這座大學城，尤甚於讚美牛、劍。

海大有他尊崇的韋伯，他來此有朝聖的意味，視其所在的山為「聖山」；在金秋，踩着沙沙落葉的日子，在「永遠年輕永遠美麗」的浪漫之城，書香飄着酒香飄着書香，還有咖啡香：有一位女侍應「不但有畫中古代海德堡少女的臉孔，而且能用清脆的英語告訴我海城的一些歷史掌故」。《文心雕龍》謂感性之美，在「視之則錦繪，聽之則絲簧，味之則甘腴，佩之則芬芳」；在海德堡，金耀基的感官非常敏鋭，他深深觸及書香和語音飄出來的文化。

中國傳統的文士，為官與為學之餘，喜歡寫遊記，柳宗元、蘇東坡等莫不如此。在現代，西方的學者如金耀基引述過的韋伯、湯恩比、費正清等人，他們撰述之餘，似乎沒有外遊時也寫景敍事抒情一番以成文的。金耀基的散文，包括其中的遊記，無疑是其生平文化業績裏金光閃閃的重要部分。

（七）退休後創出「飛天」書法

金耀基當了新亞院長，當了中大副校長，更當了中大校長。2024 年第一期的《中文大學校刊》專訪這位「老校長」，列述他在中大三十四年的多種貢獻，特別指出在校長任內遭逢極大的時艱。當年既有全港「非典」肆虐，又遇到大學財政重削（中大一年減掉近四億港元的預算）；而他艱險奮進、困乏多情，領導中大渡過難關，還順利創辦了嶄新的法學院。在我略有所識的一些大學校長中，金耀基是少數理論與實踐兼備者之一。他1983年初版的《大學的理念》一書，在各地不斷再版，書院制度、通識教育、大學功能、卓越追求、學術自由等議題，內涵豐富；我曾寫下「大學崇高理念，金公精闢闡明」十二個字，作為向讀者的推薦語。

2004年69歲的金耀基，從中大退休。退而不休是很多有為學者的常態。金校長退休後仍著述不輟，活動不輟，揮毫不輟。揮毫，揮的是毛筆。少年時書法已美，家學有淵源。他出任新亞院長，我即驚喜看到其俊雅的書法。1993年我主編一本中大學者文集，請人題籤，時任中大副校長的金教授是不二人選。我請他，他豪爽，一諾「五」金，《吐露港春秋》五個金體文照亮了書的封面。由金筆潤澤我編、著的書，至少共有七本，最新的一本是《當代文學自由談》。

退休時金耀基的書法已知名，已顯風格；他不滿足，退休後以練字為功課，為樂事。拜訪他時，見他雙手指甲染有墨色，一問，是練字所至，他說常有一天練字五六個小時的。至今金耀基在香港、上海、北京、杭州等多個城市開過書法展覽（在高雄的中山大學也展示過），金體書法在大江南北展示大氣。有一次我和孫曉明君合力做了一篇訪問記，書法家金耀基講解他如何吸收傳統然後表現其才華：從王羲之以來歷代書法家得到滋養，受到敦煌「文殊變」筆畫的「飛天」啟發，而創其體。2017 年香港的首次書法展，我快意觀賞之，在留言簿寫下幾個字：「飛天妙氣韻，金體逸風神。」後來金校長看到，說老懷大慰。

書法是「唯我國獨尊」的視覺藝術，金耀基深深擁抱這個傳統。在文化界，我們看到的金公題字越來越多了，書名、雜誌名、機構名，現在是有「金」則名，「香港文學館」2024 年 5 月開館，金耀基既是「名譽館長」，也題寫了招牌——名副其實的「金字」招牌。

（八）耄耋金翁越來越有中國傳統情懷

耄耋的金翁，米壽已過，而健朗如昔，這位「老校長」真不老。近月看到他在香港才演講了，不旋踵就飛過海峽去參加「中央院」的院士會議。求字的人多，索序的人也多。毛筆醮墨一揮往往即成墨寶，認真的話，寫序卻是費時費力的文字工藝——他向來寫序像余光中那樣不敷衍不草率（詳見余著《井然有序》的序言）。金公從來多情，不忍心讓朋友失望，更滿心歡喜樂道朋友之善。2018 年面世的金著《人間有知音：金耀基師友書信集》和《有緣有幸同斯世》二書，還有其他或前或後的篇章，讀着讀着，你會認為他比曹植之贈白馬王彪、杜甫之贈衛八處士、徐志摩之再別康橋、丁尼生之悼念哈林（Arthur Hallam）等等，還要多情。

《劍橋語絲》提到英國浪漫詩人華茲華斯，對了，華茲華斯的名言「強烈感情的自然流溢」（spontaneous overflow of powerful feelings），正體驗在金耀基的散文中。金耀基的情，用劉勰的話來說，包括「登山則情滿於山」，是以有《最難忘情是山水》（1985 年作）的名篇。他的政論也像梁啟超一樣「筆鋒常帶感情」。2023 年春面世的《從傳統到現代：中國現代化與中國現代文明的建構》中即如此。他指出「中國已實現了百年追求的富強之夢」，改革開放以來，「敢教日月換新天」。在這本巨著的《導言》之末，他寫道：「一個具有中國特色的現代文明將會修成正果。書寫至此，我不由想起明末大儒顧亭林的詩句『遠路不須愁日暮，老年終自望河清』。」

讀金耀基近二十年的作品，論文也好，散文也好，中國傳統的元素多了，越來越多了。韋伯等西方知識分子的名字出現少了，中國古代的王維、李白、杜甫以至孫綽、寒山、拾得等多了。《敦煌語絲》中，他訴說心中的長安之美，「我素喜雕塑與繪畫，⋯⋯唐代的藝術更是我愛中之愛」。敦煌的「飛天」，飛到他的毛筆，盤旋之間，飄逸出他的飛天體書法。金耀基仍然在探索他的中國現代文明秩序，且辯證地認為現代與傳統不可以輕易劃清界限，他仍然在愛着諸般現代之美；然而，在肇端於半個世紀前的「現代」求索中，金耀基的學術與人生，是越來越有中國傳統的情懷了。

寫於 2024 年 7 月

附金耀基簡介

金耀基（KingYeo-Chi, Ambrose）：著名社會學家、政治學家、教育家、散文家和書法家。1935 年生，浙江天台縣人。台灣大學法學學士，台灣政治大學政治學碩士，美國匹茲堡大學哲學博士。曾任香港中文大學新亞書院院長、社會學系主任、社會學講座教授、大學副校長、校長等職。先後於英國劍橋大學、美國麻省理工學院訪問研究，在美國威斯康辛大學、德國海德堡大學任訪問教授。2004 年自大學退休。現為香港中文大學榮休社會學講座教授、台灣「中研院」院士（1994 年至今）、西泠印社社員。——以上根據金耀基《劍橋語絲》新版（香港：中華書局，2024）的作者簡介；可補充的是金氏著作豐富，包括正文提到的多本散文集。

「活潑紛繁」日月長：香港的文學交流

(一) 美學大師與國學大師的「交匯」

在二十世紀八十年代改革開放政策實施以來的十多年間，位於吐露港灣的香港中文大學，是與內地學術文化交流「流量」最大的一所香港高校。香港中文大學前任校長金耀基教授，描繪校園所在這個港灣的山水時，以「雄奇」形容馬鞍山，以「峻秀」形容八仙嶺，以「清麗」形容吐露港。山水如此，回憶當年學術文化交流的盛況，在我比較熟悉的人文方面，印象也是這樣的雄奇、峻秀、清麗。

社會學者金耀基自 1977 年擔任香港中文大學新亞書院院長，銳意發展院務，對促成各地人文及社會學科學者的交流互動，建樹尤多。新亞書院有人文館，由於金院長宏圖大展，這座樓宇顯得熠熠生輝。一座建築內還有雅舍名為「雲起軒」，參與交流活動者常在此用餐或進行「沙龍」；人物俊秀，來去如風起雲湧，雲起軒可有「雲湧軒」的別稱。尤可稱道的是 1983 年，年邁的朱光潛（1897－1986）專程從北京到新亞書院主持「錢賓四學術文化講座」，比朱氏大兩歲的錢穆（1895－1990）則專程從台北趕來與朱氏會面。在海峽兩岸不互通的時代，美學大師與國學大師的相會堪稱「奇遇」，新亞書院就是那個美麗的「交匯點」。

數十年中，令人難忘的「交匯」還有很多。1981 年秋天，香港中文大學中文系舉辦「中國現代文學研討會」，與會者包括本校教授余光中（1974 年至 1985 年，余氏在香港中文大學任教），和來自上海的辛笛、柯靈等。辛笛有詩卷名為《手掌集》，余光中寫論文析評之，戲稱為他「看手相」，一時傳為美談。柯靈來開會，初讀余氏散文，如初遇美人般驚豔；自謂從此「耽讀」，引以為晚年一樂。是年 9 月，「有關和平統一台灣的九條方針政策」提出，其中包含「建議雙方共同為通郵、通航、探親、旅遊以及開展學術、文化、體育交流提供方便，達成有關協議」；余光中原本在台灣教書，「中國現代文學研討會」間接拉近了兩岸的文化距離，為兩岸的學術溝通架起了一座橋樑。

香港的多所大學都對海峽兩岸暨香港、澳門的學術文化交流貢獻良多。單是香港中文大學，因為我多有參與，應該把一些盛事記錄下來。

（二）各地學者「絡繹奔會」

我策劃或主力參與策劃的相關活動有三個，一是1988年的「香港文學研討會」，二是1993年的「兩岸暨港澳文學交流研討會」，三是1999年的「香港文學國際研討會」。

1988年的「香港文學研討會」，由香港中文大學和香港三聯書店合辦。與會者中，來自廣州的學者特別多，港、穗學者的論文共有三十來篇。雖然經費有限，會議的規模不大，但在香港，這卻是個有開創意義的文學研討會。此會主要由香港中文大學亞太研究中心（主持人是劉兆佳教授）屬下的「香港文學研究室」籌辦。我負責的這個「室」，另類的「室雅何須大」，且只分配了半個研究助理；這樣一個香港文學的研究機構，在香港學術界可能是首個。

1992年11月，海峽兩岸關係協會與台灣海峽交流基金會，就解決兩岸事務性商談中如何表述堅持一個中國原則的問題，達成「海峽兩岸同屬一個中國，共同努力謀求國家統一」的共識，後被稱為「九二共識」。翌年初，我受命參與籌備「兩岸暨港澳文學交流研討會」，此次會議由香港爐峰學會與香港中文大學新亞書院合辦，我擔任會議的祕書長。當時兩岸的政治氣氛良好，內地的柯靈、諶容、陸士清等，台灣的余光中、齊邦媛等，都來到香港開會；港、澳的與會者則有梁錫華、陳耀南、黃國彬、黃坤堯、雲惟利等。會議論文圍繞「中華文學交流互動」這個主題，其中有宏論中華文學前途的，也有細析作家作品的。我提交的論文題為《八十年代以來兩岸香港的文學交流》，是點題之篇。海峽兩岸暨香港、澳門的與會者，在天朗氣清、鳳凰木繁花初豔的五月，於吐露港灣畔輕鬆談文，舒暢説藝；開會之外，新亞書院院長和鑪峰學會會長分別設宴招待，與會者既享受美酒佳餚的口福，也享受言談風趣的耳福，氣氛融洽親切。我主編的會議論文集，名為《中華文學的現在和未來》。

（三）百人討論百年香港文學

另一個「春天的約會」在 1999 年 4 月。新亞書院創立於 1949 年，1999 年有建校五十周年之慶，院長籌畫了各項慶典活動，其一是與香港藝術發展局合作，舉辦「香港文學國際研討會」，由該局慨然撥出大筆款項，玉成其事。1997－1998 學年我正好休假，在美國明尼蘇達州的默士達學院（Macalester College）擔任客席講座教授；院長和香港藝術發展局「飛書」（Fax）或打長途電話到美國，請我籌辦這個會議。雖然籌辦研討會是苦差事，但作為香港文化的愛護者甚至是辯護者（那時，誣衊香港是「文化沙漠」的，仍不乏其人），我在 1998 年夏客座期滿後立即返回香港，積極推動此事。

多年來，我在亞洲、歐洲、美洲多地參加過各種學術研討會，在香港則有籌辦會議的經驗（如上述），對此次經費充裕的會議如何辦得穩妥而又富新意，頗有自己的思考。我將想法告訴梁秉中院長，他欣然採納，於是先組建一個「研討會籌備委員會」，籌委除了院長和我，還有香港各個高校的教授和講師，即何沛雄、鄺健行等十人。籌委會多次開會商討，半年後，研討會順利召開，一連三天，與會學者逾百人，誠然是「百人討論百年香港文學」的盛會。宣讀論文多達六十餘篇，論文作者除了來自海峽兩岸暨香港、澳門，還有日本、韓國、新加坡、馬來西亞、澳大利亞、加拿大、美國的，充分具備國際性。論文有通論、有專論，囊括香港文學的方方面面；單是小説，就有對金庸、劉以鬯、西西、李碧華等作品的不同角度的評析。我主編的會議論文集《活潑紛繁的香港文學》，翌年由香港中文大學出版社出版，上下兩厚冊，「活潑紛繁」此後常用來形容香港文學的面貌。

與會者中，來自廣州的學者對香港文學的研究，已具相當廣度和深度；對香港社會、港人生活方式的認識也如是。例如香港一些小說、散文中出現的餐飲詞語「齋啡」「鴛鴦」「奶昔」「蛋治」「多士」等，他們不但曉明其意，且已饗餮其物；香港報章副刊的專欄雜文是普及文學的重鎮，他們業已「識荊」。香港的與會者與廣州的同行交談，讀同行的論著，常有相逢恨晚之慨。

赴港參會之前，廣州幾位學者已發表過多種專著或專文。單說專著，就有潘亞暾與汪義生合寫的《香港文學史》，許翼心的《香港文學觀察》，鍾曉毅的《金庸傳奇》等。經過十多年的深入研究，和穗、港兩地越發頻繁的學術交流，他們已得到豐年穗禾稻米一樣的收穫。內地一些學者的論述或有欠中肯周延，引用的資料可能有差錯遺漏，然而，他們畢竟有了可觀的成績。在香港文學的研究和出版上，香港的學者自愧弗如了，雖然我在 1985 年就出版過《香港文學初探》，那只是一本論文集，不是香港文學史或概論。

（四）讓與會者「不虛此行」

因為辦會的經費不乏，「東風」送爽，我們對與會者有多種禮遇，我的「創意」也得以落實。在研討會上宣讀論文，無論中外，通常只有一二十分鐘，很多與會者飛行千里甚至萬里迢迢而來，且所撰論文往往是洋洋一二萬言，講演的時間如此短促，豈不可惜？籌委會共有十位籌委，有此陣容，我乃請諸位籌委「認領」港外的與會者，也有我「分派」的，請他們在研討會舉辦之前或之後，到不同的院校演講或主持座談。這對主辦方來說是「人盡其才」，對與會者來說則是「不虛此行」，豈非兩美！在研討會上宣讀論文、參與討論之外，多了學術交流的機會，香港文學又得到廣泛的宣講，豈不善哉？

最近我讀到《湖南文學》2024 年 12 月號江弱水的文章，提及長沙的李元洛出席研討會之外，在香港科技大學還有一場活動。是的，這正是當年我的「調兵遣將」。

（五）繽紛交流．山高水長

二十多年轉瞬即逝，這期間，香港舉辦了許多文學交流活動。就在去年 12 月，我出席了吐露港灣畔的一場中國文學國際研討會，世界各地百位學者交流於此，繽紛於此。繽紛交流，山高水長，如香港日月長，就將這樣永續下去。

2022 年初稿；2024 年 12 月修訂

四方作家，文匯香江

——悦讀《香港文學選集系列第四輯》

(一)《筆記選》：劉紹銘、曹惠民、樊善標、古遠清、陳義芝……

小説選兩冊、散文選一冊、筆記選一冊，共四冊逾1500頁，這套《香港文學選集系列第四輯》是大書。今年盛夏它出版後，我把它從香港帶到深圳，再運到澳門，原擬作全面的閱讀；事與願違，如今只作文林的漫遊。

《筆記選》納入了我的一篇文章，因為「自珍」而先閱此冊，漫遊乃從《筆記選》開始。首篇是劉紹銘論顧彬的《二十世紀中國文學史》。顧彬把中國當代文學大貶特貶，把多位作家掃入垃圾桶，而他竟又翻譯中國當代文學，且寫起二十世紀中國文學史來。我們真要用弗洛伊德的學説來分析這位德國「漢學家」的心理。其實他讀得了多少二十世紀中國文學作品，哪有資格對整體的二十世紀中國文學説三道四？顧彬大力度、大篇幅稱述魯迅，劉紹銘這篇書評指出，卻似無創新之見；顧彬沒有「給現代中國文學『發現』什麼新角色」（頁16）。漢語新文學（此處用朱壽桐「力正乾坤」的名稱）中文質彬彬的作品多矣，好好讀、好好顧吧，常常劍眉緊鎖的顧彬先生。我這個意思，如要溫柔敦厚地說，則可借用龔剛的評論家立論與其「接受視野有關」一語（語見龔氏新著《百年風華》頁84）。

曾敏之1979年發表《港澳及東南亞漢語文學一瞥》一文，為日後的華文文學研究開了頭。此文影響深遠。曾氏此後籌劃、組織、主持各種學術和社交活動，華文文學的研究崛起了、壯大了。陸士清在他費時多年的力作《曾敏之評傳》中，對傳主的「博大胸懷」「遠見卓識」「實幹精神」着墨甚多。陸士清評論曾敏之，曹惠民在《筆記選》中有一文評論陸士清此書，我評曹氏此文曰：它讚曾氏為「通人」、陸氏為「解人」，洵為知言。我認識曾老多年，他實幹之餘，詩酒風流。《曾敏之評傳》中有幾則曾老的羅曼史。可惜我此刻用小蒙恬手寫板作中文書寫時，陸氏的大著不在手邊，否則可引文引詩（曾公的情詩）點綴之。曹惠民說《曾敏之評傳》使讀者看到「一尊傳主的立體的雕塑」（頁371），是知言的又一例。

《筆記選》中樊善標寫十三妹，題為《火辣辣的人與文》；相對於陸著而言，它是一篇小評傳。我讀大學時期，與胡菊人、戴天、陸離等前輩，岑逸飛、古蒼梧等同輩，都是火辣辣十三妹的讀者，卻讀其文而少知其人。樊善標近年從故紙堆中辛勤鑽研十三妹，功莫大焉，善莫大焉。

《筆記選》之稱是權宜的，此冊多的是文學批評文章，甚至是相當正規的學術論文，如陳德錦、陳仲義、黃萬華、陳國球、古遠清、袁勇麟、劉俊、孫紹振、王豔芳、鍾怡雯、鄭明娳、方忠等之作。陳義芝的《編輯桌上最後一批信》述《聯合報》副刊這位主編工作的甘苦，提到的作家，我多感親切。這是一篇上佳的散文。

（二）《散文選》：蔣芸、李元洛、黃國彬、廖子馨、陳建功……

散文這個文類的內容，是作者親見親聞的事物，是親身的經驗，抒自己之情，說自己之理。《散文選》的作者中，多有我或親或疏的文友，燈下展書讀，友朋顯顏色。讀蔣清秀即蔣清閒也就是蔣芸的《捨不得放下的……》，乃知她讀《香港文學》這本月刊的最大收穫，是得知天南地北諸「失聯」（台灣通用此詞）朋友的近況，高興的是諸友雖或年壽不低，其筆桿仍挺，仍捨不得放下。蔣芸寫瘂弦甚有巧思：「人生的暮年，百靈鳥成了折翼的天使，一條橋斷了，但他的妙筆還在，妙筆還可以療傷。」（頁 365）瘂弦已故的夫人名為橋橋。讀劉登翰的《雪落無聲》，我簡直驚豔。這位以高頭講章見稱的華文文學學者，在美國上空的航機中，鄰座是位櫻紅小口的金髮女郎，「翡翠綠的耳墜從鬆鬈的髮際間長長垂下來」。他與她，一講中文，一講英文，不能互通心曲；其中一人，卻難免心波蕩漾，心波且成為暖流。二人相視而笑，巧的是，二人都在讀詩集。我讀着劉登翰這名副其實的豔遇，怎能不聯想到《詩經》的「有女同車，顏如舜英」呢？有女同機，顏如舜英！《散文選》中林湄的《鄉村的假日》則表現了與大自然相處的和諧寧謐。曾在 1980 年左右訪問錢鍾書的女記者，在上海和香港有過大都會的經歷，傳奇地移居荷蘭，創作豐收，一如英國詩人濟慈（John Keats）所說的「熟麥儲滿了穀倉」，真為她的閒靜安好而與有樂焉。

倉廩實而知禮節，衣食足則去旅遊。旅遊記述是當代散文題材的大宗，上述劉、林二文是例子。「物色之動，心亦搖焉」，總是如此。黃秀蓮為之心搖神馳的是日本北海道的雪，見其《雪山行》。她寫景抒情，感應細膩；「冰雪恰如遊興，更行更遠還深」（頁 303），甚有古典詩詞的意蘊。她聯想到電影《齊瓦哥醫生》的冰封十里，咦，為什麼卻不見提及川端康成的《雪國》呢？

《散文選》中李元洛的《生死兩西湖》則記廣東省惠州市的西湖之旅。九百餘年前，蘇軾貶官，南下惠州，「蘇軾當日被仁宗許為宰相之才，現在實際上已是一名毫無權力而被管制的罪人」（頁 235）。愛妾朝雲相隨。朝雲病弱，李元洛引蘇東坡詠朝雲詩，說她「冰肌有仙風」，終於在惠州隨風而逝。讀李氏文，重溫朝雲的故事，我不禁歎一口氣：這和艾頓莊（Elton John）歌唱戴安娜王妃之為英倫玫瑰、之為風中之燭，豈非同調？李氏引《紅樓夢》語，將朝雲與卓文君、紅拂女等並列，讚美她是「奇女子」（頁 241）。讀者詳參李文，當知她的奇、她的慧，以及坡公之憐愛哀惜。李元洛《生死兩西湖》這類書寫，號稱大文化散文，描述動人，書香飄逸，在大江南北知音甚多。

《散文選》中黃國彬的《縮腳歲月》是另一種文化散文，或者可稱為「大品中西文化散文」。這個詞是我立的名目，巧不巧，不便自我評說。《縮腳歲月》的主角是香港的茶餐廳，涉及者三：港式奶茶；茶餐廳清潔女工的動作和語言；茶餐廳顧客的髒話口頭禪，都極具香港特色。黃氏寫的是普羅大眾及其食品，用的是漫畫誇張的筆調，文長萬言，描寫、敘述之外的議論部分，混合了古之《詩經》《庄子》《聖經》《楚辭》、杜甫詩，今之語言學、民族學、諾貝爾獎、聯合國的世界文化遺產、香港的西九龍文化中心、伊拉克戰爭，把市井題材書寫升格為大品中西文化散文。近年有不少學者研究香港的「後殖」文化，包括茶餐廳的中西合璧，有洋學者甚至要撰專著為茶餐廳立傳；黃國彬這篇散文應是重要的參考文獻。風趣機智、讀之「可多識於……」之外，這篇文獻別具文采。文采的一個表現在點題。在文末的想像性情景中，西九龍文化中心的茶餐廳開幕那天，有香港影視明星的相聲（充斥穢語的言談）示範表演；黃國彬這位大學的講座教授，願意充當「免費臨記，品嚐着港式奶茶間讓雙腳在空中定格，同時在漂白水氣味瀰漫中重溫那叫我一直懷念的縮腳歲月」（頁 131）。黃國彬要縮腳，因為負責清潔的阿嬸「一手牽着長柄掃帚」、大喝一聲「縮腳」間，舉帚向茶餐廳的顧客捅去。

港式奶茶極具香港特色，極具成都特色的食品不用說是成都火鍋。《散文選》中有連續七篇關於成都的作品，澳門作家廖子馨的《三吃成都火鍋》是「舌尖上的中國」的一個情景：從不同年代的「極興奮的揮汗如珠，和麻辣糾纏着」的經驗，「在火鍋陣中，你能看到成都的發展」（頁 39，40）。陳建功和廖子馨同在 2008 年秋天參觀訪問成都，他不讓火鍋，卻「讓一街『搓麻』的壯景嚇了一跳」。5．12 地震之後，成都仍然有人打麻將：「辦公樓成了危房，都住在抗震棚裏，餘震不斷，不打麻將幹啥？」（頁 11）陳建功長居北京，羨慕成都人「樂天知命的處世態度」，認為「安逸」就是成都的哲學。把數百成千萬人大而化之地形容為安逸也好，勞碌也好，有認知上的危險；我數度旅居成都，親睹望江公園和四川大學退休職工院子「搓麻」的壯景，不能不佩服陳建功眼力的精到。陶然在《散文選》中也有一文寫 2008 年秋成都之行。他也吃成都火鍋，卻似乎更陶然於咖啡，於金沙的出土文物，於詩人杜甫。陶然在成都做的白日夢，是杜甫在寫《茅屋為秋風所破歌》。陶然的小說現實性、社會批判性強，久為人稱道。兩岸四地的樓價長升短跌，無殼蝸牛連蝸居也無，因而想到「安得廣廈千萬間，大庇天下寒士俱歡顏」，因而有此杜甫之夢？我不是《聖經》中解夢的約瑟，也非 20 世紀的弗洛依德，不知這樣解說此白日夢行不行？

（三）《小說選》：周蜜蜜、陳浩泉、陳少華、池莉……

陶然、周蜜蜜、蔡益懷納入《小說選》的作品，大都強於社會現實性，有批判性，或多或少有傳奇色彩。手法方面，面對某些學院派批評家酷愛的現代主義或後現代主義刁鑽風潮，他們酷（cool）然處之，不為所動。陶然的《簽》，千多字，是稍長的「極短篇」，筆路簡明。一公司主管退休後，生活中失去簽名審批之權，大感失落，非常無奈；他喪權辱「己」，補償之道，是對老婆大聲夾惡地喝令：「你要把每天買菜的菜單拿給我過目，讓我審批！」這個短篇的次主題，是對勢利之徒逢迎拍馬的嘲諷；作品主次合拍，經營得法。周蜜蜜的《淺水灣畔》頗富懸疑性，故事由男女關係演化成藝術界名流界的金錢交易。小說中首次出現「買位」一詞時，我甚感困惑：為什麼在男女關係、畫家名流關係中，有政府支援學校的「買位」情形出現？原來畫家正在繪製大型畫作，當今名人雲集中，誰將出現在哪個位置，是可以商量的：誰願付給畫家高價，誰可得畫中的顯位；此之謂「買位」。最近十多年來，頗有些大典、大場面的大油畫，政要名流雲集，動輒上百個人；其中有些位置是向畫家買來的？周蜜蜜交遊廣闊，見聞豐富，「買位」之事大概有所本。她是說故事的高手，情節引人入勝，寫景和說白細膩中有明快，且烘托了主題。主題是劉勰《文心雕龍》所重視的「順美匡惡」：女主角邢盈知道男主角即畫家的庸俗勾當，羞與為伍，「頭也不回地走了」。

蔡益懷名為《東行電車》的故事，以 2003 年「非典」

(非典型肺炎) 襲港時期為背景，那是「這個浮華都市的亂世歲月」(頁 295)。蔡氏任職於報界，《東行電車》中的時、地、新聞事件，資料確切；男女主角的經歷大抵屬於虛構，應有所本，至少是亞里士多德説的「合情合理」。女主角賣笑謀生，在男主角眼中，一身白衣的她，「看上去如一尊白瓷觀音塑像」；他覺得她「就是來這個世上度他脱離苦海的觀世音菩薩」(頁 305)。這裏的描寫與敍事，使我想起台灣鄉土小説家黃春明筆下的妓女白梅；題目《東行電車》則令我想起台灣另一鄉土小説家陳映真作品的題目《夜行貨車》。蔡益懷有志建構香港的「鄉土」小説？若然，《東行電車》是個成功的起頭；也許他已寫過若干篇了。

不為現代主義或後現代主義刁鑽風潮所動的，還有陳浩泉、巴桐、陳少華諸位。巴桐的《鴻門新宴》寫內地一小縣城官商要人，藉杯酒釋嫌隙，有《三國》《水滸》等章回小説的陽剛氣度。陳少華筆耕辛勞，產品豐盈，有長短篇小説多集等行世，這次入選第四輯的是散文。(其《甲子二題》抒華年心情，有明有暗，詩韻墨浪洋溢；「華年」是我的用詞，意為「後中年」、暮年。) 陳浩泉的《第二次見面》寫父子等人倫情愫，悲喜恩怨雜陳，而以「親情的溫暖」收結。末尾三兄妹在父親遺照前合奏他喜愛的歌曲《鴿子》，情景恰是文論家弗萊

（N.Frye）說的喜劇團圓結局。《第二次見面》的主角名為「晴朗」，正為本篇氣氛定調（即是《文心雕龍》說的「位體」），也反映了作者一向達觀有為的人生情調。陳浩泉寫作數十年，也是蔣芸說的「捨不得放下」健筆的作家。《鴿子》深得我耳，是我極愛的歌曲；《第二次見面》因而更深得我心。

《小說選》的《肯的坡》以食為題材。「伊記面館的牛腩面香得他目瞪口呆，」池莉寫道；她是武漢著名小說家，伊記面館卻不在武漢而在香港。數年前池莉在香港大學任駐校作家，《肯的坡》大概根據其居港經驗加以轉化想像而成。「在香港，中國文字像外語，外語又像中國話」（頁 237）：小說的敘述者有此議論。《肯的坡》不算有文化震撼（cultural shock），卻顯然有世情適應這問題。

《小說選》佔了兩冊，篇目眾多。我來不及多讀多評點，因為本文交卷之期近了。這套書的《筆記選》有李嘉慧的長文，論述《香港文學選集系列》第二及第三輯的文學論文，幾乎篇篇都提及，李君後生可畏。《香港文學》主編交來的任務，我只能如此這般作業。三個文類總共四大冊，哪能短時間內讀遍評透？勉強要總結嘛，這千頁的書寫，大抵只有愛情而無戰爭，多的是旅遊飲食，而少民生疾苦。文學反映時代，我們慶幸生活在相對的盛世中。盛世的社會，發財立品。《香港文學選集系列》這四輯，都是政府的藝術發展局支援出版費用的。我近月居於澳門，過目的 2010、2011 澳門年度文學作品選，也是政府支持出版的。發財乃立品，是好事；出版選集，對作品的流傳貢獻良多，我對此曾撰文論過。真希望這四本書中的一些篇章，哪怕是極少量極少量，會成為當代文學未來的經典，像《四書》那般流傳。這自然是莫大的奢望。

（四）四方作家，文匯香江

《香港文學選集系列》先後出版了四輯，卷帙繁浩，所有作品都曾經發表在《香港文學》這本雜誌。名為「香港文學」，發表作品的作者，卻不限於香港作家。香港澳門內地台灣以至海外四方八面的作家，都以《香港文學》這本雜誌為園地，正顯示香港這個海港，在文學文化上有海納百川的宏大。

約寫於 2015 年

「搶遊客」：香港作家可怎樣給力？

（一）用「柔實力」搶遊客

香港近年為了振興經濟，想盡辦法，甚至出到「搶」的招數。2022 年 10 月政府的施政宣講會上，就用了「搶人才，搶企業」的大字標語。今年 3 月香港旅遊發展局提出「四招」吸引旅客，包括辦盛事、放煙花等等，宣傳時連個心都掏出來了，飛起來了。

香港有購物天堂、美食天堂等美譽，又有海洋公園、迪斯尼樂園等「吸客」勝地。當前美食天堂令譽似乎已蒙塵——深圳就「搶」了很多香港人北上吃喝消費。香港如何吸引多些遊客，可能真要用「搶」字訣了：和「搶人才」一樣地「搶遊客」。

「搶」是個生動誇張的說法，吸引遊客的手段還是要溫柔的。現在這裏開會的都是文學人，我們都寫遊記，或研究旅遊文學，都可以為「搶遊客」賣點「柔」力氣——香港還有很多旅遊資源等待我們來開發。

（二）香港有四大名山

香港處處有海景，其中維港白天壯麗夜晚璀璨，其美世界無敵。遊客來港必會觀夜景看煙花，不用旅發局費心提醒。香港的群山之美，對很多住六星級酒店志在勞力士手錶和愛馬仕手袋的豪客來説，則可能相當陌生。看官！ 1996年9月，香港郵政局發行「群山系列」郵票，一山一票，四枚郵票分別是馬鞍、鳳凰、獅子、八仙，是為「香港四大名山」。

用的應是一種文雅的「柔實力」。我們可呼籲當局發展山水旅遊和人文觀光兩方面的業務，以吸引旅客。來港的遊客，其吃喝玩樂的「樂」，可包括遊山觀海之樂，以及人文訪勝之樂。我們應溫柔地「搶遊客」，讓他們來觀賞名山之美。沒有入選的飛鵝嶺也是名山，余光中就曾情文並茂記述此山之攀登與感懷。我當年曾發表文章記述此事，文中對香港的一些山水散文曾加以點評；該文題為《這商埠也有山水人文之美》，後來收入拙著《突然，一朵蓮花》（香港：山邊出版社有限公司，2002）。

四大名山常常在一些香港作家的筆下出現。金耀基的金筆一揮，「馬鞍山之雄奇，八仙嶺之峻秀，吐露港之清麗」，形容恰到好處，地名閃閃生光；梁錫華則多年繾綣面對的八仙嶺，而有《八仙之戀》的美文；余光中繪寫香港的群山，用的是大斧劈皴的筆法：「香港的地形千折百皺，不可收洽。蟠蟠而來的山勢，高者如拔，重者如壓，瘦者欲削，陡者欲倒，那種目無天地的意氣，令人吃驚。」這裏的文字陽剛得令人吃驚。旅發局製作宣傳的小冊子、單張、網頁，在圖片之外，加上雄奇、峻秀、如拔、如壓、欲削、欲倒的警雋文字形容，應該能夠溫柔地「搶」到一些志在「高山流水」的雅客，讓他們來觀賞名山，同時讚歎文采。

（三）地靈配上人傑

地靈如果配上人傑，那就在「搶遊客」時如虎添翼了（如「富」添「益」，再為旅遊業進賬）。余光中、梁錫華、金耀基都曾經是香港中文大學的教授（金氏更曾任中大校長）。中大出現過不少傑出人才，科學的有鼎鼎大名的高錕和楊振寧，人文的傑士也有多位。來中大參觀遊覽的，如果到過中央圖書館裏面的校史館，當會為一幅名為「大師身影」的圖像而駐目。圖像中的錢穆、饒宗頤、余光中等先生，都為兩岸四地和海外的人文愛好者和研究者所知曉、所敬佩。中大校方可曾想過為圖像中的全部或部分大師建個展覽館呢？

文史哲三學中，文學的普及性最大。「大師身影」的八人圖像裏，余光中居C位，這樣安排或有寓意：這位大師成就卓越，他的詩文名篇傳誦遐邇，景仰者眾。我甚至認為校方應該單獨為余光中建設一個文學館（或特藏室），讓慕名者來參觀，讓學者來做研究。

這個旅遊文學研討會在中大舉行，我就近取材，講中大的地靈人傑。遊客在中大校園，金秋時節到金耀基校長稱説的「香港第二景」天人合一亭徜徉，仲春佳日腳踏大學道遍地的相思樹黃金花蕊，又看看這館那館展覽的大師人文，這該是多麼有山水有文化的高雅之旅？中大校園之外，名山如大帽山、飛鵝嶺，名水如淺水灣如清水灣，人文勝地如博物館，如故宮，如饒宗頤、金庸展館等，不勝枚舉。我這裏只講中大，就近舉例而已。

（四）發揮「柔實力」吸引「雅客」

宣揚山水美景，增闢人文勝地，應能「搶」到一些遊客。在山水佳勝的景點，以石刻或銅鑄香港作家詠寫山水的雋語名句，就如石刻文字之於泰山一樣，則山水與人文結合，更是一記高招。此外精編精印《香港的山水與人文：香港作家詩文集》一類的書，如《岳陽樓新景區散文詩詞集》，或山水人文導遊書，如 *The Oxford Illustrated Literary Guide to Great Britain & Ireland*，(《牛津版英國文學圖文導遊》)，相信高雅的遊客會購買閱讀。

香港作家能為「搶遊客」給力？當然！一是用彩筆描繪讚歎香港山水人文之美，發表之，以廣傳揚；二是編印上面所說的山水人文詩文集；三是呼籲並支持多些人文展館的建設。這些是香港作家和學者都可以有的秀才式貢獻。山水之勝和人文之美，不可能「搶」得大量遊客和大筆旅遊業收益，但是肯定可以增加香港旅遊的豐富性，更可以提升香港旅遊的文化品位。

用「搶旅客」一詞，只是為了讓文章的題目顯得「搶眼」。我們憑着「柔實力」，吸引來港旅遊的高山流水「雅客」；一擲萬金的「豪客」如果也有雅興遊觀，我們自然喜出望外。

（2024 年 4 月 24－28 日香港中文大學聯合書院、香港作家聯會等舉辦第八屆世界華文旅遊文學國際學術研討會，主題是「香港旅遊文學與大灣區文學之旅」；此文為本人的一篇發言稿。）

在塵世喧囂靈魂寂寞的年代

——香港文學的一幅錢景

A：「歡迎各位文友光臨這個銅臭書香閣——簡稱書香閣。周末下午有跑馬，各位不到馬場，而來這裏擺龍門，擺文學的龍門，來這個文學沙龍，龍勝於馬，使人肅然起敬，至少是非常高興。今天這個新書發表暨作品朗誦研討會，和往常一樣，節目十分豐富，包括……啊，包括用精美茶點。大家聞一聞——」

書香閣的數十個老中青與會者鼻子如獵犬一般有所動作，「香啊，香啊」之聲四起。

A繼續說：「是咖啡之香啊！——當然，我們還有鐵觀音之香，還有書香，在書香閣。

現在就請今天的『本月作家』裘文明先生講話，讓他夫子自道。」

與會者大力鼓掌。一個座位接近門口的老者，看到侍應生把點心放在長桌上，目不轉睛凝視着托盤及食物。

B：「嗯，對，有茶香、咖啡香，還有蝦餃皇、燒賣皇之香，以及芝士蛋糕之甜哩！是了，謝謝沙龍主持人的策劃，謝謝各位光臨。」

B四十餘歲，黑襯衫，深藍牛仔褲，薄薄的白夾克，文質彬彬，蠻有詩人或小說家之狀，續道：「宇宙出版社為我出版的這部短篇小說集《恐怖襲擊之後》，它的標題小說四年前發表在《香江文學》上。講的是香港的國際金融中心遇襲，當時在IFC豪華迷你電影院看《九一一》的一對男女，傾樓之後大劫餘生的故事，驚心動魄啊！美國總統布殊來香港，要在世貿大會上發表演講，阿蓋達組織策動恐怖攻擊，一架從日本擬飛往紐約的飛機，被騎劫飛到香港，對準目標⋯⋯故事情節如何，相信各位都知道了。」

與會者爭着講述標題之作《恐怖襲擊之後》的故事，你一言我一語。B顯出十分感動的樣子。B提高嗓子說：「你們真的做過功課，仔細讀過這篇小說。太好了，太好了。一篇小說激起千層浪，從前我發表作品，如水滴入海，半點波浪也沒有。還有其他很多故事哩！沙龍主持人設想得好：誰把故事複述得最好，誰可得到獎金⋯⋯」

眾聲喧嘩之後，一個十多歲，中四、五年級模樣的少年，音色挺拔，簡述了《恐怖襲擊之後》的故事，有情有景，贏得書香閣滿閣的掌聲。龍王——沙龍主持人——亮出黃金色的千元大鈔，馬上「頒」給那少年。又是一陣掌聲。

A：「講得精彩，故事動人。書中自有黃金鈔！下一個節目是：請本港著名評論家章志文發言。」

C在一陣掌聲之後開腔道：「裘文明先生的這本新集子，除了《恐怖襲擊之後》外，還有以金融風暴、禽流感為題材的故事；還有情變、婚變這些亙古不滅的題材。還有寫歲變哩！什麼歲變？就是年紀變大了，人老了。《黃昏》寫的就是老人問題。裘文明寫得感人，其文實至名歸。來來來，讓我朗誦一段：『海上霞光絢麗，這不是日出，而是日落。一架空中巴士降落在日落之那邊，但不是子祥從美國歸來的飛機。子祥昨天來電話說公司有急事出差，不能回港慶祝父親生日。老人望着海洋，金光黯淡了，燼了，手機反照着光，子祥會不會多來一兩個電話？即使是他媳婦打來也是好的。』……」

座中聽眾甲起身打斷了C的話，說：「我最喜歡裘先生的《玫瑰的聲音》。玫瑰枯謝的時候，唱起歌來。我把歌詞譜了曲——」長髮披肩的乙小姐，拿出吉他，清眉秀目傳出激情，自彈自唱起來。這時B看呆了，也想呆了：徐志摩的《偶然》譜了曲，余光中的《鄉愁》也譜了曲，從徐志摩到余光中，現在到裘文明，都譜了曲。B 的耳朵和臉都燒紅了，《玫瑰的聲音》這被譜成曲的小小片斷，比香耐兒（Chanel）的香味還要悅耳（對，味覺與聽覺打通了）。B 醉了，又醒了——只聽見 A 正對麥克風說：

> 剛才又彈又唱的舒湘小姐演繹得太精彩了。裘先生的動人文字，乘着歌聲的翅膀，飛揚起來了。根據我們的約法，背誦的獎金是一千元，配樂彈唱是額外的驚喜，獎以五千元。來，舒湘小姐，謝謝你，書香浮動，這金黃色的大鈔。

掌聲雷動中，侍應生又把食物堆放到長桌上。

A：「大家請休息一陣，用茶點。各位聽眾可請裘文明先生簽名。新書一冊、舊作五冊任選其一，都是贈送給諸位的。等會兒還有別的贈品。」咖啡、鐵觀音，蝦餃、燒賣、比薩餅之香，以及陣陣書香，瀰漫着書香閣。

B 的身心只有香氣，沒有餓意。裘文明求文名得文名，嚐到擁有忠實讀者的滋味，成為名作家的滋味。從前，新書出版了，寄給舊遇新知，等待知音，但音訊全無。斷無消息寂寞中，與文友相聚，只談股票或者電影，或者歎息於香港文學沒有讀者沒有前途。

A：「各位親愛的文友，我們要繼續文學龍門陣的豐富節目了。對，現在請來內地的《世界華文文學選刊》主編朱鳳女士發言，講述她對裘文明先生作品的看法。」

一位齒白唇紅、眼睛和梨渦同樣會笑的D說話了：「金庸、張愛玲、白先勇的小說，我都喜歡得不得了，現在讀裘文明先生的作品，我簡直驚豔……」D向B淺淺一笑，聲如鳳鳴；繼續說：「對不起，我應該說驚『俊』裘先生的小說，如剛才大家談到的《恐怖襲擊之後》《黃昏》等，既有社會、時代意義，又有藝術魅力，真是文學中的俊傑。我選一段唸給大家聽。」

聽眾面對美麗與智慧兼備的D，真正驚豔，其入神狀態，只能用如醉如癡來形容。B這時的靈魂，簡直如《西廂記》張君瑞初見崔鶯鶯一樣，飛到青天上了。D朗誦了幾個片段，跟着說：「裘先生的小說，本選刊一定會登載。今天的盛會，我會親自撰文報道，連同照片在《選刊》隆重發表，讓內地廣大的文學愛好者，欣賞裘先生的作品。」聽眾乙起身道：「我們的《香港文壇》也會詳盡報道。」

一陣熱烈的掌聲過後，D優雅地回歸座位，風度比章子怡、林志玲都佳勝。

A：「謝謝朱鳳小姐為我們的沙龍增光，以後沙龍的活動，還要請朱鳳小姐支持，這才是龍鳳配！」聽眾大力鼓掌表示贊成，鼓掌用了力氣，於是有人走到長桌那邊再茶點一番，以補充體力。

A：「我們是『雙形主義』者，形而上的藝術和形而下的美食並重。大家隨心而食吧！現在又到『雙形』的時間了：有獎問答比賽。」聽眾此時鴉雀無聲，那幾個大學中文系本科生模樣的，更是聚精會神，彷彿是「百萬富翁」遊戲的競賽者。A的問題包括：

「在《恐怖襲擊之後》中，男女主角被救出來時，互相擁抱，他們說了什麼話？」

「在《玫瑰的聲音》中，玫瑰凋謝時想起中西哪些詩人的名句？」

「裘文明先生也出版過詩集，他的哪一些詩用的是商籟體？你能背誦其中一首否？」

中文系學生模樣的聽眾，爭相舉手。有人回答「商籟體」問題時，還補充說：「商籟就是sonnet，施穎洲把它譯作『聲籟』。」

B對這些問答和踴躍的氣氛，感動得熱淚盈眶。他當了二十年語文教師，向來只有用李白、杜甫、《西遊記》《祝福》這些經典來考問學生。創作多年，今天自己的心血結晶成為考問的內容。自己成為課堂（class）上討論、考問、背誦的對象。啊，《恐怖襲擊之後》《黃昏》等等成為經典（classic）；啊，文學、文明、文名；啊，不朽之盛事！啊，一定要加倍努力，辭了教職，專心創作。要為香港奪得第一個諾貝爾文學獎！

在一張一張的黃金大鈔送出後，A 說：「現在我們恭請香港中華大學王若衡教授講話！」一陣掌聲中，頭髮灰白，爾雅溫文的 E，整理了一下蝴蝶領結，鏗鏘地說：

「裘文明先生的小說，有極大的社會、時代意義，這一點剛才有朋友提到了。我要鄭重宣稱：他的《黃昏》表示我們已進入『後中年學』時代；他的《恐怖襲擊之後》表示我們已進入『後恐怖主義』時代。這是裘先生的先知先覺，不讓西方的後學（post-ism）專美。他的小說，『次前衛』（sub-avant-garde）的技巧運用得好，『次傳統』（sub-traditional）的思維發揮得透徹，風格已經形成了。今天大家較少講到他的詩，而他的詩，明朗而耐讀；我從前一位老師的新詩理論，裘先生實踐得最好。裘先生和我們，都應有裘文明不是金庸、張愛玲、白先勇、余光中、余華這認識之必要，裘文明不是亦舒、張小嫻、董橋、陶傑這認識之必要……」聽眾有人打斷說：

「余華的『兄弟』半年就印了半百萬本！」「董橋獲得兩次文學雙年獎，他的作品有豪華珍藏本，他有『你一定要讀』的推崇。」「陶傑的文集在機場出售。」

E：「我們應有這些認識之必要，我們更應有裘先生很有才華、創作不輟這認識之必要，應該有文學出版物太多讀不勝讀而知音太少這認識之必要。我們還要注意：作聯作協的文友聚會時，不講樓價起跌，而論作品得失；不引明星八卦，而引詩文佳句。作家發表作品，就有人談論，《香港文壇》歡迎評論文章。文學雜誌不是編輯編給自己看的，而是編給讀者（包括作家）看的。著名作家兼雜誌主編陶然說：『塵世喧囂，靈魂寂寞。』今天，在書香閣，眾文友並不寂寞，裘先生更不寂寞。這個文學沙龍要繼續辦下去，成為文學長龍，希望我們有越來越多追隨《文心雕龍》的知音，『平理若衡，照辭如鏡』地談論我們的作家，談論香港的文學。這樣，香港文學的前途一定和黃金一樣。我們可建立高聳的國際文學中心（ILC），在 IFC 於『恐怖襲擊』倒塌後。」

E 平理若衡，能近取譬，引起一陣狂熱的掌聲。不寂寞的 B 在熱鬧甚至喧囂中和聽眾朗誦其作品片段，又繼續為他們簽名、拍照留念。

A：「銅臭書香閣的『本月作家』盛會，今天已到尾聲。我們多謝香港特區政府文發局支持這個盛會。今天一切的開支，包括幾位講者和我的豐厚出席費，都是由文發局負責的。當然，《恐怖襲擊之後》的出版經費，也由它負責。裘先生幸運，抽籤抽中了，成為文發局全資資助的『本月作家』。下個月的『本月作家』只得到文發局四分之一的資助，其餘所需費用，儒商郝敏女士決定由她自己負責，歡迎大家報名下次的活動，報名人數太多時由抽籤決定。今天是 2011 年 11 月 9 日。『911』、『119』、2011 的『11』，這麼多的『1』，也許表示我們有很多一等一的作家。再多一聲多謝、一聲再見。大家離開之前，銅臭書香閣還有一本精美的《文藝世紀》奉送。」

聽眾熱烈鼓掌，且熱情不減。B 和他們一起朗誦 B 的作品。長髮披肩的女歌手「安歌」《玫瑰的聲音》，書香閣中眾人包括 C，手之舞之，足之蹈之，群起應和。B 在狂喜中決定創作一個文學的嘉年華。

寫於 2010 年代初

香港文學：概述和研究方法

香港文學概述

（一）香港文學的定義和特色

香港文學是香港作家寫作的文學，是中國文學的組成部分；它繼承中國古典和現代文學，轉益世界其他國家的文學，而有所創造，具有本身的顯著特色和成就。

文學是語言的藝術，是對人生社會的反映和探索。文學可分為文學創作和文學研究兩大部分。創作一般分為四類：詩、散文、小説、劇本；研究指對文學的分析和評價。本文的記述，以香港的文學創作為主，兼及香港的文學研究。

香港作家的定義，説法不一，有論者甚至認為要為「香港作家下定義，有一定的困難」。這裏引述幾種説法。1983 年出現的一種説法是：香港作家可分為四類：「第一，土生土長，在本港寫作、本港成名的；第二，外地生本土長，在本港寫作、本港成名的；第三，外地生外地長，在本港寫作、本港成名的；第四，外地生外地長，在外地已經開始寫作，甚至已經成名，然後旅居或定居本港，繼續寫作的。」

1996 年出現的一種説法是：「持有香港身份證或居港七年以上，曾出版最少一冊文學作品或經常在報刊發表文學作品，包括評論與翻譯」的為香港作家。

1997 年出現的一種説法，則避過正式對香港作家的界定，而指出：「香港文學研究和香港文學史的撰寫［…］側重點應當是在香港文壇發生實質性影響的文學活動和創作，而不僅僅是『作家』的身份。」

三種説法所定標準不同，認定符合標準與否時，或要探查其準確居港時間之長短，或要明確指出其「實質性影響」為何，都是費時費力的事。如果大而化之來説，則所謂「香港作家」，應指在香港居住或逗留過相當歲月、在香港寫作和發表過相當分量作品的作家。

香港作家的來源不同，身份有異；加上香港文學縱的方面秉接悠久璀璨的中國古今文學傳統，横的方面吸收東西方各國文學的營養，社會風氣崇尚自由多元，普世的文學藝術觀是強調創新，香港的商業社會則鼓吹出奇制勝——這樣的環境產生的文學，自然是品種豐富、風格多姿，有如百花齊放百家爭鳴。香港一位學者著編的香港文學研究二書，書名都有「活潑紛繁」一詞，以此形容香港文學。他寫道：「香港文學百多年來不斷演化，形成了古今兼攝、中外並蓄、雅俗共賞的特色。其總的成績相當可觀。尤其二三十年來，新穎的小說、瑰奇的現代詩、精緻高華的學者散文、便捷普及的專欄文字，以及廣受歡迎的武俠小說等異彩紛呈。」這裏所稱述，加上風雅傳承的舊體詩詞、詭異迷人的科幻和言情小說、益智多姿的兒童文學和旅遊文學、古今中外兼顧的文學研究，總括起來當可說明香港文學的主要特色和成就。

（二）香港文學的發展：1919 年之前

考古學的發現，證明香港早在新石器時代已有人類活動的蹤跡，中國歷代文獻早有香港地區的記載。在十九世紀英國佔領香港之前，香港的人口已有數千；有人在此活動，就有初始的文化、初始的文學。在早期，是山歌一類的口頭文學；居民中學識較好的，則吟詩作文，是唐詩、宋詞、元曲、古文的那個傳統。只不過這些作品極少甚至於沒有流傳下來，我們看不到有關的文本罷了。香港文學的寫作，由古典文學（或謂舊體文學、文言文學）開始。1853 年面世的中文期刊《遐邇貫珍》登載過詩詞和文言遊記，叙述非洲之旅和英國之旅的見聞。

早期的香港文學，基本上都是「南來」的。如王韜

(1828－1892) 為江蘇人，在 1862 年走避清政府逮捕來到香港，先後居港達 20 年。在港期間著述有詩歌、政論、小說、遊記，包括《遁窟讕言》《漫遊隨錄》等。1867 年王韜旅遊歐洲，翌年回港後有詩云：「一從客粵念江南，六載思鄉淚未乾；今日擲身滄海外，粵東轉作故鄉看。」把香港看作故鄉了。

1874 年，王韜在友人協助下，在香港創辦了《循環日報》。報紙的名字有他的家國情懷：「循環」是周而復始、生生不息之意，中國現在衰弱但可能再次發展為強國。論者稱《循環日報》是「中國人自辦成功的最早的中文日報」。該報初無副刊，後來才加上，它成為發表詩文的園地。在香港，王韜讚美香港的多種典章制度、香港的市容，認為「前之所謂棄土者，今成雄鎮」；對香港地小人多，低下層居住環境惡劣，則慨而言之：「非復人類所居，蓋寸地寸金，其貴莫名，地球中當首推及之。」王韜是報人，也是作家，以後南來的劉以鬯、金庸、羅孚、曾敏之等也是報人兼作家；後來者的事業形態與王韜近似，論者因此稱王韜是香港作家的「鼻祖」。

1907 年《中外小說林》創刊，登載的作品包括小說和歌謠，有白話文，也有粵方言作品，論者謂它是香港現存最早的文學期刊。辛亥革命前後，大批廣東的文人移居香港，包括陳伯陶、賴際熙、陳步墀、黃世仲等。

陳伯陶（1855－1930）為東莞人，殿試名列第三即「探花」，1911 年秋起居香港凡 20 年，曾與賴際熙創建學海書樓，傳揚國學。他著述豐富，詩詞吟詠長懷故國之思，與詩友同聲相應，論者謂香港詩壇「成了遺老的天下」。

賴際熙（1865－1937）為廣東增城人，是末屆科舉考試的進士，1911 年移居香港；擅詩文，曾任教於香港大學的中文系。

陳步墀（1870－1934）原籍廣東饒平，失意科場，到香港協助父兄從商，商餘致力慈善事業。1908 年 5 月廣東暴雨成災，不良分子趁災打劫。陳步墀寫詩數十首，呼籲救民，各界群起賑災，連塘西妓女也捐錢，很多婦女響應「繡詩義賣」。

黃世仲（1872－1913）是番禺人，三十餘歲即在香港文化界工作，又是香港同盟會成員；其長篇小說《洪秀全演義》在香港完成出版。1911 年廣州「329」起義失敗，黃世仲寫了《五日風聲》記其事，是一長篇報導文學。

受到五四新文化的影響，香港興起了新文學。漸漸地新文學為香港文學界所重視，但古典文學維持堅韌的生命力；詩、詞、賦、古文等傳統體裁，作者代有其人。如黃花崗起義後來港的劉景堂等「劉氏四家」，他們在香港政府或教育機構任職，出版詩詞多冊。

(三) 香港文學的發展：1919－1949 年

五四新文化運動影響到香港的文壇，1921 年創刊的《雙聲》，所登作品文言和白話都有，包括白話小說；1924 年創刊的《小說星期刊》是綜合性文學刊物，登載古典詩文、白話小說、詩歌；二者可謂香港新文學的先鋒。第一本純粹白話文的文學期刊《伴侶》則在 1928 年出現。此後《鐵馬》《島上》等雜誌相繼出版，一些報章則設有文學副刊，為文藝青年提供園地。1933 年《紅豆》雜誌面世，作者有本港的，也有內地的如李育中。

1930 年代的香港文壇，本地青年作者如謝晨光、岑卓雲等漸露頭角。到了 1937 年抗戰之後，大批內地文人南下，包括郭沫若、蕭紅、戴望舒等。香港是他們的旅途驛站、避難居所或宣傳基地，他們使此地的文藝空前繁榮起來。1941 年創刊的《時代文學》，創刊號首頁列出的作家，有巴金、冰心等 67 位，大都是內地文壇的名家。自抗戰爆發至 1941 年 12 月香港淪陷，香港的報紙有數十家之多，如《立報》《華聲報》《星島日報》《大公報》等大多設有文藝性副刊。在 1937 至 1941 幾年間，南來作家在香港寫的作品，舉例而言，有茅盾的

《腐蝕》，它獲得「抗戰第一長篇」之譽；有蕭紅的《呼蘭河傳》，它在戴望舒主編的《星島日報》副刊上連載；香港淪陷，戴望舒被日軍拘捕下獄，寫了詩篇《獄中題壁》。香港本土作家如平可、劉火子、舒巷城等也時有作品發表。

抗戰期間，南下作家成立多個文藝社團，如「中華全國文藝界抗戰協會」的「文協香港分會」，舉辦不同主題的文藝座談會和講習班。右翼文化人則在簡又文主持下於 1939 年成立「中國文化協進會」，呼籲「發揮光大祖國固有的文化」。

許地山（1893－1941）於 1935 年 9 月南下，任香港大學教授兼中文學院院長。他教學之外，積極參與多項學術文化活動，又寫作小說、散文和劇本，如《玉官》、《鐵魚的鰓》，另有兒童文學如《桃金娘》。小說《鐵魚的鰓》寫一個愛國的老科學家，設計了一款特別的潛水艇，卻得不到資助以實際製作出來，最後連人和模型都掉進海裏，故事悲慟感人。

在神州風大雨大的國難時期，眾多南來文人在香港辛勤耕耘；本港青作者年平可、張吻冰、劉火子等也有作為；文壇由是興盛，論者謂香港「成為了戰時中國文學的中心」。1941 年 12 月香港淪陷，南來作家和本地作家紛紛撤離香港，到了內地。南京人葉靈鳳

（1905－1975）是個例外，他1938年南下香港，擔任《星島日報》等報的副刊編輯，抗戰勝利後一直居留香港，繼續編報撰稿；豐碩的著作包括各種文類，其《香港方物誌》《香港滄桑錄》等書尤具史料價值。戰後《星島日報》《華商報》等復刊，各報都闢有文學園地。新辦的雜誌如《小說》《文藝生活》也為作者提供發表的空間；文壇一時景象蓬勃，黃谷柳的《蝦球傳》、侶倫的《窮巷》就在《華商報》副刊刊載（前者1948年出版單行本，後者在1952年）。

黃谷柳（1908－1977)原籍廣東梅縣，生於越南，數度在港居留。《蝦球傳》主角蝦球是個貧苦人家的孩子，隻身在社會闖蕩；小說涉及黨人鬥爭、黑社會衝突，語言俚俗、香港地方色彩濃厚。

《窮巷》的香港特色更為顯著。作者侶倫(1911－1988)生於香港，在港的文學活動長達半個世紀，有作品二十餘種。《窮巷》寫戰後的香港，經濟蕭索，百業待興。小說的幾個小人物，生活困頓，但他們同舟共濟，相濡以沫，男女主角有情人終成眷屬。結局是在十字路口女主角茫然流淚，男主角抹去她的淚水，說道：「跟着我，向前頭去罷！——我們是有前途的！」

高雄（1918－1981）1944年自廣州來港定居，其《經紀拉日記》1947年4月20日開始在《新生晚報》連載，題材和《蝦球傳》《窮巷》不同，寫的是香港市井人物如何賺錢謀利的故事。

古典文學方面，1912 年香港大學正式開學，其講授中國文學的教師，如賴際熙等都擅詩詞；抗戰期間章士釗、柳亞子、葉恭綽等名人南下香港，不廢吟詠。柳亞子居港年餘，寫詩二百餘首，多記敘交遊應酬之作，盡現文壇盛況。香港淪陷期間，陳寅恪等多有詩記事，感時憂國，諷斥媚日小人。論者甚至認為 1949 年前的香港文學乃以舊體文學為主流。

（四）香港文學的發展：1949－1978 年

1949 年前後南下香港的文化人，人數眾多，這裏簡要介紹幾位。

羅香林（1906－1978）1949 年移居香港，先後在新亞書院和香港大學任教，著有《中國通史》《百越源流與文化》《客家研究導論》等約 40 種。

曹聚仁（1900－1972）1950 年到港，為報人兼作家，著編書籍包括《國學概論》《魯迅評傳》《文壇五十年》等近 70 種。

徐訏（1908－1980）1950 年移居香港，在港 30 年，寫作、教書、編雜誌，包括在港所寫長篇小說《江湖行》

在內，一生出版各種文體作品 60 餘部。

李輝英（1911－1991），1950 年移居香港，先後在香港大學和香港中文大學任教，一生著作包括《豐年》《中國現代文學史》等 30 多種。

何達（1915－1994），曾就讀於西南聯大，1948 年移居香港，編輯文學雜誌《伴侶》，著作有《何達詩集》、散文集《出發》《又綠集》等。

司馬長風（1920－1980），國立西北大學畢業，1949 年移居香港，辦出版社，當編輯，在浸會學院等校教學；著作包括《唯情論者的獨語》《明天的中國》《中國新文學史》等數十種。

饒宗頤（1917－2018），1949 年移居香港，歷任香港大學和香港中文大學教授，兼擅詩文書畫，著作包括經學、史學、文學、考古、宗教諸學科，有國學大師之稱。

劉以鬯（1918－2018），畢業於聖約翰大學，1948 年冬南下香港，寫作，編報紙副刊，任《香港文學》雜誌主編，著作包括《天堂與地獄》《酒徒》等小說。

宋淇（1919－1996），畢業於燕京大學，1949 年移居香港，從事翻譯、電影製片、學術行政等工作，著譯包括《林以亮詩話》《《紅樓夢》西遊記》《攻心記》等，為中華文學作品英譯期刊《譯叢》（*Renditions*）創刊者之一。

羅孚（1921－2014），1948 年來港參加《大公報》復刊工作，後任《新晚報》總編輯，著有《繁花集》《南斗文星高：香港作家剪影》等多種。

金庸（1924－2018）、徐速（1924－1981）、梁羽生（1926－2009），在 1949 年或稍後南下香港，在港發展文學事業，各有貢獻和影響。

徐東濱（1927－1995），就讀於西南聯大外文系，1949 年來港，先後任《星島日報》和《明報》總主筆，著作包括《叛徒》《東濱文集》等多種。

南下香港的文人，背景不同，學術文化修養多元，其專精或古或今，或中或西，也有博洽淹通的。他們定居香港後或賣文為生，或編報為業，或從事中學和大專教育，多有一身兼數業以謀取生活所需。在香港的重商社會，為謀稻粱，南下作家有寫都市傳奇和武俠小說以吸引讀者的。前者如曹聚仁的小說《酒店》，後者如梁羽生 1954 年發表首部武俠小說《龍虎鬥京華》，金庸則翌年發表其《書劍恩仇錄》；二人自此越寫越多，大受歡迎，成為香港小說極受歡迎的品種。

李輝英以抗日戰爭為題材的長篇小說《人間》寫於香港，在 1952 年發表。徐速在 1950 年代末出版《星星．月亮．太陽》《櫻子姑娘》等以抗日為背景的愛情小説，二書暢銷於香港和東南亞。徐訏在香港所作的《江湖行》，時空廣闊、人物眾多，是中國現代史的一個縮影。至於張愛玲（1920－1995），她在 1939－1942 年和 1952－1955 年先後居港，後來移居美國，可説是「旅港作家」。另外，熊式一（1902－1991）用中英文發表作品，1955 年才移居香港，創辦了清華學院，其中文本戲劇《王寶釧》和小説《天橋》先後在香港出版。

南下文化人編輯文學雜誌，如《人人文學》和《中國學生周報》，二者都創刊於 1952 年。後者是綜合性文化刊物，文學創作、翻譯、評論佔了很大的比重；1940、1950 年代本地出生或成長的作家，有很多是它直接或間接培養出來的。1956 年創刊的《文藝新潮》，介紹存在主義等多種現代主義的文學，刊登馬朗、李維陵、崑南等前衞性創作，形成一個文學潮流，波及彼岸台灣；1963 年《好望角》創刊，是它的一個延續。

上述 1950 年代的一些刊物，加上友聯出版社、美國新聞處等機構的叢書，在美國政府直接間接的經費支持下，右翼的文學力量頗為龐大，而有形成了「美元文化」的説法。1950 年代的左翼作家，也有報刊作為文學園地。其中 1956 年創刊的《青年樂園》周刊，也培養了不少年輕作家。1957 年創刊的《文藝世紀》走的是現實主義路線，有和右翼刊物抗衡之意；葉靈鳳、曹聚仁、阮朗、何達、黃蒙田、蕭銅、海辛、吳羊璧等經常為它撰稿。至於徐速主編的《當代文藝》於 1966 年創刊，立場比較超然，印行 14 年，作者和讀者包括香港和東南亞各地；同年左翼的《海光文藝》創刊，只出版 13 期。

南下的文化人，不論左翼右翼，他們在香港發表作品，編輯刊物，通過院校授課和公開講座傳播文學知識，擴闊了香港的文學文化環境，豐富了香港的文學文化資源；他們有意無意間播下文學種子，栽培了很多第二次世界大戰後出生的文學青少年。

1950 年代、1960 年代的香港文壇已相當多元化，讓不同類型作者各展所長，讓不同類型讀者各取所需。古典文學持續發展，其作者多有組織社團的，如 1950 年代以來的健社、青社、春秋詩社、南熏詩社等，風雅不衰。1960 年代初期開始，本土出生或成長的很多青年學生，因為愛好寫作，紛紛組織文社；在電子媒體並不發達的年代，把對文藝的熱情主要投放在文字上，形成一股澎湃的「文社潮」。為擴充發表空間，文社刊物如《青松》《芷蘭》《風雨》《開放》《秋螢》《新穗》等雨後春筍般面世，連同香港兩所大學學生創辦的《文訊》和《新綠》，共有數十種。1968 年附於《中報周刊》的《文社線》專版面世，多報道文社活動。此外，自 1967

年至 1970 年代末，《盤古》《詩風》《海洋文藝》《四季》《大拇指周報》《八方文藝叢刊》《素葉文學》先後印行，連同 1950 年代和 1960 年代延續下來的文學刊物，以及早已存在的報紙副刊，文學青壯年有廣闊的園地供其耕耘。1966 年創刊的長壽文化雜誌《明報月刊》則有相當篇幅撥給文學創作和評論。

1930 年代和 1940 年代初在香港出生或成長的蔡炎培（1935－2021）、崑南、黃俊東、小思、陸離、黃繼持、西西（1938－2022）、何紫（1938－1991）、黃康顯（1938－201？）、張君默、黃霑（1941－2004）、陳耀南、李英豪、林燕妮（1943－2018）等，文學上已先後有表現。二次大戰後在香港出生或成長的一代，如古蒼梧（1945－2022）、吳汝寧、潘銘燊、岑逸飛、柯振中（1945－2020）、黃國彬、羈魂、黃維樑、林琵琶、吳嬋霞、許定銘、杜國威、關夢南、亦舒、潘耀明、黃子程、何福仁、吳萱人、綠騎士、也斯（1948－2013）、黃仲鳴、梁鳳儀、岑凱倫、陳浩泉、馮偉才、陳德錦、秀實、施友朋等，很多都經歷過「文社潮」的浸潤，如今又有種種文學報刊的園地供他們馳騁神思文采，經過歷練，本土作家在文壇崛興了。

蘊含才華、初露潛質或已露頭角的文士，如黃慶雲（1920－2018）、吳康民、羅琅、十三妹（？－1970）、犁青（1933－2017）、孫述宇、胡菊人、譚秀牧、璧華、金兆、王一桃、春華、戴天（1938－2021）、林行止、寒山碧、秦嶺雪、張詩劍（1938－2024）、陳娟、蔡瀾、依達、胡志偉、夏婕、蔣芸、林曼叔（1941－2019）、藍海文、白洛、宋詒瑞、李遠榮、漢聞、梅子、陶然（1943－2019）、黃南翔、古劍、東瑞、關夢南、陳少華、蔡麗雙、舒非、徐國強、顏純鉤、江揚、周蜜蜜、廖書蘭、林月秀等等，或從內地，或從台灣，或從其他地方，於 1950 年代或稍後，先後來到香港，各顯所能，在文場競技。

1960 年代起，香港經濟發展蓬勃，論者謂已進入了「起飛」的階段。1971－1982 麥理浩擔任香港總督，改革施政，在房屋、教育、醫療、基建、交通、廉政多方面，都有建樹，為香港一般市民所樂見。1966－76 內地則處於「文革」的非常時期，香港作家對此有所反映、有所批判。香港的年輕一代，在這個時期增加了對香港的認同和歸屬感，認為應該在這個「東方之珠」有所表現，包括文學藝術的創作。1950 年代李輝英、徐速、徐訏、張愛玲在香港寫的小說，題材都和香港無關；1970 年代香港本土作家的書寫，則大量以香港事物為題材。例如，西西 1975 年在《快報》連載的小說《我城》，後來成為名篇的，寫的都是香港的人物和故事，有「同舟共濟」的思想，顯然表現了一種愛香港的情懷。

香港中文大學在 1963 年成立，至 1970 年代聲名漸顯，教授、講師的薪酬優厚，吸引不少華人學者作家加入，如金耀基、余光中（1928－2017）、思果（1918－2004）等，香港文壇陣容更大，更顯興旺。古典文學的作家也人才濟濟，香港大學（成立於 1912 年）、香港中文大學（成立於 1963 年）和其他高等院校，在不同年代先後成立。百年來各個高校講授中國古代文學的教師，多兼擅詩詞，從錢穆、曾克耑、陳湛詮、饒宗頤、潘小磐、吳天任、羅忼烈、蘇文擢，到何沛雄、鄺健行、陳志誠、陳耀南、莫雲漢、何文匯，雅詠不絕，迭有詩集面世。前期詩人中錢穆、饒宗頤學識淵博、吐屬典雅，號稱國學大師；蘇文擢古典精湛，而關心當代，用今語寫今事，其詩時有「哀民生之多艱」的詠歎。《人生》雜誌（1951－1971）和 1970 年創刊的《大人》雜誌（後易名《大成》），較多刊載舊體的吟詠之作。

各種文學社團活動、評獎活動紛紛舉辦，文壇更形熱鬧。由兩間官辦大學學生會主辦的「青年文學獎」在 1972 年創立，多年來為年輕作者鼓舞激勵。到了 1978 年，國家實行改革開放政策，從此香港和內地的各種交流變得便捷與頻繁，兩地文學界人員的溝通和認識加強了。

（五）香港文學的發展：1978－1997 年

進入 1980 年代，中英兩國政府關於「中國恢復行使對香港的主權」問題展開談判，1984 年中英政府簽署聯合聲明，香港進入 1997 年回歸祖國的過度時期；1989 年夏天，北京發生天安門風波。1980 年代是香港政治社會形勢激盪的時期，文學反映時代，香港作家有了多種新的寫作題材。

已有的文學期刊在 1980 年代延續下來，添加了新辦的《素葉文學》《博益月刊》《讀書人》《香港文學報》等。《香港文學》在 1985 年誕生，此後連續出版不輟。香港文學自從 1950 年代開始，左翼和右翼區別明顯；由左翼機構支持的《香港文學》走綜合路線，兼容左翼右翼，且刊登世界各地的華文作品。連同報紙副刊提供的篇幅，文學園地空前廣闊；電子媒體興起，但沒有到漫天覆蓋的境地。老中青作家辛勤寫作，陣容龐大，文學社團如香港作家協會和香港作家聯（誼）會在 1987 年和 1988 年分別成立。

香港社會一向重商，市民大多辛勞工作，工餘如有時間閱讀文學，多喜故事奇趣情節曲折的武俠、偵探、愛情、科幻小說；所進「文字快餐」則是報紙副刊短小精悍的專欄雜文。1980 年代香港各家各派的日報晚報，多至數十種，幾乎每報都有副刊專欄十個八個；每天老中青男男女女逾百作者，殫精竭慮，把才情學識——有些還加上可觀的文采——都灌注在專欄裏面。作者有專業寫作人，有商業各行各界專業人士，有大學的講師和教授；作者之多、讀者之眾、影響之大，小小的專欄雜文是香港文學的重鎮，更是世界僅見的報業文學奇觀。

在 1980 年代銷路較佳的報紙，長寫長有的專欄名家輩出，如吳其敏、何達、張文達、程逸、戴天、胡菊人、張君默、梁錫華、阿濃、黃霑、林行止、沈西城、岑逸飛、黃仲鳴、周兆祥、石琪等等，枚舉不盡。小小的日報專欄旋刊旋滅，即讀即棄，正符合後現代主義學者的「速朽」理論；專欄小文極少產生轟動效應，在港外甚至港內的觀察者眼中，它們也難以形成大氣候。香港的專欄雜文，其對讀者、對社會的作用，是細水長流式的。影視的受眾，一般而言，比文學作品的受眾多；其劇本的寫作，一般比專欄文字考究。劇作家杜國威有《我係香港人》（1985）、《人間有情》（1995）和《南海十三郎》（1997）諸作，滿有香港情味的，屢獲獎項。

號稱高雅的古典文學依然活躍，老一輩的文人持續吟詠；1978 年從廣州來港工作的曾敏之著述頗豐，論者謂其「詩風豪邁，意氣昂揚」。鄺龑子、黃坤堯、劉衛林還有更為年輕的如曹順祥、董就雄、陳煒舜、程中山、張志豪等，也不拘一格言志抒情。香港中小學各級語文課程都選入古文和詩詞篇章，學童對古典文學有基本的認識。文教界推廣古典文學，經常舉辦詩詞欣賞和寫作講座。1989 年代開始先後舉辦「全港學界律詩創作比賽」和「全港學界對聯創作比賽」，為古典文壇發掘可觀數量的新秀。詩詞愛好者有觀摩交流的雅集，結社之風頗盛；鳴社、璞社等紛紛成立。承前啟後，香港古典文學的教學與寫作，綿延不絕，風采燦然。

到了 1980 年代，累積起來的文學表現，包括上面所述的小說、詩歌、散文（包括專欄雜文）、舊體文學，加上兒童文學、旅遊文學、傳記文學、戲劇文學、文學批評等類別的作品，是各種背景的老中青作家辛勤寫作的豐碩成果，呈現璀璨壯觀的景象。以下重點記述幾位作家的成就。

金庸和梁羽生的武俠小說被稱為新派武俠小說，論者謂金庸之「新在用新文藝手法，塑造人物，刻劃心理，描繪環境，渲染氣氛」，又「從西洋小說中攝取表現的技巧以至情節，[…] 連『大雅君子』的學者也會對它手不釋卷。」金庸的武俠小說，很多都規模宏大，想像豐富，人物鮮明，加上民族大義，哲理情思，有高度的文學價值。不過，武俠小說十九情節離奇，巧合太多，因此有人稱之為「成人童話」。金庸作品暢銷香港內外，多被改編攝製為電影或電視片集。《書劍恩仇錄》《射雕英雄傳》《鹿鼎記》等，其故事與人物，家喻戶曉，是香港文化以至當代中華文化的一個重要部分。金庸還是著名的報人，所主持的《明報》《明報月刊》等報刊，是香港報業的重鎮。他撰寫的社評，立論力求客觀可信，文字力求生動活潑，也知名於時。

倪匡的科幻小說，有《妖火》《藍血人》《無名髮》等數十部。《無名髮》講述四個外星人為地球帶來文明的故事：地球人醜惡，「虛偽、欺詐、貪婪嫉妒兇狠殘酷自私橫蠻［…］」；天外來客 ABCD 先後來訪，要拯救地球人；他們分別是穆罕默德、釋迦牟尼佛、耶穌和老子。ABCD 被派遣到地球之前，頭髮原來是有用的，「是思想電波束的通路」。故事曲折懸疑，主角神出鬼沒，既有西方的占士邦本領，又有中國的武打功夫；讀者追看奇幻情節，以此為樂。這小說嚴肅的主題，牽涉到人類天生的醜陋本性及其改造的無望。倪匡小說以神奇的想像迷倒讀者，他還有不同類型的書寫贏得香港內外眾多「粉絲」，與金庸、黃霑和蔡瀾合起來有「香港四大才子」之稱。

亦舒寫散文、寫小說，以愛情小說為大宗，數十年間出書超過百種，馳譽香港內外。其愛情傳奇的一般程式為：主角男則玉樹臨風，女則綺年玉貌，情涉三角，愛至生死，纏綿複雜，奇行怪事間出，如《香雪海》即如此。富家女香雪海掌管大企業，行為囂張霸道，而愛情傷痛。亦舒擅寫對白，文筆流麗機智，有文學典故，如一句「叮噹會恨我一生，像狄更斯名著《霧都孤兒》中的夏維咸小姐」，讓讀者覺得亦舒不同凡響。人生感慨與處世智慧也常在字裏行間出現。香港寫愛情的小說家如依達、嚴沁、林燕妮、西茜凰、鍾曉陽、張小嫻、草雪等，各顯風貌；劉以鬯早期謀稻粱的小說、高旅和南宮博的歷史小說，以至金庸的武俠小說，都離不開愛情的元素；悲歡離合纏綿悱惻的古今愛情故事，述說不盡。有論者特別重視《胭脂扣》，說它是「引發香港的『懷舊』之風最有影響的作品」。

劉以鬯的小說《酒徒》在 1963 年出版，有相當的自傳性，寫主角在香港這個商業社會的苦悶生活，常借酒消愁。他推崇現代主義文學，但為了生活，卻要寫色情小說。小說對香港的文化界有諸多責難與抨擊。《酒徒》有或長或短的意識流片段，曾被譽為「中國第一部意識流小說」。劉以鬯還有《寺內》《鏈》《對倒》《打錯了》等眾多中短篇小說，都富實驗性，致力探索人物的內心世界。劉以鬯長期任報刊編輯，所編如《香港時報》《快報》等的副刊，以及 1985 年創刊的《香港文學》，提供給各類型作者開拓創新的園地。他所編《星島晚報》

的副刊名為《大會堂》，尤隱含老中青、左中右大會於此的美意。

本《概述》前面引一說法，把香港作家分為四類。照此分類，倪匡屬第三類，金庸與劉以鬯屬於第四類，余光中也屬第四類。余光中在 1974－1985 年間任香港中文大學中文系教授，之後經常來香港參與多種文學活動。居港期間的詩、文、評論、翻譯、編輯作業，如從前一樣筆揮五彩，成書多冊。其詩寫愛情友情委婉親切，諷政客、倡環保、詠時代，題材多端而情理俱備；寫古今人物，形象鮮明、秀句迭現，如《尋李白》詩「酒入豪腸，七分釀成了月光 / 餘下的三分嘯成劍氣 / 繡口一吐就半個盛唐」之句，傳誦香港內外。其詩主題明朗而技巧高妙，為現代詩的寫作立一範例。余光中香港期間的散文如《飛鵝山頂》，為山水彩繪形態，為自然深注感情。香港的風景，余光中為它冠名。

西西在香港成长，以創作為一生事業，文類包括詩、散文、小說。小說《我城》《哨鹿》《哀悼乳房》《春望》《像我這樣的一個女子》等，於敘述手法開創有道，廣受讚譽，屢獲香港內外文學獎。《我城》用童話式活潑筆調宣揚和睦友愛等美德，述說香港人共度時艱的團結精神，書名饒具深遠意義。《哨鹿》寫大皇帝與小百姓的故事，於反諷中為民請命。《哀悼乳房》把生活與學問融為一體，細膩動人；《像我這樣的一個女子》記述殯儀館化妝師的生活和內心世界，委婉哀傷。西西和另一位作家也斯都受到拉丁美洲魔幻寫實主義的影響，廣泛吸納世界文學滋養，具見香港作家轉益多師的精神。1982 年也斯出版《剪紙》，論者稱它是香港首本魔幻現實主義的小說。

1980 年代的另一位壯年作家黃國彬，通曉多種外語，博覽中外經典名著；其不同文類的創作，豐饒多姿。詩集多卷，有長篇有短製，或詠史或諷今，《地劫》等篇幾臻史詩格局。散文氣魄雄長、體式高華；《莎厘娜》寫香港大學生的青春浪漫意氣，《伏在你肩上的女子》寫香港維多利亞港的壯麗景色，其散文佳篇無不形象豐滿，修辭考究，中西文學典故左穿右插，和梁錫華等作品盡顯「學者散文」之美。他的華夏遊記氣象不凡，加上其他作家的多彩遊記散文，香港的旅遊文學顯現獨秀風姿。黃國彬的翻譯成果累累，如從意大利原文中譯的但丁《神曲》，力求達詩意、合聲韻，譯文與詳注成書三大卷，在溝通中西文化史上豎立豐碑。

上述的金庸、倪匡之外，還有不少作家為香港以外論者所推崇，如新加坡的報人稱林行止為「香江第一健筆」，成都的詩評家謂「余光中［在香港］最後完成龍門一躍，成為中國當代大詩人」。

1980 年代之後，香港文學持續發展，各種文學資助和活動相繼出現。1994 年成立的香港藝術發展局，撥款支持文學，包括資助個人作品集的印製，以及《香江文壇》《城市文藝》《文學世紀》《文學評論》《字花》等刊物的出版。多個文學獎和文學節先後興辦，例如 1979 年市政局公共圖書館新辦的「中文文學創作獎」，1991 年發展為「香港中文文學雙年獎」。香港作家本身則「抱團取暖」，1985 年有龍香文學社的成立（後改稱香港文學促進協會），香港作家協會和香港作家聯（誼）會在 1987 年和 1988 年先後成立，各個組織都先後或長期或短期出版其相關文學期刊。

（六）香港文學的發展：1997 至今

因為「九七」問題或其他緣故從香港移居美國、加拿大、澳大利亞等國的香港學者或作家，有梁錫華、胡菊人、戴天、倪匡、陳耀南、陳浩泉等人；在「九七」之前或之後入職香港各間大學的學者作家，則有如許子東、鄭培凱、張隆溪、李歐梵，還有輾轉回到出生地香港的劉紹銘（1934－2023）。這正體現香港文壇的流動性。離港者頗有人繼續在香港報刊發表作品，或出版書籍。

1949 年前後香港文化界的「南來潮」之後，跟着的世代持續有文學人才從各個地方來到香港。這些中華的文學才士，很多都接受過中國和西方的教育，視野廣闊，學養深厚，其中的一些大學教授，既有創作，也有研究；對整個香港文學界來說，他們增添了力量，擴大了多元化幅度，更有作品大放異彩者。香港文學是中國文學的組成部分，也是別有特色、別有光彩的一部分；香港吸納神州內外四方八面的人才，對香港文學大半個世紀以來的興旺發達，有顯著的貢獻。

1997 年下半年香港在「金融保衛戰」中，取得勝利；2014 年秋天發生違法「佔中」事件，騷亂一時，終獲平定。1997 年香港回歸至 2017 年，這二十年間社會基本平穩，而國家的改革開放政策獲得多方面「現代化」的豐美成果，國力日強，也讓香港的經濟得益。香港人在「一國兩制」的模式下，繼續享有言論、出版等多方面的自由。新媒體時代來臨，紙本文學書寫受到衝擊，但文字畢竟是文化最重要的符號，各種新媒體畢竟離不開文字；因此，香港文學仍然持續發展，作家依然暢所欲寫，文學依然活潑多姿。

這二十年裏，耆英作家如劉以鬯、金庸等多已少寫，戰後在香港出生或成長的則已成為資深作家，晚一輩的則成為中堅作家了。1997 年之後，香港文壇的中堅分子和新秀，如王良和、胡燕青、周蜜蜜、王璞、董啟章、鍾曉陽、黃碧雲、馬輝洪、廖書蘭、草雪、馬家輝、劉天鈞、黃秀蓮、西茜凰、蔡益懷、孔慧怡、潘金英、潘明珠、施友朋、張小嫻、何杏楓、黃念欣、潘國靈、李浩榮、楊立門、鄭政恆、葛亮、韓麗珠、屈穎妍、周潔茹、萍兒、唐睿、程皎陽等，各顯才華；其中王良和、胡燕青能詩能文能評論，多獲獎項；而董啟章、葛亮所寫小說，風格不同，都獲獎譽，學院批評家對其評論尤多。葛亮的《北鳶》入選 2016 年「中國好書」，論者謂此長篇小說「精雕細刻」，讓「傳統煥發出新的活力」。

相對於影視音樂等表演藝術，文學之為文字藝術，除了若干例外，一向受眾較寡少，風光較遜色。幸好政府和民間學術文化團體對文學有資助有獎勵，對作家不無打氣加油的作用。1979 年市政局公共圖書館創辦的「中文文學周」，1997 年擴大為「香港文學節」；1990 年開辦的「香港書展」，每年都有多項關於香港文學的活動。2000 年則有由香港中文大學創辦的「新紀元全球華文青年文學獎」，2005 年有由香港浸會大學創辦的「紅樓夢獎」；後者是華文長篇小說獎，獎金 30 萬港元，冠絕當時全球同類獎項。

1997 年之後，前面提到的文學社團繼續運作，活動則多寡不一。其中香港作家聯會的骨幹成員又延伸出兩個組織：一是 2005 年在香港成立的「世界華文旅遊文學聯會」，其宗旨是：團結全球華文作家或華文作家團體，在旅遊中創造文學，在文學中創造世界。二是「世界華文文學聯會」，在 2006 年於香港成立，並於 2008 年創辦《文綜》雜誌，其宗旨是：推動世界華文文學發展、團結作家、弘揚中華民族優秀文化。這兩個組織，都以香港為中心，團結世界各地華人文學團體；前者多年來在香港和華南多個城市舉辦過旅遊觀光活動，以及關於旅遊的學術研討會。

活潑紛繁的文學成果，到了 1980 年代，開始有學者認真地用力地加以整理、研究、論述。黃維樑在 1985 年出版了《香港文學初探》，這是香港內外第一本評論香港文學的專著。盧瑋鑾、黃繼持、鄭樹森等收集、整理香港文學史料，多種編著其後陸續出版。1986 年香港中文大學的香港研究中心成立「香港文學研究室」；1992 年嶺南學院設立「現代中文文學研究中心」；2000 年香港中文大學建立「香港文學資料庫」，兩年後成立「香港文學特藏」。香港大學圖書館和香港中央圖書館，一向重視香港文學的各種文獻，收藏豐富。

改革開放政策實施後，內地學者從多途徑接觸香港文學；國家確定對香港恢復行使主權的消息發佈後，內地學者對香港社會與文化的興趣更為濃厚，多個領域的學術研究興起。關於香港文學的論著，包括香港文學的概論、專論和文學史，從 1990 年代初起，源源出版，潘亞暾、許翼心、古遠清、袁良駿等都各有專著。謝常青和王劍叢先後出版了簡要的香港文學史，較具規模的，則為劉登翰主編、十多位學者聯合撰寫、1997 年出版的《香港文學史》。周文彬、艾曉明、施建偉、汪義生等陸續有專著，基本上都在 20 世紀結束前出版（黃萬華的《百年香港文學史》則在 2017 年才出版）。在論述台港澳文學和世界華文文學的著作中，香港部分也常佔有相當篇幅，如曹惠民、喻大翔、江少川、袁勇麟等的論著。

香港回歸前後香港內外學者的香港文學研究，已有顯著可觀的成果；百多年活潑多次的香港文學，值得探討析論的作家作品自然還有龐大的數量。21 世紀開始的十餘年，香港本地文化界的香港文學編選和論著，比起過去，數量明顯增加了。羅孚、慕容羽軍、羅琅、王一桃、黃維樑、也斯、黃坤堯、楊國雄、王宏志、李小良、陳清僑、王良和、樊善標、危令敦、程中山、余非、陳潔儀都有專著出版，或爬梳文獻，或析論作品，或憶述故人往事，都和香港文學相關。陳國球和陳智德主編、十多位本港學者選編，12 卷的《香港文學大系 1919－1949》，與其續編（1950－1969）16 卷，在

2014－2016年出版，它包括散文、小說、評論、新詩、戲劇、舊體文學、通俗文學、兒童文學及文學史料等，是香港文學首套系統的編修，是香港學者研究香港文學的一個碩果。

順此略為提及：香港學者的文學研究，在古典文學如《文心雕龍》、詩詞古文、《紅樓夢》等，現代的如魯迅、中西比較文學、翻譯學等多個範疇，都頗著成績。

21世紀初至今，香港文學的研究，內地學者有豐富成果。北京的趙稀方有專著《小說香港》（2003），並有多篇關於香港文學的論文；他對香港報刊的研究進行了多年（其《報刊香港》一書在2018年出版）。廣州的淩逾是研究西西的專家，出版的香港文學論著包括《跨媒介香港》（2015）。趙、淩二人都是博士生導師，他們指導博士生或「博士後」學生研究，可與本人的學術興趣配合，而對香港文學的研究就因此形成群落了。他們的「後學」已多有論著發表。

香港曾遭遇「文化沙漠」的惡評。1985年有華裔著名歷史文化學者，撰文講論中華各地的文化情況；關於香港，他說「大約『聲色犬馬』四字足以盡其『文化』的特色。[香港] 根本沒有『文化』，尚何『危機』之可言？」他又問：香港人「何以眼看這個社會在精神上如此墮落而竟無動於衷」。這言論極為偏頗，本港一學者予以回應，舉出香港文化、文學表現的大量數據，以《香港有文化，香港人不墮落》為題，撰長文反駁之。

香港文學壯大發展，多產的、優產的各類型作家不勝枚舉；本章《概述》所列舉，即使加上本《文學卷》全書所載，也不可能完備。歷來長期擔任文學報刊的編輯、各個文學社團的負責人、香港藝術發展局屬下的文學委員會的歷屆主席、各個重要文學獎的獲獎者，對香港文學有或大或小的貢獻；如此種種，參考這一類名單，可補《文學卷》各章記述的不足。劉以鬯主編、1996 年香港市政局圖書館出版的《香港文學作家傳略》，收錄的作家共 560 名，相信尚有遺珠；1996 年之後，不知道又增加了多少作家。此書如編修增訂版，也有補足之用。

（七）香港文學：時代的反映

中華民族百年來經歷種種苦難，中華人民共和國成立以後，漸漸否極泰來，但中間不無反覆波折，有過動蕩的歲月。1930－1940 年代抗戰期間，戴望舒、許地山等多有反映時代之作，已見前述。1960 年代初期，大量難民越過梧桐山來到香港，就有勞思光、夏書枚、翁一鶴等人寫詩記事，論者謂諸人所作「情采交融，華實並茂，富有民族感、憂患感、時代感」。在「文化大革命」年代（1966－1976），香港報章的政論作者如金庸，為文作春秋式褒貶。身經早期「文革」後來到港的青年如韓江鴻、吳甿、虞雪等，把所經歷所聽聞，寫成詩歌、小說或報道文學，在香港發表，結集出版的包括《文革風雨話山鄉》《反修樓》《敢有歌吟動地哀》。陳若曦居住內地七、八年後，1973 年到香港，寫作《晶晶的生日》《耿爾在北京》《尹縣長》等短篇小說，在香港的《明報月刊》發表。這些作者的「文革」經驗書寫，比內地「傷痕文學」的出現早了三、四年。陳若曦的作品被翻譯成英文，出版後在歐美獲得好評，作者也頃刻間聞名遐邇。

1980 年代「九七問題」浮現，此乃關於祖國如何對香港恢復行使主權的重大政治事情。中英兩國政府就 1997 年之後香港的前途舉行多輪談判，這期間，不同背景不同政治立場的港人，是留港，是移民，意見紛紜。不同心聲的表露、不同言論的交鋒，香港的文壇呈現非常開放、自由、多元的局面。政論家和專欄作家如徐東濱、胡菊人、李怡、林行止、岑逸飛等發表形形色色的言論。劉以鬯 1983 年寫了短篇小說《一九九七》。余光中（時任香港中文大學中文系教授）在 1983 年 11 月號的《明報月刊》發表新詩《過獅子山隧道》，最後五行是這樣的：「時光隧道的神祕 / 伸過去，伸過去 / ——向一九九七 / 迎面而來的默默車燈啊 / 那一頭，是什麼景色？」詩句隱含港人對前途的憂慮不安。

1984 年 12 月《中國和英國政府關於香港問題的聯合聲明》公佈，國家強調將實施「一國兩制」、「港人治港」、「高度自治」的對港政策，且維持五十年不變，人心較為安定。《聲明》公佈後，通過詩歌、散文和小說，港人繼續為前途問題發出不少聲音。例如，在長篇小說方面，1985 年梁錫華出版了《頭上一片雲》，同年劉紹銘發表《九七香港浪遊記》、陳浩泉發表《香港九七》。

1989 年夏天內地發生天安門事件，香港文學藝術界為這個時代風波書寫了大量詩歌和雜文；言情小說家也以此事件為題材寫出了《傷城記》（亦舒作）等。

幾年後，回歸的日子臨近，香港整體環境趨於穩定，市面保持繁榮。籌備中的特區政府之外，香港作家聯會等各個社團有多種慶祝回歸的文學藝術活動。《香港文藝報》等刊物有大量歡慶的詩文；香港《大公報》和北京《光明日報》聯合出版《香港回歸詩詞三百首》，其中王一桃的四百行長詩《火鳳凰》概括香港的歷史，氣象昂揚；梁鳳儀出版其長篇小說《歸航》；香港中文大學中文系一位教授在 1997 年 7 月 1 日的《星島日報》發表《從今走向繁榮富強》，抒發香港回歸時的家國情懷。

香港回歸後持續發展，雖有波折，但大局穩定。2003 年香港有「非典型肺炎」疫症，社會生活和經濟發展受到衝擊；政府起意策劃，通過文藝來振奮人心，乃有何冀平編劇、顧嘉煇作曲、黃霑作詞的原創音樂劇《酸酸甜甜香港地》的演出。回歸十周年和二十周年時，文藝界有各種慶祝活動。2017 年許連進觀賞過眾多節目，發為詩詞凡數十篇，匯為《香港回歸情貫》一書，頗有古人「彩筆干氣象」的豪情。

（八）香港：文學文化交流的樞紐

香港是自由港，地理位置優越，是商業貿易的集散地、中轉站，也是中西文化的交匯點，更是海峽兩岸文化藝術等各種思潮和活動交流的樞紐。香港和內地之間，經濟、文化等各個方面一直互通，一直有交流。在比較封閉的年代，內地的各種書籍一樣發行到香港銷售。內地作家在香港的一次紙上匯集，則是潘耀明《中國當代作家風貌》正續篇的出版，此書是與眾多著名作家訪談的記錄。

香港一向保持和台灣在經濟、旅遊等範疇的來往，文化交流頻繁。1950 年代從西方引入的現代主義文學，香港和台灣且互相傳播、互相影響。香港和台灣兩地報刊，互相登載對方作家的作品；兩地的出版社互相出版對方的著作。

1949 年後，兩岸曾隔絕三十多年，期間香港仍有一些資訊的中轉。1976 年「文化大革命」結束，內地環境較為寬鬆，內地學者通過香港親友獲得台灣和香港兩地的文學作品。1981 年實施「三通」政策，兩岸之間活動頻繁起來：互相接受對方的文學作品，以至互相出版、互相研究。這個新的時期，在促進香港與兩岸作家以至全球各地華人作家的交流互通方面，羅孚、曾敏之、潘耀明等先後有多方面的貢獻。一些台灣作家的詩歌、小說、散文就是在這個時候經過香港進入內地的。「五四」以來如魯迅、冰心、茅盾、巴金、錢鍾書等新文學作品，在台灣長期被禁；香港的讀書人常把這批作家的作品集引入台灣出版，暗暗流傳。1980 年代末，台北的出版界和香港文化界合作，編輯出版「當代中國大陸文學系列」，賈平凹、韓少功、莫言、王安憶、舒婷、馮驥才、史鐵生等知名內地作家，集體在寶島亮相。

香港是兩岸學者作家的交匯處。1981 年 12 月香港中文大學舉辦現代文學研討會，辛笛、唐弢等從內地來港參加。1983 年兩岸有一個春天的約會：高齡 86 歲的北京大學教授朱光潛應香港中文大學新亞書院之邀，蒞港主持首屆「錢賓四學術文化講座」；在院長金耀基安排下，新亞書院創辦人 88 歲高齡的錢穆專程從台灣到香港，朱光潛「重晤了暌違半個世紀的老朋友錢穆先生」。巴金於 1984 年獲得香港中文大學頒授榮譽文學博士學位，並在港展開文學活動。其他內地學者和作家，或個別或組團來港，自此絡繹不絕。

從相對封閉的學術環境走出來，要體驗西方文化和生活最方便最經濟的途徑，是來到中西文化交匯的香港，在此借鑒或批判資本主義的種種事物。他們對香港的學術文化以至整個社會都有興趣，認為很多事物值得觀摩和研究。積極主持和組織這類交流活動的，有香港中文大學、香港嶺南大學、香港浸會大學、香港作家聯會等學術文化機構。

來港訪問的學者和作家，繼辛笛、朱光潛、巴金之後，有多名廣東的，還有其他省份的如俞平伯、王蒙、樂黛雲、陸士清、古遠清、余秋雨、陳子善、徐志嘯、喻大翔、北島、曹順慶、王寧等等；這些詩人、小說家、現代文學和比較文學研究者，為 1980 年代和 1990 年代的香港學術界和文壇增添了動態和光彩。

各種文學交流活動越來越多。1988 年起，香港新亞洲出版社推出了一系列中文小說、散文、報告文學選集，兩岸的作品，以及香港和其他地區的作品交匯於此系列。1993 年香港中文大學新亞書院舉辦「兩岸暨港澳文學交流研討會」，主題是「中華文學的現在和未來」，四地共有 34 位學者作家做專題報告，其中來自內地的有九位，包括柯靈、袁良駿、劉登翰、諶容；來自台灣的有 11 位，包括王熙元、余光中、沈謙、張大春、齊邦媛等，是當年學術界的一項盛事。各種交流活動頻頻舉行：香港中央圖書館舉辦的「文學周」、香港貿易發展局舉辦的「香港書展」，都邀請兩岸名家出席參與各項活動，融洽交流。各地學者作家在香港交匯，其樂融融；廣州的潘亞暾教授經常來港以文會友、撰寫評介文章，所用的一個筆名就是「樂融融」。1980 年代香港社會瀰漫的憂鬱氣氛消減，對香港的未來、對中華民族的前景，有樂觀的期盼，有強大的信心。

香港是國際大都會，工商各界與世界各地交流互動頻密。外國作家也有來港訪問的，如 1933 年英國的蕭伯納 (Bernard Shaw)，如 1980 年代德國的葛拉斯（Gunter Grass）。文學學者自然吸收西方的文學滋養，也有向歐美宣講、推介香港作家的。宋淇、喬志高合作創刊的《譯叢》（*Renditions*），譯介中國古典和現代文學之外，不忘香港文學。西西和金庸的一些小說，都有英文翻譯，向外國推廣。金庸的武俠小說，甚受東南亞漢語文化圈讀者歡迎，有這地區多種語言的翻譯。香港居民也有用英文寫作的，如何少韻、林舜玲；用英文撰寫文學論著的更多，如黃國彬、張隆溪，後者且曾膺任國際比較文學學會會長。香港舉辦過多屆的國際詩歌節，讓各國詩人來此感受香港的文化。

香港文學要行銷到世界各地，成效不若音樂和電影，更不如工商產品；但這是個「活力香港，動感香港」，活潑紛繁的香港文學，能感動人心的香港文學，除了在港內港外吸引了眾多的讀者，發揮了巨大的影響力，必然也會在東西方各地找到更多的知音。

參考書目舉隅

一．中國文學和海外華文文學：歷史、概論、年鑒

陳賢茂等編：《海外華文文學史》四卷本（廈門：鷺江出版社，1999）

公仲主編：《世界華文文學概要》（北京：人民文學出版社，2000）

朱棟霖、朱曉進、龍泉明主編：《中國現代文學史1917－2000（下）》（北京：北京大學出版社，2007）

江少川、朱文斌主編：《台港澳暨海外華文文學教程》（武漢：華中師範大學出版社，2007）

朱壽桐：《漢語新文學通史（上下卷）》（廣州：廣

東人民出版社，2010）

曹惠民主編：《台港澳文學教程新編》（上海：復旦大學出版社，2013）

古遠清編纂（編著）：《世界華文文學研究年鑒》2013 年至 2021 年共 9 本，由內地不同的出版社出版，出版年份為 2014 至 2022 年。

二·香港文學：歷史、概論、文類專論、評論集、選集（香港學者著編的）

黃維樑：《香港文學初探》（香港：華漢文化事業公司，1985）

黃維樑編：《中華文學的現在和未來——兩岸暨港澳文學交流研討會論文集》（香港：鑪峰學會，1994）

黃維樑：《香港文學再探》（香港：香江出版公司，1996）

黃維樑主編：《活潑紛繁的香港文學—— 1999 年香港文學國際研討會論文集》上下冊（香港：中文大學出版社、香港中文大學新亞書院，2000）

黃維樑：《期待文學強人：大陸台灣香港文學評論集》（香港：當代文藝出版社，2004）

黃維樑：《活潑紛繁：香港文學評論集》（香港：匯智出版有限公司，2018）

盧瑋鑾：《香港文縱》（香港：藝美圖書公司，1987）

黃繼持、盧瑋鑾、鄭樹森：《追跡香港文學》（香港：牛津大學出版社，1998）

黃繼持：《香港小說選》（香港：香港中文大學出版社，1998）

黃繼持、盧瑋鑾、鄭樹森主編：《追跡香港文學》（香港：牛津大學出版社，1998）

鄭樹森、黃繼持、盧瑋鑾主編：《香港新文學年表（1950－1969）》（香港：天地圖書有限公司，2000）

東瑞：《我看香港文學》（香港：獲益出版事業有限公司，1995）

劉以鬯主編：《香港作家傳略》（香港：市政局公共圖書館，1996）

梅子：《香港文學識小》（香港：香江出版有限公司，1996）

王宏志、李小良、陳清僑：《否想香港：歷史．文化．未來》（台北：麥田出版股份有限公司，1997）

蔡敦祺主編：《一九九七年香港文學年鑒》（香港：香港文學年鑒學會，1999）

王一桃：《香港 文藝之緣》（香港：當代文藝出版社，1999）

黎活仁等編：《香港八十年代文學現象（二）》（台北：台灣學生書店，2000）

蔡益懷：《港人敘事：八九十年代香港小說中的「香港形象」與敘事範式》（香港：香港作家協會，2001）

璧華：《香港文學論稿》（香港：高意設計製作公司，2001）

劉以鬯：《暢談香港文學》（獲益出版事業有限公司，2002）

陶然主編：《香港文學選集系列 4：文論選》（香港：香港文學出版社，2003）

黃坤堯：《香港詩詞論稿》（香港：當代文藝出版社，2004）

慕容羽軍：《為文學作證：親歷的香港文學》（香港：普文社，2005）

關夢南、葉輝主編：《香港新文學新詩資料匯編》（上下冊）（香港：風雅出版社，2006）

黃燦然主編：《香港新詩名篇》（香港：天地圖書有限公司，2007）

楊國雄編著：《香港身世文字本拼圖》（香港：香港各界文化促進會，2009）

梁秉鈞、陳智德、鄭政恒：《香港文學的傳承與轉化》（香港：匯智出版有限公司，2011）

香港中文大學中國語文系等編：《都市蜃樓：香港文學論集》（香港：牛津大學出版社，2010）

羅孚：《南斗文星高》（北京：中央編譯出版社，2010）

陳國球、陳智德主編：《香港文學大系（1919－1949）》（共12卷）（香港：商務印書館，2014－15）

陳國球、陳智德主編：《香港文學大系（1950－1969）》（共16卷）（香港：商務印書館，2014－15）

余非、陳潔儀編著：《香港文學這樣讀》（上下卷）（香港：香港教育圖書公司，2015）

鄭蕾：《香港現代主義文學與思潮》（香港：中華書局有限公司，2016）

王賡武主編：《香港史新編（增訂版）》（上下冊）（香港：三聯書店［香港］有限公司，2017）

陳國球主編：《重遇香港文學》（香港：商務印書館，2018）

許定銘：《香港文學醉一生一死》（香港：初文出版社有限公司，2018）

香港地方志中心編纂：《香港志 總述 大事記》（香港：中華書局 2020）

馮偉才：《香港文學半生緣》（香港：初文出版社有限公司，2022）

黃坤堯：《香港文學拼圖》（香港：初文出版社有限公司，2022）

三．香港文學：歷史、概論、文類專論、評論集、選集（內地學者著編的）

謝常青：《香港新文學簡史》（廣州：暨南大學出版社，1990）

王劍叢：《香港文學史》（南昌：百花洲文藝出版社，1995）

艾曉明：《浮城誌異——香港小說新選》（北京：中國人民大學出版社，1991）

劉登翰主編：《香港文學史》（香港：香港作家出版社，1997）

古遠清：《香港當代文學批評史》（武漢：湖北教育出版社，1997）

潘亞暾、汪義生：《香港文學史》（廈門：鷺江出版社，1997）

施建偉、應宇力、汪義生：《香港文學簡史》（上海：同濟大學出版社，1999）

袁良駿：《香港小說史（第一卷）》（深圳：海天出版社，1999）

趙稀方：《小說香港》（北京：三聯書店，2003）

何慧：《香港當代小說史》（廣州：廣東經濟出版社，2006）

古遠清：《香港當代新詩史》（香港：香港人民出版社，2008）

袁良駿：《香港小說流派史》（福州：福建人民出版社，2008）

許翼心：《香港文學的歷史觀察》（廣州：花城出版社，2014）

凌逾：《跨媒介香港》（北京：社會科學文獻出版社，2015）

黃萬華：《百年香港文學史》（廣州：花城出版社，2017）

趙稀方：《報刊香港：歷史語境與文學場域》（三聯書店［香港］有限公司，2019）

香港文學與中國現代文學的關係

（一）中國文學的「棄嬰」

香港文學從前一向被認為是中國文學的「棄嬰」，不受注意，更不獲重視。直到最近，這個情形才有改變。論者多指出，香港文學與中國現代文學有密切深厚的關係，然而，到底怎樣密切，如何深厚，卻少有全面詳盡的說明。本文即嘗試說明香港文學與中國現代文學的關係，討論將力求全面，詳盡則恐怕仍然不夠。[1] 此處所謂香港文學，乃指居港的華人作家用中文寫作的文學。本來以白話為主的作品和文言作品，都在討論範圍之內，由於涉獵所限，本文只討論前者。

筆者先從本港的文藝期刊入手，略述香港文學發展的梗概，進而闡釋香港文學與中國現代文學的關係。

（二）從文藝期刊看香港文學

香港在 1842 年開始被英國實行殖民管治。十六年後，《中外新報》在香港出版。研究香港早期歷史的學者指出，此報在中國報業史上，是第一份私人擁有的報紙。又十六年之後，即 1874 年，著名的《循環日報》面世了。王韜經常在該報撰寫社論，就中國如何吸收西方文化問題，發表意見。他主張中國改革政治制度，效法西方國家的政體。王韜認為單有軍事和經濟上的西化不能使中國富強，與西方諸國並駕齊驅。他建議廢除八股文考試，要求中國讀書人學習西方文明、注意世界時事。[2]

二十世紀初期的香港，不乏王韜那類的開明知識分子，不過，「五四」前後的香港文人，對新文學的態度卻頗為保守。他們維護文言文，不願意接受白話文。魯迅在 1927 年應邀到香港演講，「因為攻擊國粹，得罪了若干人」。[3]

魯迅到香港演講之後一年半，《伴侶》半月刊面世了，這是香港的第一本白話文學期刊，被譽為「香港新文壇的第一燕」。[4]《伴侶》刊登本地作家的作品，也向讀者介紹中國內地的文學發展。該刊第五期有一專題，定為「我的初吻」，頗具特色，相當時髦，可見其求新的編輯方針。

單獨一隻燕子，不足以形成新的文學氣候。《伴侶》在 1928 年面世，至《紅豆》在 1933 年創刊，這期間最少有十二份文學雜誌先後出現。《紅豆》在香港文學史上，是重要的文學雜誌。它登載本地和內地作家的作品，各種體裁俱備。它又經常發表翻譯作品，有西方文學的也有其他東方文學的。《紅豆》這份中國南方的雜誌，出過好些西方文學專號，包括《英國文壇十傑專號》《吉伯西專號》（吉伯西是 Gypsy 的音譯）。在 1930 年代，香港的新文學可說形成了。

七七抗戰開始之後，香港成為很多南下作家的避難所。不少內地作家來港之前已經著名，來港之後，他們積極參與本地的文學活動。本地作家和他們相比之下，難免失色。1938 年一年之內，香港出現了三個報紙的文學副刊，茅盾、戴望舒、蕭乾等，是這些文學副刊的主編。香港在 1941 年 12 月淪陷，直到 1946 年重光為止，這幾年是黑暗時期，文學上乏善可陳。

抗戰結束後，國共內戰繼續。1946 至 1949 年間，左右兩派作家對壘，文學雜誌勃興。中華人民共和國在 1949 年成立之後，大量左派作家返回內地，很多非左派作家則離開內地，到了香港、台灣和海外。1950 年代的香港，成了逃亡作家的庇護所，他們先後於 1952 年創刊了《人人文學》和《中國學生周報》，於 1956 年創刊了《文藝新潮》。若干雜誌當時都得到美國資助，因此有「美元文化」的說法。《中國學生周報》一直出版至

1970 年代，加上《文壇》（在廣州創刊，1949 年南移至香港）、《當代文藝》（1965 年創刊）等，這些刊物成為文學作品發表的園地。作家陣容之中，既有 1950 年代以來南下的，也有土生土長的。上述的期刊多少帶有反共的色彩。《中國學生周報》和《文藝新潮》二者，支持現代主義，是內容上的另一特色。

1950 年代以來，有另一類型的文學雜誌和作家，或者可以稱為「社會寫實主義者」，他們大致上認同中國內地的文藝路線。這類型的作家有本地的，如侶倫、舒巷城，也有 1949 年後南下的，如何達。這裏所說的雜誌包括《文藝世紀》（1957 年創刊）、《海光文藝》（1966 年創刊）、《海洋文藝》（1972 年創刊）以及《青年樂園》（1966 年停刊）。

文學上左右分立的景象，1980 年代初期以來就逐漸模糊了。《星島晚報》的文學副刊《大會堂》，以及文學雜誌《香港文學》，所登載的作品，不問作家的政治背景，真可謂左中右大會於一堂，都是香港的文學。1970 年代末期開始，中國內地實施開放政策，影響所及，作家間不同政治意識所產生的距離，漸漸縮短，這是大家可以會於一堂的重要原因。

(三) 中國文學的伸延

從以上所述種種，我們可以看到香港文學與中國現代文學的密切關係。

第一，香港文學是中國內地文學的伸延。早在 1920 及 1930 年代，「老派」小說家如徐枕亞和新文學作家如沈從文，都曾為香港的文學雜誌撰稿。很多中國現代作家都在香港完成了、出版了他們的著作，雖然他們不會自稱為香港作家。

1935 年，許地山到港，在香港大學任教授。至 1941 年他逝世止，他除了教學和從事多種文藝活動外，最少發表了一個短篇小說、三個歷史劇和一些雜文。他在香港所寫作的短篇《鐵魚的鰓》，甚受郁達夫的推許：「像這樣的堅實細緻的小說，不但是在中國小說界不可多得，就是求之於 1940 年的英美短篇小說界，也很少有可以和他比並的作品。」[5]

抗戰期間南下香港的內地作家，在避難時寫作不輟，產量頗豐。茅盾在 1938 年來港，後來返回內地，1941 年重來；他前後居港十八個月，期間寫作和出版了多篇小說、雜文和評論，還擔任《立報》文學副刊的主編。他在香港所寫的《第一階段的故事》和《腐蝕》，內地的批評家認為是他重要的長篇小說。[6]1948 年茅盾又來到香港，寫了一部長篇和若干短篇。

蕭紅在香港居留的時間，比茅盾長。她住了兩年，在 1942 年 1 月去世。這位為疾病所侵擾的女作家，在香港寫出了《呼蘭河傳》，又寫出了《馬伯樂》的一部分。[7]

戴望舒也命途多舛，而他居港時間更長，一共在十年以上。他在港主編《星島日報》的《星座》副刊，鼓吹抗日的文學活動，翻譯外國文學，研究中國民間文學，還寫詩、寫論文。[8] 他那哀感動人的名詩《獄中題壁》，寫於香港，收在《災難的歲月》詩集中。他居港的十年，也是寫作豐收的歲月。

1937 至 1941 年間到港的內地作家，數量極多，最少以百計，實在不可能開列出一張齊全的名單。1946 至 1949 年到港的內地作家，也難以勝數。比較著名的作家如夏衍、邵荃麟、聶紺弩、茅盾等，都在港擔任過文學雜誌或副刊的編輯工作。他們之外，陳殘雲、黃谷柳等等，都在港完成了為數可觀的作品。黃谷柳的《蝦球傳》大概是這個時期香港文學中最有名的作品。

1949 年之後，短期在香港居住的作家如張愛玲、趙滋蕃、陳若曦等，都在香港寫出了重要作品。

趙滋蕃在 1950 和 1960 年代居於香港，過着難民的生活。他的《半下流社會》是他在港寫成的長篇小說之一，甚受歡迎，有日文譯本。[9]

至於陳若曦，她的《尹縣長》《大青魚》等短篇，乃於 1974 至 1976 年先在香港的《明報月刊》上發表，然後結集，再於 1978 年在美國出版英譯本。英譯本之出版，使她受到國際的注意。

在香港，作家來來去去，而文學就這樣產生了。1930 和 1940 年代，茅盾、夏衍等南下香港，在這裏留下他們文學的足跡，然後北返。張愛玲、趙滋蕃、陳若曦也南下香港，在此地寫出了作品，然後赴北美洲或者台灣定居。大概從 1960 年代開始，不斷有台灣作家移居香港。例如，余光中在香港教了十年書，1985 年才返回台灣。蔣芸居港的時間比余氏長得多，她和徐速、李輝英、思果、宋淇、劉以鬯等（他們都在 1949 年前後自內地來港）一樣，都成為香港作家了。如果施叔青和鍾玲繼續在香港住下去，她們也一定成為真正的香港作家。

余光中就曾自稱為香港作家。他在《春來半島——香港十年詩文選》的自序中說，他在香港一共寫了一百五十六首詩，是他至離港時為止全部詩作的四分之一；抒情散文則有廿九篇，超過他離港時為止全部抒情散文篇數的一半。此外，文學評論和翻譯也都豐收。總而言之，他說「香港時期」的筆耕成績無論在詩、散文、翻譯、批評各方面，對他都非常重要。[10] 將來的文學史家，可能還會同意，他有很多傑作，都是在香港完成的。「香港時期」不但對余光中有重要意義，對別的在港居住過的作家也如此。我們可以說香港文學是中國現代文學的重要部分。

（四）同樣反映現代中國

第二，香港文學在反映中國現代政治環境、社會狀況方面也是和中國現代文學一脈相承的。黃谷柳的《蝦球傳》以 1940 年代的香港為背景，其主角蝦球最後心向共產黨，參加了游擊隊。趙滋蕃的《半下流社會》則寫 1950 年代香港的一些流亡知識分子，他們之所以離鄉別井，因為故園已經不同往日了。陳若曦的《尹縣長》等短篇，受到熱烈的推許，其藝術表現固然是原因，也由於這些作品描寫了「文化大革命」的陰冷歲月和人物。「文革」這十年浩劫，其政治意義和社會意義，在中國歷史上，必然一次又一次地成為研究的對象。

韓江鴻、冬冬、楊明顯、虞雪、金兆、裘立平、白洛等作家，親歷過「文化大革命」、他們在 1960 年代後期陸續移居香港，並開始寫作，自然以其難忘的「文革」經驗做題材。內地作家的「傷痕文學」，在 1977 年尾才開始出現，上述那些移居香港的作家，以「文革」為題材的短篇小說，如韓江鴻所寫的，早出現了差不多十年。[11]

中國內地的政治環境，不但在上述的南移作家筆下反映出來，也在那些「真正」的香港作家反映出來。所謂「真正」的香港作家，可分為下面四類：

1. 土生土長，在香港寫作、成名、持續寫作。

2. 在香港長大、寫作、成名、持續寫作。

3. 在香港開始寫作、成名、持續寫作（很多南移來港的知識分子後來變成這類作家）；

4. 在香港繼續寫作，且在港期間的作品為其一生所有作品的主要部分。[12]

香港文學的一個重要特色，是報紙的框框雜文無處不在、無事不寫、無人不讀。這些雜文的內容，包括對香港、內地、台灣、世界各地時事的評析，作者下筆迅速而敏銳。這些雜文的作家，多為上述所說的「真正」香港作家，其傑出者繼承了魯迅以來的雜文傳統，且發揚光大。

內地發生的事物，每每成為上述第一、二類作家寫作的題材。古蒼梧在 1973 年發表《鋼鐵巨人——獻給鞍山的鋼鐵工人》，這首頌詩以昂揚的情緒，寫雷鋒一樣的鋼鐵工人的努力成果，如何為全國人民造福，如何支援發展中的友好國家。這首詩表現出來的激情，可以和郭小川、賀敬之的詩篇相提並論。[13] 另一位詩人藍海文，在近年出版的《漫畫詩三百首》（序文寫於 1982 年）中，有一首題為《望天打救》，詩中的工人形象，和《鋼鐵工人》那首一比，簡直成了侏儒，甚至小丑。[14]

很多香港作家，雖然沒有親身經歷過內地 1960 年代和 1970 年代的大風大浪，卻對國內的事非常關懷，常常心潮起伏。1946 年出生的詩人黃國彬，對中國的深情憂思，在 1976、1977 年攀上高峰。1976 年周恩來逝世，黃國彬寫了《丙辰清明》，長逾百行，以誌哀念。同年的唐山大地震，使他以第一時間寫出五百行的《地劫》。1977 年的清明節，黃國彬完成了一千行上下的《星誄》，這是《丙辰清明》的擴充增益。在上述三首作品中，詩人敘事抒懷，感情激越，他大量使用史詩式明喻（epic similes），加插歷史和神話典故，造成一種恢宏的氣象，為同類題材詩歌中所少見。[15]

1982 年開始，中英兩國就香港 1997 年後的問題展開談判，與香港前途有關的詩歌、小說、戲劇等出現了不少，框框雜文對此問題大談特談，不在話下。在「九七小說」中，有一本名為《九七香港浪遊記》，其作者「二殘」可算是半個香港作家。這是一本「學者小說」（scholar's novel），想像豐富，筆調機智，既言政治之志，也寫男女之情。[16]「九七文學」，是和中國內地的政治分不開的。

（五）受五四以來中國文學影響

第三，香港的很多作家，都從五四以來的中國作家吸取營養，受其影響。這是香港文學與中國現代文學關係密切的另一説明。

年輕的作家或準作家，受到前輩成名作家的影響，中外莫不如此。中國現代文學的作品，向來在香港流通無阻；香港的年輕作家、準作家，可隨意閱讀、學習他們欣賞的中國現代作品。這裏略舉幾個例子談一談。

一位年輕作家「迅清」自己承認，他這個筆名來自他所仰慕的魯迅和朱自清。西西在詩歌和小説方面的才華，近幾年來得到港內外文學界的普遍承認，她曾表示喜愛魯迅的小説[17]——雖然南美洲小説家對她的影響，可能比中國現代小説家要大。魯迅的文體有不少追隨者，這位雜文大家的戰鬥精神，也很具感召力，香港的傑出雜文家岑逸飛即深受其影響。魯迅的文風有如剛健的匕首，使多人心折；徐志摩、何其芳的散文，如憂鬱的玫瑰，也儘多欣賞者。卞之琳和辛笛同樣受到歡迎。盧因曾指出，1950 年代頗受文藝青年愛戴的作家力匡，其《北窗集》一書，書名顯然來自卞之琳的譯品《西窗集》。[18] 1960 年代香港不少文藝青年如吳萱人，對辛笛的詩集《手掌集》十分喜愛，能朗朗背誦其中的一些篇什。艾青那些直接明快的詩句，則吸引了何達等香港詩人。論者曾指出，白洛在 1983 年出版的《暝色入高樓》，寫金融地產的起跌、富豪家族的興衰，這部長篇小說可能多少受過茅盾《子夜》的影響。[19]

在香港，中國 1940 年代最具影響力的作家，可能是張愛玲和錢鍾書。張愛玲在鍾曉陽作品上留痕，似乎最深刻、最顯著。才華早熟的鍾曉陽，對人性和人生的看法，較偏於陰冷，而其語言豐腴，感性十足，都和張愛玲有近似之處。錢鍾書的散文，和梁實秋、王力等同格調，可稱為「學者散文」。錢氏的散文和小說，最得學院作家如梁錫華、黃國彬等人欣賞，他們的學生也有同好者在。夏志清曾為梁錫華的長篇小說《獨立蒼茫》寫序，序中將此書與錢鍾書的《圍城》略作比較。[20]

台灣文學也是中國現代文學的一部分，台灣作家對香港年輕作家的影響，這裏也略述一二。就以現代詩而言，洛夫、瘂弦、鄭愁予、葉維廉、葉珊（楊牧）等人的作品，都有人喜愛、學習。說到影響最大的，大概是余光中了。1985 年秋天，余氏離港赴台之際，青年詩人胡燕青和陳德錦分別指出，當代台灣詩人之中，余光中對他們的啟發最大。胡燕青在《余派以外》一文中說：「當我回顧十三年的創作生涯，對於余先生作品在我字裏行間所產生的影響，我的心情是充滿感激的。」[21]

從前台灣作家的書比內地的暢銷。近幾年來，由於內地文壇的開放，佳作愈來愈多，內地文學書籍在港的銷量大為增加；而內地作家來港訪問交流的日眾，兩地的文學關係就更形密切了。

（六）香港文學的特色

以上從三方面說明了香港文學和中國現代文學的關係，可見香港文學的「中國性」。然而香港文學自有其特色，自有其成就，以下嘗試作一簡明的析論。

第一，在世界各地的中文作家之中，香港作家享有最大的創作自由。這一點不必多所解釋，只要我們對香港的政府和社會的本質有相當認識就能明白。然而自從1984年中英兩國就香港前途簽署聯合聲明以來，甚至在簽署之前一兩年開始，香港的若干作家、編輯、出版人即行「自律」，也就是說在文字裏避免對中國內地作尖銳、嚴峻的批評。

第二，香港文學品種繁多、題材廣闊。從何紫、陳文威的兒童故事，到亦舒、西茜凰的愛情小說；從戴天、黃國彬的新詩，到金庸、梁羽生的武俠；從陳浩泉、陶然之寫香港小人物，到辛其氏、西西之寫非洲大自然；從李英豪之寫蘭花，到張君默之寫科學；從小思、阿濃之寫師生關係，到夏婕、倫文標之寫旅遊苦樂，等等。筆者有評鑒作品高下的一套標準，但向來認為對香港文學的研究，應採取兼容並蓄的態度。「嚴肅」作品和「通俗」作品的稱謂，有時有說明上的方便，可是「劃清界線」式的二分法，卻相當危險。

第三、自 1970 年代以來，報紙和雜誌上的框框雜文，作者日多、讀者日眾，稱得上是香港文學中最重要的文類。這些框框雜文，每篇短則二百字，長則一千字，無所不談，充分表現香港這個自由開放社會的精神。香港報刊每天登載的雜文，字數不會少於半部《紅樓夢》。雜文的作者，長寫長有，而讀者則往往即讀即忘，可算是現代社會一個「大量消費」的典型現象。框框雜文的水準高低不齊，有耐性、有眼光的批評家，常會在沙中淘到金子。

第四，香港文學數十年來真正的大作家，還有待公認。1920 年代以降的作品，直到現在，還沒有人做過系統、全面的研究和評價；因此我們不能輕率地抑揚褒貶，把桂冠到處亂送。不過，即使如此，憑筆者閱讀近十年來香港文學作品的經驗，我已可以肯定，香港文學有不凡的成就。這個蕞爾小島，有才情並茂的詩人寫下的傑作，有堪與唐宋名家相比的精美散文，有融匯中西、技巧新穎的小說。對近十年香港文學的某些表現，拙著《香港文學初探》一書已有具體的評析。這篇短文不擬重複書中的例證，也沒有篇幅補充更多的實例。此處只提兩件事，以見香港文學在中國現代文學史上的特殊意義。論者相信劉以鬯的長篇小說《酒徒》（1963 年出版）是中國現代小說史上第一部意識流作品。劉氏在小說技巧創新上的成就是有目共睹的。詩人馬朗主編的雜誌《文藝新潮》提倡現代主義，對台灣 1950 年代現代主義運動的興起，有先導作用。

香港文學的研究，前幾年才開始。香港和內地的評論家，在最近四、五年內，已發表了相當數量的論文。在舉行研討會和成立研究組織方面，內地似乎先走了一步，香港人應該感到慚愧。[22] 不過，值得告慰的是，1986 年秋天，先後有「香港文學研究會」和「香港文學研究室」（後者隸屬於香港中文大學的香港研究中心）的成立，也可算是不甘後人了。希望港內外學者的努力，為香港文學的研究帶來更多的成果。將來在香港文學史、香港文學選集、香港作家研究一類的專著面世之後，香港文學與中國現代文學的關係，我們當會看得更清楚；而香港文學在整個中國現代文學中的地位，也可以評定了。

完稿於 1986 年 12 月

註釋

1 今年七月初，一個名為「中國文學的大同世界」學術會議，在西德舉行。本人應邀參加，在會上發表英文論文，題為「中國現代文學語境中的香港文學」。現在筆者將此英文論文改寫為中文，題目定為《香港文學與中國現代文學的關係》，在第三屆「全國台港及海外華文文學學術討論會」上發表，此會於 1986 年 12 月 26 至 29 日在深圳大學舉行。

2 有關《循環日報》和王翰的言論，可參考黃振權，《香港與清季洋務建設運動之關係》（香港，珠海書院，1980[？]）。

3 見《魯迅全集》（北京，人民文學出版社，1981）第三冊；此處轉引自盧瑋鑾編，《香港的憂鬱》（香港，華風書局，1983），頁 3。

4 本文提到的 1920 年代及 1930 年代香港文藝期刊，多收藏於香港大學孔安道紀念圖書館。該館館長楊國雄先生惠允筆者參考該批期刊，謹致謝意。又，本文於論述此時期之文藝期刊時，曾參考下列文章：黃俊東，《三四十年代香港文壇的回顧》，載於《開卷》1979 年 4 月號；盧瑋鑾，《香港早期新文學發展初探》，載於《星島晚報．大會堂》1984 年 1 月 25 日、2 月 4 日；楊國雄，《清末至七七事變的香港文藝期刊》，載於《香港文學》1986 年 1 月號至 4 月號；黃傲雲《從文學期刊看戰前的香港文學》，載於《香港文學》1986 年 1 月號；黃傲雲，《抗戰後初期的香港文藝期刊與文藝路錢》，載於《讀者良友》1986 年 3 月號。

5 引自周俟松、向雲休編，《許地山》(香港，三聯書店，1982)，頁 255。

6 可參看許翼心，《香港文學的歷史考察》，收於《全國第二次台灣香港文學學術討論會專輯:台灣香港文學論文選》(福建，海峽文藝出版社，1985)，頁 266。

7 可參看葛浩文著、鄭繼宗譯，《蕭紅評傳》(香港，文藝書屋，1979)第六章；肖風，《蕭紅傳》(天津:百花文藝出版，1980)第八章。

8 可參看盧瑋鑾，《戴望舒在香港》，載於《香港文學》1985 年 2 月號。

9 參閱劉以鬯，《五十年代初期的香港文學》，載於《香港文學》1985 年 6 月號。

10 見余氏《春來半島》(香港，香江出版公司，1985)一書自序。

11 參考拙作《从香港移居作家的視角看中國內地》，此乃參加「中國當代」文學研討會之論文，1982 年 5 月在美國紐約聖若望大學宣讀。

12 見拙著《香港文學初探》(香港，華漢文化事業公司，

1985），頁16至18。

13 此詩收於古著《銅蓮》（香港，素葉出版社，1980）詩集。

14 此詩收於藍海文著《漫畫詩三百首》（香港，阿爾泰出版社，1984）。

15 拙著《怎樣讀新詩》（香港，學津，1982）及《香港文學初探》分別有長文論黃國彬的詩，可參看。

16 參閱拙作《言情言志，馳騁幻想——一九九七香港浪遊記》一文，此文載於《信報》1985年10月16日。

17 見《讀者良友》1985年1月號的西西訪問記。

18 見盧因（盧昭靈）的《記詩人鄭力臣》一文，載於《星島晚報．大會堂》1984年2月22日。

19 見饒芃子、黃仲文，《試論白洛的〈暝色入高樓〉》，載於《台灣香港文學論文選》（福建，海峽文藝出版社，1985），頁289至291。

20 見梁錫華，《獨立蒼茫》（香港，香江出版公司，1985）頁9、10。

21 見胡燕青，《余派以外——一些回顧，一些感覺》，載於《香港文藝》第六期（1985年12月），頁40。

22 參閱明月《香港文學熱在內地興起》，刊於《星島晚報．大會堂》1984年12月5日。

香港文學的研究

（一）香港的一種無煙工業

香港的工業種類繁多，成品內外銷都有，包括紡織、製衣、電子器材、塑膠、玩具、鐘錶、首飾、金銀器、機械、造船等等，是多元化工業。從觀塘至屯門，從香港仔至大埔，工廠林立，煙囪密佈。這些有煙工業是香港經濟的命脈，為香港人製造物質的財富。香港有另一種工業，無煙，大部分是內銷的，但也十分多元化，且為香港人提供精神的糧食。這種工業是香港文學。

根據《香港 1983》（香港政府出版的年報）的資料，本港目前有中文報紙五十五家，中英文雜誌期刊四一三種。文學這一種香港的無煙工業，就從這些報刊中產生。在多元化的香港文學中，我們有新體和舊體詩歌，古文和現代散文，短中長篇小說，劇本，文學評論等等。散文又有框框雜文、抒情美文等等之分；小說則有現實小說、虛幻小說之別，後者主要指武俠、科幻、多角奇情戀愛小說。（中文文學之外，還有英文甚至其他文字的文學。不過，我這裏只說中文文學。）

我最近做過一個小小的統計，發現在本港銷路好或者有代表性的十三份日晚報中，一共有接近四百個專欄。其中九十個是小說，大多數是長篇小說連載，餘下來的約三百一十個，是各式各類的框框雜文[1]。我的統計，根據的只是五十五家報紙中的十三家。如果全部計算，全港專欄的數量，自然是四百的好幾倍了。假設全港的報紙專欄共有一千個，每個專欄的字數是五百，那末，我們每天就有半部《紅樓夢》的文字了。至於形形色色的雜誌，「嚴肅性」的或者是「娛樂性」的，還不包括在內。按照人口比例，光以數量而論，內地和台灣固然比不上，美國和日本也望塵莫及，相信歐洲和其他地區也瞠乎其後。香港報刊大量生產的普及文學，其篇數和字數，簡直可以列入健力士世界紀錄了。

（二）「通俗」文學之一：框框雜文

香港的普及文學，或者說「通俗」文學，可以分為三種主要類型。「三通」之一為武俠與科幻小說，讀者似乎以男性居多；之二為愛情小說，讀者以女性為主；之三為框框雜文，即專欄雜文，數量最多，讀者則不分男女。不要看低小小的、輕輕的框框雜文，它實在是香港通俗文學的重鎮。框框雜文，長度一般在五百字至八百字之間，也有二百字的超短型的。框框文字海闊天空，抒情說理，論時事談文化，式式俱備。讀者一分鐘甚至數十秒，就可以看完一欄。在飯廳、茶樓、餐室、車中、船上或洗手間，即讀即棄，甚至即讀即忘。因此有人形容框框雜文為「速食」文學，為即用即棄文學（所謂 instant literature），言外頗有鄙棄之意。

可是，很多香港人已視某某專欄作家為知己，或從神交中減少寂寞，或從專欄中汲取識見，以為談話之資助。在忙碌的生活中，框框雜文是最容易消化的早餐或下午茶，和晚上鬆弛神經的長壽電視節目《歡樂今宵》一樣，是「不可一日無此君」的大眾精神糧食。九年前，黃南翔在《當代文藝》上寫道：「雜文在今日的文壇十分時興，所以我常常覺得，我們正是處在一個雜文的時代：」他又說：「說不定雜文也會像楚辭、漢樂府、唐詩、宋詞、元曲、明清小說［…］那樣，成為代表某一時代的文體，在文學史上佔一席重要的位置。」[2] 香港文學中，雜文舉足輕重，這已是鐵一般的事實了。

可是，有人卻認為框框雜文這些「報屁股」的東西，不能算是文學。[3] 我真要為雜文擊鼓鳴冤。要求多產的專欄作家寫出來的文字，篇篇如珠如玉，是極不可能的事。而實際上，內容貧乏、文字粗糙甚至不通的框框雜文，是隨處可見的。然而，在目前的專欄作家中，項莊、梁小中、吳其敏、徐東濱、張文達、簡而清、胡菊人、戴天、蕭銅、王亭之、昆南、黃霑、何福仁等等（請恕我掛一漏萬）或超級多產，或性格活現，或時有情文並茂之作，都各有可觀之處。以寫影評著稱的石琪，兼寫框框的日子不算長，下面抄錄他框框中的《虛無》一文，以說明這類文字不容小覷。

> 現代世界的確合乎色即是空之喻。映象與音響都空空如也、虛無縹緲，似真實幻。資訊傳播豐富快速，安坐家中就似知天下事，但一切都是那麼間接，缺乏實際的接觸。財產只是電腦符號，進而買空賣空，在虛無中就此發達或破產。電子遊戲機亦是虛象，沒有了玩泥沙、打波子的實感了。假像可以弄到迫真之極，真實的天災人禍消息，反有做戲之感，若非當事人，實難感到具體的嚴重性。於是在假想的主義、假想的敵人之下，搞出千奇百怪的政策與武器，像玩電子遊戲機那樣付諸實行，可能就此地球大幻滅，真正虛無了。[4]

這篇不到二百四十字的小品，文字大抵清通；雖然行文遣辭，還未到無懈可擊的地步。我們要注意的是它的思想。《虛無》寫出了現代科技文化帶給人類的景況，很具哲學意味。如果作者根據此文旨趣，加以鋪陳引申，從傳播學、社會學、心理學等角度來探討，不難擴充成一篇批評現代文化的鴻文，甚至可以發展為與麥克魯恒（Marshall McLuhan）同類的思想體系。文章的好壞，和長短沒有關連。蘇東坡的《記承天寺夜遊》，王安石的《讀孟嘗君傳》，每篇只有八十、九十字，卻公認是古文的佳作。要言不煩，縮龍成寸，實在非大手筆不為功。[5]

方華在雜誌專欄《清歌十八拍》裏寫中國內地遊記，也常有生動可喜的文句，現在摘引一些：「如果你覺得已有太多的遊記，請不要責備我，正如母親是一個寫不完的題材，祖國也是一個必須要自己去描述的對象。」這解釋了為什麼寫母愛和寫祖國河山的文字那樣多。她去了西安，歷史上的名詞還原為地理上的實在，十分喜悦：「我來到了唐代的首都長安，所有念過的唐詩都在我心裏面蠢蠢欲動。」參觀完唐代帝王的陵墓後，她有這樣的比喻：「唐代有如一顆成熟的果子，圓潤飽滿，精神奕奕。」[6]這些句子充盈着詩意的靈巧。它們不一定是方華最得意的片段，也不一定是香港雜文中最精彩的部分;唯其如此，我們才知道，不應妄加菲薄香港的雜文。

石琪的小品泛論現代文化，方華的專欄抒發中國情懷；談香港事物的雜文，自然佔了最大的比例。陳方的《苦差》一文[7]，説接待陪伴訪港的外地朋友，有苦難言。先是整理調配房間，供朋友下榻。繼而到機場迎迓，卻久候不至。最後客人來了，購物清單攤開，地主不得不盡情誼，東奔西跑，捨命相陪。購物時，這位朋友口中必唸唸有詞，折算貨幣，「還要貨比三家不吃虧，出去一整天，走了八千里路，他還在考慮。」地主有什麼辦法呢？誰叫香港是購物天堂！朋友對香港風景區也如數家珍，「地主夠意思的話，自然不可令客人失望。」最後陳方感慨道：「可惜身為香港勞碌大眾者，並無儲存備用的精力，一兩個星期下來，已經是奄奄一息了。」陳方的文筆，簡練活潑，神貌俱傳。這類雜文，引起本港讀者的共鳴，是沒有疑問的。黃霑在其《雜談》中說得好，香港的雜文反映此時此地的社會人物，比歷史的紀錄還要真實。[8]《苦差》這類小品，説不上有驚天動地的文學地位，可是把它放在《中國新文學大系》的散文集旁邊，是不會遜色的。

(三)「通俗」文學之二：武俠和科幻小說

對「三通」之二的武俠和科幻小說，我們又應該採取什麼態度呢？在廿年前出版的小說《酒徒》中，主角嚴厲地批評了武俠小說：「真正的文藝工作者常常弄得連生活都成問題，為了謀稻粱，衹好違背自己的長知去寫武俠小說。」寫武俠小說「要儘量設法迎合一般讀者的趣味」；作者必須發明「一些新奇的花樣，藉以賺取一般讀者的廉價驚奇。」《酒徒》中的一個人物說：「在代理商的心目中，武俠小說也是文學的一種形式。」[9]言外之意顯然是：武俠小說不入文學之流。

很多的武俠小說，純以離奇古怪的情節取勝，讀者藉此遁入虛幻之境，逃避現實。這自然是武俠小說值得詬病的地方。儘管如此，我同意項莊的見解：「武俠小說具有組成小說的一切條件，所以絕對是小說。」也因此，它是文學的一種類型。項莊還這麼說：「武俠小說（當然指好的武俠小說）的確有它的特殊境界，為多數讀者提供逃避現實的精神天地。但並非所有讀者均以之作為逋逃藪，也有少數人受武功俠氣的感染而精神昇華，得以在較高層次面對現實。」他指出了武俠小說的正面作用之外，還解釋近二十年來它在海外掀起高潮的原因，「無疑與海外華人的精神極度苦悶有關。千千萬萬人通過新派武俠小說建立對中華文化的認同，對錦繡河山的嚮往，對人物情意的讚美。」[10]

孔子認為讀詩可「多識於鳥獸草木之名」，美國現代批評家泰特（AllenTate）把文學當作一種知識。[11]好的武俠小說，作者學識淵博，常使讀者展卷得益。香港的武俠小說作家，以金庸和梁羽生最著名。隨便舉個例子來說明一下。金庸的《射雕英雄傳》第十三回，寫黃蓉在陸莊主的書房中，看到一幅水墨畫，畫上題了一首詞，是岳飛的《小重山》。陸莊主與黃蓉談文說藝起來，黃蓉道：「白首為功名，這一句，或許是避嫌養晦之意。當年朝中君臣都想與金人議和，岳飛力持不可，只可惜無人聽他的。知音少，弦斷有誰聽，這兩句，據說是指此事而言，那是一番無可奈何的心情。」讀武俠小說而得到文學和歷史知識，不能說不是讀者的收穫。不見得每個讀武俠小說的人，都會認同中國文化，但可以獲得中國文化的知識，卻是肯定的。

金庸的小說，文字是近乎文言的語體文，流暢簡潔，有頗多優美的片段。如果讀者在追情節之外，還究心於文字，則眼到心到之後，筆下寫出來的中文，必能清通，可以免去惡性歐化之弊。這是這類武俠小說的又一功能。金庸的十四本武俠小說，很多都規模宏大，想像豐富，結構嚴謹，人物形象鮮明，個性突出，加上民族大義，哲理情思，這些作品實在有高度的文學成就。不過，武俠小說十九耽於虛幻，情節離奇，巧合太多，與現實的人生有一大段距離，金庸的也不能免於此。

我們都知道，文學反映人生社會的真實，也就是說，它描敍事物，要合情合理，也就是亞里斯多德說的要probable。好的武俠小說，在文字、結構、人物、思想等各方面，也許得分頗高，但在反映真實這一項上，一定失分甚多。把各項成績計算起來，得失相抵，好的武俠小說，仍然具有文學價值。

武俠小說寫歷史上俠義奇情的故事，是中國的特產。這種文類的淵源，論者上溯至《燕丹子》（一說成於公元前 3 世紀）[12]。科幻小說則主要寫未來科學世界的新奇事物，是西方傳來的，論者認為 19 世紀末葉的威恩（Jules Verne）和威爾斯（H.G.Wells）是這種文類的先鋒作家。香港一般以閱讀為消遣的讀者，對武俠與科幻同感興趣，輕功大俠與超光速太空船並駕齊驅。不過，後者是在近十年才風行起來的。杜漸譯了不少外國的科幻小說，而好萊塢科幻片的聲色之娛，更助長了科幻小說在香港的流行。

在香港寫科幻小說的，首推倪匡，即衛斯理。他已寫了數十本，其中《無名髮》說的是外星人的罪犯，被放逐至地球，而成為人類祖先的故事。主角衛斯理不但有佔士邦式本領，還會武術，且有語言天才，民俗學的知識非常豐富，連某些原始部族的鼓語也懂得。他要混入尼泊爾，固然易如散步；要到南美的亞馬遜河，也不必入境簽證。《無名髮》具有典型通俗小說的特色，情節緊湊，高潮起伏。作者說故事的才華、想像的能力，都使讀者佩服。當然，天外來客的說法，並非倪匡的首創。鄧尼肯（Erich Von Daniken），的《諸神的戰車？》（*Chariots of the Gods?* 又譯作《天外來客》）在 1968 年出版以來，行銷全球，被譯成多國文字，且被拍成電影，相信倪匡一定涉獵過，受過它的啟發。

不過，倪匡把穆罕默德、佛祖、耶穌、老子四人寫成外星人，降臨地球，為要拯救罪惡的世人，這一點是相當新鮮的。正因為這個寫法，《無名髮》這本娛樂性小說，才有比較嚴肅的思想內涵。然而，本書對人類的罪惡，並沒有刻意的描寫，因此這個主題發揮得並不透徹，缺乏感染力，與俄國作家陀斯妥耶夫斯基探討人類罪惡的小說，不能同日而語。（杜氏的作品，對很多人來說，簡直讀不下去，因為悶極了。）《無名髮》臨結束之際，主角衛斯理到了天堂一般的外星，一個外星的領導人，問他在這樣美好的環境中，還想不想返回地球，主角答道：「我一定要回去！你們不明白，我是地球上的人！在地球出生，在地球長大，和地球有千絲萬縷的關係！」這種歸屬感，這種「人情同於懷土兮」的思緒，是很能引起我們聯想的。倪匡的小說，我仔細讀過的，就只有這本《無名髮》。盲人摸象，在所不免。不過，我相信一般的虛幻小說，儘管文字並不考究，情節的離奇曲折又蓋過了一切，還是有其可觀可取之處的。

(四)「通俗」文學之三：愛情小說

另一種「通俗」文學——愛情小說——我們又該怎樣對待？流行的愛情小說，主角必為玉樹臨風的男子、綺年玉貌的女子，其愛情必纏綿熱烈，其關係必多角。患上絕症、性情怪癖和心智失常，往往也是這類小說的公式。亦舒的《香雪海》，除了心智失常這一點沾不上之外，上面所說的種種都具有了。主角香雪海繼承遺產，是大企業的首腦。她譁眾取寵，聽音樂時包下了整個音樂廳。她的黑色快艇，沒發出警告，就以炮彈的速度，把誤入她私家水域的帆船撞得稀爛，隨即不顧而去。更匪夷所思的是，在主持高層商業會議，億萬富豪群集的當兒，她竟然理起頭髮來：

> 在座的中亨老翁們紛紛發言，［…］忽然見到大門推開，進來一個年輕小夥子，他對在座諸人視若無睹，擔着工具箱走到主席位旁，打開工具箱，取出一方白布，圍在主席身上，大夥愕然

> 而視，不知發生什麼事，而那小子提起梳子與剪刀，竟然全神貫注地替香雪海修起頭髮來。[13]

對那些「中亨老翁們」來說，這是公然侮辱；對亦舒的讀者來說，這是怪招絕招。《香雪海》裏面，還稍縱即逝地出現了一個鐵人，他身高「足足有兩米七八」。我換算了一下，即是九英尺高（我用電腦算出來，複核過，錯不了），真使人吃驚。鐵人這一奇招，完全為奇而奇，直叫讀者拍案驚奇而後已，卻又和全書的情節並無關連。

香雪海美得奇，愛得奇，也死得奇——死於骨癌。但《香雪海》不止是本情節追完即可拋棄的流行小說，因為亦舒有流麗機智的文字，有文學典故，有對文人的批評，有智慧性的人生觀察。

「她的出現如在我早餐單上加一杯白蘭地，還沒喝，一嗅我先暈了半截。」亦舒好像在寫新詩。

「叮噹會恨我一生，像狄更斯名著《霧都孤兒》中的夏維咸小姐。」亦舒的小說，比一般流行作品有書卷氣。

「難怪文人的創作生命那麼短，原來伊們到某一個階段便走火入魔，自以為是，霸住地盤，開始胡說八道，以教母教父姿態出現。」這頗有點王爾德、錢鍾書風味了。

「人們到底為什麼結婚呢？怕年老無依，故此找個伴，但這個伴必須要在年輕的時候預先訂下，故此在有可能性的幾年中挑了又挑，直至肯定不會有比這位更好的了，立刻抓住［…］，非常難玩的遊戲。」[14] 寫過《傾城之戀》的張愛玲，看到這裏，定會惺惺相惜。

愛情以至整個人生，在亦舒眼中，是痛苦的，到頭來是一場空。《香雪海》充滿對人生變幻無常的感歎。亦舒的另一個長篇《兩個女人》，也表現這個主題。「惆悵舊歡如夢」這一句，經常出現，「人生是個 illusion」，作者乾脆來個英文字了，雖然亦舒的小說，甚少中英夾雜。讀下面這一段——

> 上天啊，我一生活了近三十歲，最痛苦是現在。我心受煎熬，喉頭如火燒。我輾轉反側，不能成眠。與香雪海在一起，我看到的是叮噹；與叮噹在一起，我閉上雙目，看到的又是香雪海。整個人有被撕裂的痛苦，但表面上還不敢露出來。我一不敢狂歌當哭，二不敢酩酊大醉，一切鬱在體內，形成內傷。」[15]

愛情這隻苦杯，和耶穌在客西馬尼園那一隻，同樣使人肝腸寸斷。如果有人要貶抑亦舒的小說，而以她的悲觀思想做把柄，則我們就應該把古今中外一切有人生如夢思想的作品，包括《紅樓夢》《戰爭與和平》等等，一筆抹殺了。這自然是萬分危險的事。暴露社會黑暗、激勵讀者奮發向上、技巧圓熟可觀的作品，固然是好文學；但是，以意識形態的「正確」與否，作為唯一判別作品成就的準則，並不妥當。

亦舒的小説，大都情節離奇，若干故事的發展似乎相當公式化，不少角色的對白都差不多地俏皮機智，因而顯不出特色。然而，她的小説實在有迷人的地方。關心各種文藝活動、評論時見卓識的戴天，最近在香港電台的文化節目中，推薦了亦舒的作品，實在有道理。

亦舒（此外還有依達、嚴沁等等）寫的愛情，是現代人的，南宮搏則寫古人的戀愛。中外的流行愛情小説，常寫「犯禁之愛」，也就是私通。這正是南宮搏《洛神》的題材。《洛神》敘述才子曹植與美人甄氏之戀，故事流傳了千多年，早已家傳戶曉。南宮搏寫才子佳人的戀情，自然依循纏綿悱惻的慣例，間有性愛的描寫，但甚有分寸。敘事手法沒有新穎之處，但脈絡清晰，剪裁得體。插入的曹植詩歌，數目和位置也很適中。作者下筆前，對史事一定探究過，所以寫來有濃厚的歷史氣氛。難得的是南宮搏沒有醜化曹操和曹丕，使小説人物陷於「好人、壞蛋」偏平二分的俗套。沒有相當的學養和功力，是寫不出這類愛情小說的，我們怎能以其「流行」而摒它於文學之門外？

(五)「通俗」與「非通俗」」文學的分別

說到這裏，我猜想對上面的議論，至少有兩種很不相同的反應。有些人以為文學的好壞，以作品受歡迎的程度來評定。流行作品銷路大，因此是好文學。持此觀點的人，會覺得我所說的種種，無非為了貶抑流行（通俗）文學。有些人則以為知音寥寥的作品，才有文學真正高雅的芬芳，流行作品專事「媚俗」，只具商業價值，而無藝術地位。持此觀點的人，會認為我在為通俗文學辯護，抬高它的身價。

我的立場如下。縱使文學有通俗和高雅之分，二者的區別不是絕對，而只是相對的。此外，我認為所謂「通俗」的文學，也是文學。

大體來說，通俗小說的特色，是重視情節的離奇曲折，使讀者有「追」下去的興趣。故事追完了，時間消磨掉了，讀者也就滿足了。一般通俗小說的文字都不講究，比喻、象徵、韻律、細節的選擇、敘事觀點的運用，都不在考慮範圍之內。通俗作品所忽視的，正是高雅（或者說「非通俗」「嚴肅)」）作品所重視的。本世紀著名詩人兼批評家艾略特說過：對於詩劇的欣賞，常人只注意故事情節；上焉者則進而探討其主題意識；至於象徵、節奏、韻律等的鑒賞，那是更高的層次了。[16] 艾氏的話，其實適用於對所有文學作品的評析。大部分通俗文學的讀者，只注意到故事情節這第一個層次，至多兼及第二個層次的若干成分，可說是「半票讀者」[17]。讀者若非悟性高，或者受過嚴格的文學訓練，是不能欣賞高雅作品的，遑論「追」下去了。有教養的讀者，閱讀真正出色的高雅作品時，那種喜悦和滿足，常會使人手舞足蹈。

通俗作品與高雅作品，雖然大體上可以劃分；不過，作家生下來，作品寫出來，都不會自動貼上通俗與高雅的標籤，從此決定其文學的價值。文學史上，通俗與高雅莫辨，或者由通俗提升為高雅的例子太多了。英國的莎士比亞和狄更斯，在生時原為通俗的說書人、稿匠，他們的故事有各種離奇巧合。可是，曾幾何時，他們的劇本和連載小說，分別成為英國文學的瑰寶。我國的《詩經》，很多原本是民間歌謠，非常通俗了，可是後來成了經典。金聖歎認為小說要「近人情」，「寫真實，」力斥「鬼神怪異」的描述。在他眼中，《西遊記》虛幻無稽，不能與《水滸傳》相提並論[18]。他精選出來的六大才子書，自然不包括《西遊記》。然而，近世的學者公認《西遊記》為中國傳統長篇小說的傑構。夏志清的《中國古典小說》一書也以它為六大小說之一。余國藩更耗費十年的心血（真是十年辛苦不尋常），把它譯為英文，並加上詳盡的註釋和評論。另一方面，金聖歎大力稱美的《水滸傳》，則有很多「離奇曲折的故事情節」，「且常常誇大其詞」（孫述宇的形容）：武松把幾百斤的青石墩拋起丈多高，又打土裏一尺來深；晁蓋帶着十多個人，就把五百個官兵殺個一乾二淨。這些描寫根本和武俠小說沒有什麼分別。難怪劉若愚說《水滸傳》是武俠小說了，孫述宇也以「通俗小說」形容它的性質[19]。可是，劉若愚同時也指出，《水滸傳》是「中國最傑出的小說之一」[20]。歷來有眾多的學者，包括孫述宇，都以它為深入的學術研究對象。

張恨水的《啼笑因緣》寫 1930 年代才子佳人樊家樹和沈鳳喜的傳奇式戀愛故事，當時廣受歡迎；但有人譏此書為鴛鴦蝴蝶小說，而貶抑其文學地位。近年來，張恨水以至整個鴛鴦蝴蝶派的文學聲譽，似乎獲得平反了。內地的學者，紛紛撰文討論，有褒有貶；美國人林培瑞（Perry Link）且有專書研究：《鴛鴦蝴蝶：二十世紀初期中國城市的流行小說》[21]。台灣的流行小說家瓊瑤，著作等身，讀者極眾，很多知識分子都說她的畸戀熱戀故事，脫離現實，沒有意義。在文化大學教戲劇的李昂，卻有這樣的感想：「瓊瑤的小說可以幫助我緩和情緒。就像希臘悲劇的淨化作用，經過恐懼和憐憫，使人的情感得到昇華。我覺得在瓊瑤的小說裏面能得到這種情感的昇華。」[22] 被稱為高雅的小說家張愛玲，曾經承認她很喜歡通俗小說，且渴望寫出那種類型的作品。另一位高雅作家白先勇，也說愛讀還珠樓主的武俠小說，且受其影響。[23] 這樣說到通俗作品影響高雅作家，通俗文學的問題就更複雜了。

通俗小說吸引讀者的地方，在於離奇的情節。其實好新好奇是人類的天性，世間的奇人奇事實在也很多。據說 1976 年比利時全國出生和死亡的數字，完全相同，這真是一大巧合。八月號的《讀者文摘》，有一篇飛機瀕於失事的驚險報導，就是「人間傳奇」之一。在評論高雅文學時，我們有時也會用「奇氣」「奇警」「奇文共欣賞」這些字眼，更常常談到寫作技巧的創新。一些通俗小說為奇而奇，奇得乖悖情理，以致與現實人生完全脫節，這當然值得批判。我們自然更希望提高一般讀者欣賞文學的水準。可是，我們不應該因為奇情而抹殺了作品的全部價值。此外，讀虛幻離奇的通俗小說，不失為一種娛樂。這是中外古今莫不如此的。[24]

評定文學作品的成就，因素有很多，題材思想之廣狹深淺、文字之精緻粗糙、趣味之高低多寡、結構之嚴謹鬆散、風格之創新因循，都在考慮之列。有的作品在甲項得分高，有的在乙、丙或者丁項，有的是多項全能。我們千萬要避免片面和武斷的主觀褒貶。有時，為了討論的方便，我們會用高雅和通俗這些標籤；不過，最好還是儘量少貼，甚至不貼。力求客觀，多方兼顧，就作品論作品，才是最好的評價態度。事實上，很多「高雅」的作品，和「通俗」的一樣，都發表在日晚報的副刊上。梁秉鈞有這樣的觀察：「60 年代直至現在，許多作者都在報上寫過短篇或連載，有些是通俗的流行小說，有些是認真的創作，[…] 最富實驗性的小說刊在最流行的晚報上。」[25] 最後一句指的是劉以鬯的《酒徒》、西西的《我城》等作品。此外，如小思的散文，黃國彬的新詩，很多也發表在報紙上。甚至連古色古香、高人雅士如饒宗頤、蘇文擢、羅忼烈、望雲、陳耀南等的酬唱詩詞，也和最「俚俗」的小說或者雜文，在報紙上刊成一片。

（六）香港作家的定義

香港作家的種類，和香港文學的體裁一樣多元化。大別而言，有下面四種類型。

第一，土生土長，在本港寫作、本港成名的；

第二，外地生本土長，在本港寫作、本港成名的；

第三，外地生外地長，在本港寫作、本港成名的；

第四，外地生外地長，在外地已經開始寫作，甚至已經成名，然後旅居或定居本港，繼續寫作的。

第一和第二類是道地的本港作家，目前的年齡多由二十歲至六十歲不等，二三十歲的青年作家尤多。舒巷城、金依、陸離、亦舒、羈魂、胡燕青、陳德錦、鍾曉陽等都是。第一類尤為正宗、純粹的香港作家。

第三類則有如倪匡、戴天、楊明顯、金兆、吳羊璧等。1980 年去世的司馬長風，1981 年去世的徐速，也屬於此類。陳浩泉約在十三歲時才來香港，介乎第二和第三類之間。至於金兆，雖然在香港寫作，但發表的園地多為台灣的報紙，書也在台灣出版，在台的名氣比在港的大。如果陳浩泉屬「二 A」類，則金兆當屬「三 A」類，以示與第二，第三類略有分別。

第四類則有高旅、劉以鬯、林太乙、余光中、吳其敏、何達、蔣芸、施叔青、鍾玲等。1980 年去世的徐訏，也屬此類。

第三類之為香港作家，也沒有問題。第四類中的劉以鬯，其為香港作家的身份，也不會引起爭論。他的長篇小說《酒徒》，以及《天堂與地獄》中的短篇，不但在香港寫作、發表和出版，而且寫的是香港的人、事、物。劉氏在香港生活了大約三十年，寫作之外，還主編文學副刊和叢書。至於徐訏，他雖然在來港之前，就以《風蕭蕭》《吉普賽的誘惑》等小說出了名，但他從 1950 年來港起，至 1980 年去世止，除了中間有幾年住在外地，是二十多年的老香港。在港出版的書有《江湖行》《童年與同情》等很多部，當然也應該算做香港的作家。還有來港前已享盛譽的余光中，直至現在他已在香港住了八、九年，在此地寫作和發表的詩、文、評論、翻譯，大概有十本書的分量，而內容與香港的生活和文化相涉的頗不少；余氏又經常參與香港的文學活動，他還不算是香港的作家嗎？余光中在香港所完成的作品，僅就量而言，已比很多道地香港作家的豐富了若干倍了。

作家屬於哪個地區，對作家本身是不重要的，他的地位不會因地區而有增損。李白究竟是隴西人還是四川人，這問題與詩仙的文學成就無關；關心的倒是隴西人和四川人，因為他們都以與李白同鄉為榮。艾略特原為美國人，入了英籍；奧登原為英國人，入了美籍。而二人同列於英國和美國的文學史。某某地區能夠使作家駐足、旅居甚至定居，又使作家安心寫作，有貢獻於當地的社會文化，這是某某地區的光榮。香港人羞於與屠夫毒販為伍，而應傲於有傑出的作家為鄰，這是不必多說的。香港對作家，應有「多多益善」的吸納原則。如果依此原則，那麼第五類、第六類……大有增設的必要。例如，劉紹銘在香港出生，在香港長大，赴台灣、美國升學後寫作成名，但他的作品常見於本港的報刊。他算不算老五，或者老六？

（七）近十年香港文學印象記

香港的文學類型和作家定義，已有了上述的說明。有了立足點，有了範圍，我們所看到的香港文學，全景到底怎樣呢？前文把香港文學喻為無煙工業，現在換一比喻：如果香港文學是一片原野（絕對不是沙漠），則我得趕快承認，我是個剛起步的觀察者。周遭的山丘河流、花草樹木，有的我曾經入微地觀賞過，有的則只具初步印象。至於距離我比較遠的景物，也就是較早期的香港文學，我目前還未兼顧。

金庸的武俠小說，亦舒的愛情小說，除了成績因「奇」得減外，實在出色。前者功力深湛，氣魄更不同凡響。金庸的武俠小說，倪匡的科幻小說，更為少數香港外銷文學的奇貨。至於香港的「非通俗」文學（請恕我再貼一次標籤），近十年來文風大盛。這片文林，蔚然可觀。究其原因，我認為有下面各點。

第一、第二次大戰後出生的嬰兒，生活較上一代好，到了 1970、1980 年代，已進入青壯年期。香港的中文水準，雖然一般而言，日見低落；但每年十多萬的中學畢業生中，總有些自小就對文學有興趣，日後努力於文學的。這就夠了。[26]

第二，1950、1960 年代的前輩作家，及此時期的文學刊物，發表創作，評析譯介作品，探討理論，為下一代打下了基礎。

第三，1960 年代文社潮時期的年輕作者，日趨成熟。

第四，台灣現代主義的偏激論調，至 1960 年代末期已歸於沉寂，香港文壇不再受其干擾。台灣文學整體而言，對香港文學有積極的影響。

第五，外地成名作家或新血來港，增強作家陣容，有的且發揮很大的影響力。

第六，大專院校增開中國現代文學課程，講授文學時注重作品的藝術性分析。

第七，大型文學獎，如「青年文學獎」和「中文文學獎」，刺激年輕文學愛好者的寫作興趣。

近十年的香港文學，新詩、散文、小說都有可觀的表現，戲劇似乎較弱。創作劇寫得最多的要推李援華。不過，如果把若干電影、電視的劇本，尤其是後者，也計算在內，則形勢改觀。《獅子山下》《小時候》《年青人》《香港八二》及《八三》等，都出現過精彩的劇本。某些長篇電視劇集的對白，往往生活化而且洗練，時有引人入勝的片段。

新詩方面，余光中、何達、馬朗、戴天、蔡炎培、西西、韓牧、原甸、古蒼梧、黃國彬、梁秉鈞、羈魂、陸健鴻、陳浩泉、何福仁、丐心、子瑜、陳昌敏、陳德錦、鍾偉民等，都出版過詩集。原甸和陳浩泉的詩，曉暢易解，間有警雋小品。羈魂早期的詩，受超現實主義影響頗深，近期則趨於明朗而生活化，甚為可喜。陳昌敏的詩，有的柔美清甜，別具韻味。鍾偉民想像奇特，似乎能艱辛而不能平易。古蒼梧清暢而耐讀，其《雨聲》《曇花》諸作，是極佳的小品。大體而言，現代主義的晦澀詩風，只如斜陽殘留在若干作者上，這是個好現象。

散文方面，已出版的集子極多，近一兩年來大家競出雜文集，百家爭鳴，令人目不暇給。小思、阿濃之寫老師情懷，何紫之寫天倫樂事，都有益世道人心，而其文筆或溫厚、或鋒利、或趣致，各有面貌。梁寶耳喜鑄新詞，岑逸飛非常博雜，讀來令人解頤。張君默常寫不甘平凡的小市民心境，一般讀者覺得很親切。杜杜的小品、周兆祥的書信，各有特色。李默、亦舒、陳韻文、圓圓、林燕妮、謝雨凝等，個性活現，代表了城市女性的各種形態。梁錫華的散文，書卷氣之重，直追王力、梁實秋、錢鍾書諸家。梁錫華徵古證今，操縱文字如耍雜技，筆調妙趣橫生。蔡思果的文章予人我手寫我口、從容不迫之感，而慧見自現。蔡思果和梁錫華，可能是近年來最多產的非專欄散文作家（梁氏只在前年寫過近一年的專欄）。李英豪的《給煜煜的信》專欄，天天與亡妻之靈交通，談人生說禪理，刊出以來甚受注意。只論夫妻深情這一點，就已經不同尋常了。西茜凰的《大學女生日記》，寫少女的學業和愛情，別有一番嫵媚。李、西的專欄，都還沒結集成書。近年的中國內地遊記甚多，作者有夏婕等，是散文題材上的一大特色。

小說方面，也斯既寫現代人，也改寫古代傳說，給予新的詮釋。蓬草的一些短篇，精於心理刻劃，富象徵意味。鍾玲嘗試寫極短篇，甚有電影感。還有少數人也努力於微型小說的寫作。吳煦斌的《牛》，相當艱深，讀起來頗有某些現代詩的意味。資深作家侶倫、劉以鬯、舒巷城、黃思騁也時有新作。劉氏強調寫作手法的創新，認為小說語言的詩化，是影視媒介時代裏小說的求生存之道。他的長篇小說《酒徒》，在香港文學史上有重要地位。和舒巷城一樣走社會寫實路線的小說家有東瑞、陶然等。新人中，鍾曉陽的人情世故寫得老練，而她現在不過二十歲左右。豐富的感性、良好的文學修養，使這位早熟的小說家甚受矚目。她的《停車暫借問》

一書，於最近出版。

鍾曉陽是從參加文學獎崛起的。「中文文學獎」首二屆的得獎小說，我大部分仔細讀過。楊明顯的口語十分靈活，又富地方色彩。王曉堤通過病室看人生，有志經營象徵藝術。虞雪的《野狼窩》緊湊集中，意象統一，震撼力極大。葉娓娜的《么哥的婚事》寫代溝，平淡而細膩，高潮在不經意間建立。裴立平的《剌栗花開的時候》深婉感人，創造了中國現代悲劇女性的新典型；其氣氛經營之佳，細節選擇之精，令人回味至再。[27] 如果有人問「高雅」小說與「通俗」小說有何分別，我願意舉出葉、裴這兩篇作為「高雅」小說的實例，以供比較之用。上述幾篇作品，放在任何中國，甚至世界現代短篇小說選集旁邊，也必光彩奪目，並不稍遜。香港文壇平日缺乏精到、嚴肅的批評，即使報刊上有傑出的千里馬躍現，不一定會得到伯樂的賞識。文學獎成為優秀作品尋覓知音的大好機會。

文學批評方面，林以亮（宋淇）的《紅樓夢》研究和詩論、翻譯論，都很重要。劉以鬯、梁錫華和小思的興趣主要在中國現代文學的若干史料，用力勤，常有新發現。余光中的評論，以中國現代文學為主，甚富文采。黃繼持、張曼儀、陳炳良、鍾玲、梅子、璧華等，取徑雖不同，也用力於現代文學的評論。余光中、蔡思果、胡菊人等痛心疾首於中文的惡性西化，經常為文呼籲，成效似乎已逐漸顯示出來。胡菊人對小說技巧鑽研頗深，有專書問世。戴天和黃俊東的印象式批評，往往能擊中要害。杜漸的外國文學譯介，起了很好的橋樑作用。黃國彬遍讀了屈原、李白和杜甫的詩，寫成《中國三大詩人新論》，其雄心壯魄，昭然可見。彥火的《當代中國作家風貌》，報導重於評論，卻也提供了不少資料。歷屆「青年文學獎」文學批評組的得獎者，如曾振邦，潛力頗佳。其他新秀有王仁芸、王曉堤、蔡振興等等。

上述諸位，有些雖然也兼顧香港當下文壇，畢竟沒有下過大功夫。別的作者即使偶然也論述本港文學，但大體而言，所有對香港文學的評論，都是零星、片面或者相當印象式的。以上我對近十年香港文學的回顧，也說不上全面而精深。我憑藉一些印象而得到的結論，基本上是這樣的：香港文學的原野上，百花齊放，十分自由。這裏的作家，政治立場容有不同，因而對文藝的看法也相異；但向來頗能互相容忍，爭議雖有，交鋒卻少而且小。像內地那些文藝講話和政策，台灣那些鄉土與現代的大爭辯，香港是沒有的。

在香港這塊土地上，作家享有極大的自由，發揮各人的才華。[28] 太自由了，寫什麼和怎樣寫，都沒有人干涉，也很少人理會。已有名氣的作家，發表作品十分方便，且多兼寫專欄，甚至轉而專寫專欄。天天執筆，數量自然可觀，質素卻未免優劣互見了。由於寫專欄的作家多，發表作品容易，濫寫之風甚熾，肯精心結撰，或下長期苦功以表現博大內涵的作家向來很少。如果再用工業為喻，則香港文學的產品，可說以大量生產的輕工業製品為多，精工雕琢的工藝品、技術高度密集的尖端科技產物、以及規模龐大的重工業產品，只佔很少數。

近十年來，在「非通俗」文學的範疇內，成就最足引人注目的作家，有以下幾位。一是西西。她以童心童眼透視世界人生，有民胞物與之懷，文字自成一格，這方面的代表作是中篇小說《我城》和詩集《石磬》。她也寫歷史，嘗試突破自己，代表作是《哨鹿》。另一位是黃國彬，他的詩和散文，感性和知性並重，題材頗廣，視野頗寬。既寫香港，也寫內地，歷史感和文化感極強，他是極少數朝向博大、雄偉發展的香港作家之一。他的詩集《地劫》和遊記集《華山夏水》等，是代表作。我特別標舉西西和黃國彬，主要原因當然是他們本身的成就；此外還因為他們都在本港受教育、在本港寫作、發表、成名，是道地的香港作家。他們對文學長久投入、奉獻的精神，也值得我們欽佩。在廣義的香港作家中，則余光中的成就至大，他的詩和散文，在中國現代文學史上，無疑是第一流的。題材思想的深與廣，文字藝術的精湛，產量的豐富，影響的深遠，使他成為一代宗師。我寫過多篇長文評論他們的作品，這裏不贅。[29]

有一次，一位前輩同事，手拿一本台灣作家新出版的散文集，像發現新大陸般，興沖沖地告訴我：「這位作者沒有什麼大名氣，但他寫得真好，直追王力與梁實秋。可以得到 A 等。」他頓了一下，補充說：「至少可得 A－。」這件事情說明兩個道理。

好作品和好作家，有待我們去發現。有些重要作家，聲名在死後才彰顯出來，生時非常寂寞，大詩人杜甫即如此。發言有分量的批評家，一番讚美的話，大有助於提高作家的聲望。白先勇、陳若曦的作品，本身當然很有價值，不過，如果他們沒有得到夏志清、劉紹銘、李歐梵、戴天等的推介，名聲一定沒有目前這樣大。美國的暢銷書，很多都是書商和批評家合力捧出來的。然而，批評家能閱讀的書實在有限，好的作品，不一定有緣由批評家過目。因此，遺珠之憾是千古的常事。香港的嚴肅批評家寥寥可數，上面我提到的作家和作品，如有遺漏，是理所當然的。此其一。

這件事情也告訴我們，評價文學的標準，不是絕對的，「A 等」和「A 減」之間，很難有一條清楚的分界線。如果書讀得草率，判斷下得輕率，則褒褒貶貶更不可靠。蘇東坡即曾勸勉批評家，輕率不得。即使讀得仔細，評得慎重，由於年齡、學歷、經驗、時代潮流等關係，一褒一貶，仍然非無斟酌餘地[30]。文學史上，對作家評價先後有變動的事例太多了。此其二。

我上面的評論，由於個人的種種局限，自然很難全面，很難不會引起爭議。此外，我回顧的只是近十年的作品，而非香港文學的歷史全貌。因此，全面的、深入的、群策群力的研究就十分需要了。近十年來，就我所知，「青年文學獎」、港大文社、《新晚報》《文藝季刊》、中西區文化藝術協會等，都舉辦過香港文學座談會，《時代青年》出過香港文學專輯，出了四期的《香港文學》，顧名思義，專以本港作品為討論對象。我本人將於 1983－1984 學年上學期在香港中文大學中文系開設「專題研究：香港文學」的新課程。廣州的中山大學和暨南大學設有台港文學研究室，暨大並舉辦過台港文學討論會。這些研討活動都需要而且寶貴，可是，這些研究距離全面且深入是很遠的。大規模、群策群力的研究，此其時矣。下面我就香港文學研究的態度和步驟，提出一些建議。

（八）研究香港文學應有的態度

先說態度。第一，所謂通俗文學和高雅文學，都是香港文學。框框雜文的快筆健筆，武俠、科幻、愛情小說的奇筆幻筆，以及這些之外的彩筆雅筆，成就雖有不同，都是筆。我們應該少貼標籤，多論作品。這個態度上文已有詳盡的說明。此外，兒童文學、流行曲歌詞、影視劇本、相聲腳本、有文采的社評政論、甚至寫得精警的廣告，都應納入香港文學之內。

第二，界定香港作家時，應採取廣義，這一點上文也已有交代。

第三，貴古賤今、貴遠賤近的文學批評觀念要不得。劉勰《文心雕龍．知音》說：「昔《儲說》始出，《子虛》初成，秦皇漢武，恨不同時；既同時矣，則韓囚而馬輕。豈不明鑒同時之賤哉！」這正說出貴古賤今的荒謬。數十年來的台灣文學，有輝煌的成就，然而，1950年代很多台灣現代詩作者，唯西方的馬首是瞻，把外國的各種主義，不分青黃黑白，全部移植過來。這正表示貴遠賤近的可笑。

根據梁啟超的統計，天寶年間唐朝極盛時，全中國人口有五千二百多萬人[31]。我們知道盛唐是中國詩的黃金時期，王維、李白、杜甫等大詩人都生在這個時代。香港的人口有五、六百萬，是盛唐時全中國人口的十分之一；香港人平均所受的教育，遠高於唐朝人；香港人繼承的文化遺產，又中又西，比唐朝人豐富多了；香港人發表作品的機會，唐朝人更無法相比；香港人自然也和唐朝人一樣聰明，即使香港人在其他方面的條件可能遜於唐朝人；我們可以說，唐朝的文學，全部如珠如玉，而香港的文學，就全部如沙如石嗎？我們實在不宜妄自菲薄！從前很多人都說香港沒有文學；現在有不少人說，香港沒有一流的文學作品。應付這種批評最好的辦法，是先問他：什麼是一流的文學？以中國現代文學為標準？還是以中國古典文學？還是以世界文學？然後要他舉出具體的作品做試金石，並說明這些試金石的好處在哪裏，要一項項地列出來。最後，你舉出香港文學中的傑作，並為他詳細闡釋，他一定會啞口無言！

貴古賤今、貴遠賤近固然不當；貴今賤古、貴近賤遠也是毛病。讀到當代的好作品，特別是朋友的好作品時，常會在評價時加添「感情分」。如果滿分是一百分，則加添三分五分作感情分，是人之常情，無可厚非；如果感情用事而理智退讓，那就大失公允之道了。還有，「最」字不應亂用、濫用。批評家最得意的事，無過於鐵筆一揮，褒某某為詩宗，揚某某為文豪，稱某某第一，謂某某最佳。可是，我們要知道，批評家必須講信用，膨脹的褒語必會貶值。三、五知己聊天，幾杯下肚之後，豪氣縱橫地稱某某「古今中外，空前絕後」，隆情可感。白紙黑字寫出來，就非萬分謹慎不可了。文人相輕，固然不美，文人相親，也應該適可而止。

（九）研究香港文學的步驟

現在説步驟。第一步是蒐集作品，探究作家生平，整理文學社團、期刊等資料。這些工作用不着什麼解釋，我只就期刊一項略加説明。文學雜誌和報紙的文學副刊，是作家發表作品的園地，是文藝青年吸收營養的地方。文學期刊的編輯方針、內容水準，是當代文風的指標。香港的新文學，在 1949 年以後才逐漸蓬勃。由 1950 年代開始，《人人文學》《中國學生周報》《文學世界》《文藝新潮》《文藝世紀》《青年樂園》，1960 年代的《好望角》《當代文藝》，1970 年代的《詩風》《海洋文藝》《大拇指》《八方》《香港文學》，1980 年代的《素葉文學》《文藝季刊》《當代文藝（復刊）》《破土》等，都很重要。有的雜誌跨越了幾個年代，如《中國學生周報》《文藝世紀》《當代文藝》等，影響力很大。報紙的文學副刊，如《香港時報》的《淺水灣》和《文與藝》，《星島日報》的《星座》和《星辰》，《新晚報》的《星海》，《星島晚報》的《大會堂》，等等，也應在研究之列。文學報刊和文學叢書的編輯，往往影響文風，對其生平與貢獻，我們也要注意研究。

第二步是作家和作品的評價。上面說過，評論本港文學的工作，做得極不足夠。曹聚仁、葉靈鳳這些多年前去世的作家，我們應該怎樣評定其地位呢？ 1980 年至 1981 年短短年餘的時間內，一司二徐三蘇——司馬長風、徐訏、徐速、三蘇（即高雄）——四位多產作家相繼去世，文化界人士除了紛紛表示哀悼外，迄今我們仍然讀不到任何「蓋棺論定」式的大文章。編輯《徐訏紀念文集》[32] 的徐訏諸位學生，就這樣說：「無論就徐老師的生平方面或創作方面，迄今尚無較為全面的論述。」這不但是香港文學界可哀的事，更會是作者彌留之際覺得遺憾的：寫作一生，落得如斯寂寞。文集中，徐訏的朋友蕭輝楷說得好：「徐先生著作等身，以文藝為生命，他最重視的應該不是對他這個人的交情而是對他的作品的交情，他最感快慰的應該不是對他的人的了解而是對他的作品的了解——哪怕這是瑕瑜兼見的認真了解。」蕭氏慨歎一番之後，寫了一篇長文，評析徐訏的六十萬字長篇小說《江湖行》。然而，風蕭蕭兮秋水寒，作家一去兮不復還，是褒是貶，只能當祭文焚給他的在天之靈了。

張君默有一次在他的專欄中說：如果有讚美我的話，請現在就說，不要等我死了之後才說。有一位名詩人對我表示過：如果他現在能夠看到將來文學史對他的評價，那就好了。作家需要評論，不管掌聲或噓聲，他都想聽，否則真是寂寞死了。讀者也需要評論，以選擇要閱讀的作品，以印證讀後的感想。客觀公允的評論，更是當時當地文學水準的指標。

然而，要寫出有分量的評論，並非輕而易舉的事。香港文學的研究者（包括評論者），除了應該具有上面所說的種種態度外，還要兼備中國古典和現代文學的知識，對外國文學也有涉獵，而且懂得文學的各種理論，又有文學批評的訓練；文學以外的知識——歷史、哲學、社會、政治、心理、繪畫、音樂等等，則愈多愈好。因為文學涵攝了人生世相的各面各貌，複雜而廣闊。香港文學當然也是這樣的。香港文學在縱的方面而言，受過中國新舊文學的影響；在橫的方面而言，則英、美、法、德、日等國的文學，甚至中南美洲文學，都啟發過某些作家。評價文學成就的標準，則包括作品題材的是否擴闊，表現手法的是否創新，這就是劉勰所說的「通變」，也是艾略特所強調的，吸收傳統之外還表現個人才華。

例如，要評一本香港作者的新詩集，我們除了注意詩集中每篇作品本身的思想性和藝術性外，還要把詩集放在中外古今的詩歌中，看看它受過誰的影響，有沒有創新。這樣才能公允地衡量它的成就。做起來很難，卻是批評家要努力的。科幻小說是新的文類，照理說沒有什麼文學史的包袱了。其實不然。批評家面對的這些香港人寫的科幻小說，和外國同類作品相比，究竟有何異同？和台灣出版的張系國科幻小說相較，成績又怎樣？內地近年也有科幻小說了，批評家不能不理會啊！況且，科幻小說是小說，整個人類的小說史甚至文學史，是它最理想的透視架構。要每部作品都獲得充分、精到、全面的評論，是不可能的，除非文壇如球場，採取「人盯人」策略，一個創作人就有一個批評家。然而，香港文壇欠下真正評論的債太多了。沒有對作品和作家的充分評論，根本就沒有辦法踏上第三步。

第三步是編輯全面的、有代表性的、儘可能大公無私的香港文學選集，同時撰寫香港文學史。以第二步的成果為基礎，由本港公私學術文化機構，組織香港文學研究中心，儲存香港開埠以來各種資料，成立編選和修史小組，用集體的方式來完成選集和文學史的工作[33]。關於新加坡和馬來西亞的華文文學，從1973年開始，已先後有《新馬華文文學大系》《馬華新文學大系》《新加坡共和國華文文學選集》《戰後馬華新文學史初稿》《新馬華文文藝辭典》等書面世。香港在這一方面顯然落後了很多。[34]

二十世紀書刊的出版非常發達，各種形式的文學大量生產。要好好評估一時一地的文學，個人的努力，和夸父追日大抵差不多。劉紹銘談到香港文學大系一類書的編輯時，這樣說過：

> 要把近半個世紀的香港中國文字，好好的看一遍。把文字通順、言之有物的、能反映當時一般社會狀況的作品，挑選出來。這種工夫，不是三四個受薪階級的有心人做得來的事。《馬華新文學大系》之能夠結集出版，據筆者所知，除了個人的努力外，還有政府和大學的支持。

楊靜觀在他的專欄中，對香港文學選集的編輯，也提過類似的意見。[35] 美國詩人兼批評家藍遜在四十多年前已經指出，業餘者「興之所之」的批評，無濟於事。真正的批評，應由專業者接手。藍遜倡議成立「批評公司」或者「批評有限公司」，雖然這些名詞不一定人見人愛。[36]

「批評公司」這半開玩笑的組織迄今未見成立。很多文學選集的編輯，文學史的編修，則早已進入「集體生產」的時代了。英美如此，中國內地和台灣也如此。香港的地下鐵路、海底隧道，以及幢幢數十層高的華廈，工程非常艱巨，但都美麗地完成了。香港文學選集的編輯和文學史的編修，工程雖然也相當艱巨，只要有心去做，有公私學術文化機構的支持，快則三年五年，遲則十年八年，一定有成功的一天。現在是開始策劃籌備的時候了。開始了之後，我們應該經常舉行香港文學各個問題的討論會。

如果說香港文學是多元化的工業，則香港文學選集的編輯和文學史的編修，是工業產品的品質控制和優質產品展覽。認識香港文學的真正成就，可以滿足「衣食足而後知文化」的心理需要，可以把優秀作品編入本港學校的中文課程，可以增加香港人的歸屬感。鑒往知來，認識香港文學的真正成就，也有助於以後香港文學的發展。至於這種文學工業外銷的擴展，也是可以考慮的。

完稿於 1983 年 8 月

註釋

1 根據的報紙是 1982 年 2 月 22 日的《東方日報》《成報》《明報》《新報》《信報》《快報》《星島日報》《星島晚報》《華僑日報》《大公報》《文匯報》《新晚報》《香港時報》。作者名字是專欄欄名設計的一部分，或者作者名字用較大號字體（指大於內文的六號字）標出，這些作者才被算為專欄作者，才納於本調查的範圍內。至於改寫自電訊或者外文的、形似專欄的文章，並不在本調查範圍內。回答讀者詢問的專欄，也不計算在內。這項調查的實際工作，是由黃桂珍君負責的。這項研究工作獲得中大新亞書院「蔡明裕文化基金會」的經濟資助，謹此致謝。

2　見《當代文藝》第 106 期（1974 年 9 月）10 頁。

3　見《當代文藝》第 168 期（1983 年 3 月）一丁的短文。

4　見《明報》1983 年 5 月 1 日的副刊。

5　有一位寫小框框的專欄作者，竟然說寫「八百字就有點勉強了」，「一千字或以上的稿更是可免則免」。見《明報》1983 年 2 月 5 日副刊《蹙眉集》，作者是冷小卿。如果所有的文章都只得三兩百字，則寫作不必引證，不必舉例，不必講氣勢。如此，則文章危矣。短文有其精悍、可愛處，但過猶不及，其理自明。

6　見其文集《清歌十八拍》（香港，突破出版社，1981 年）123 頁、124 頁。

7　見其文集《我愛香港》（香港，山邊社，1982 年）40 頁、41 頁。

8　見其《黃霑雜談》（香港，博益，1983 年）中《香港雜文》一篇。

9　見劉以鬯《酒徒》（台北，遠景，1979 年重版）69 頁、77 頁等。

10　見項莊《沖淡精神苦悶，加強掙扎意志》一文，該文登於《明報月刊》1983 年 1 月號。

11 見其 Literatureas Knowledge 一文，此文收於泰特的 *Essays of Four Decades*（N.Y., Apollo, 1970）一書之內。

12 劉若愚的 *The Chinese Knight-errant*（London, Routledgeand Kegan Paul, 1967）論武俠小說的淵源極詳，可參看。

13 亦舒《香雪海》（香港，天地，1983 年）37 頁。

14 同上，各段分別引自 114 頁、243 頁.234 頁等。

15 同上，248 頁。

16 艾略特這番話，我多年前讀過。現在一時之間卻找不到出處。

17「半票讀者」一詞，出自余光中，見余著《掌上雨》（台北，文星，1964 年）一書的首篇。通俗文學、文化在西方向來多人研究，我手邊有 Peter Davison, et al, ed., *Literary Taste, Culture and Mass Communication*（N.J., Chadwych-Healey Cambridge, 1978）這套書，其中第一和十四卷特別可供參考。

18 金說轉引自趙明政《金聖歎的小說理論》一文，此文收於《文學評論叢刊》《第十三輯《北京，1982 年 5 月出版）。88 頁、89 頁。

19 見孫氏《水滸傳的通俗小說藝術》一文，刊於《當代文藝》第六十期（1970 年 11 月）。

20 同注 12，116 頁。

21 此書原名為 *Mandarin Ducks and Butterflies：Popular Fiction in Early Twentieth-century Chinese Cities*，1981 年由加州大學出版社印行。內地研究張恨水的學者頗不少，發表了好些論文；例如，袁進的《張恨水初探》，刊於《新文學論叢》1982 年第三、四輯。

22 台北出版的《益世雜誌》1981 年 8 月號有《瓊瑤．三毛震撼的探索》座談會，李昂的這番話見該期 27 頁。23 見唐文標編的《張愛玲卷》(台北，遠景，1982 年) 3 頁；又見白先勇的《寂寞的十七歲》(台北，遠景，1976 年) 331 頁。

24 根據《時代周刊》1983 年 8 月 1 日那期的《日本特輯》的報導，日本一般人閱讀的也是通俗小說和連環圖。最近日本出版的「嚴肅小說」(serious novels)，書種佔新書的二成，這是「令人鼓舞的」比例。詳見該期亞洲版 74 頁。

25 梁著《養龍人師門》(台北，《民眾日報》，1979 年)264 頁。

26 整體而言，香港近年的文學創作相當蓬勃，但中大中文系的學生和校友似乎不見踴躍。請參閱拙文《為什麼不寫作？》，收於《突然，一朵蓮花》(香港，山邊社，1983 年)。

27 這些作品收在市政局出版的《香港文學展顏》及其續輯，此二書先後於 1980 年及 1982 年出版。

28 影視界的自由則有時受到限制，因為影視媒介的影響力大。近期的例子是《皇天后土》被禁，《家在香港》被刪。

29 請參閱我的《火浴的鳳凰——余光中作品評論集》(台北，純文學，1979 年)、《怎樣讀新詩》(香港，學津，1982 年)二書中有關文章。又：拙文《輕鬆有趣地載道——評西西〈我城〉》，刊於《文藝季刊》第四期 (1982 年 12 月出版)；《生氣勃勃：1982 年的香港文學》，刊於《當代文藝》1983 年 2 月號。

30 可參閱《林以亮詩話》(台北，洪範，1976 年) 中《論讀詩之難》及其續篇。

31 據梁氏《中國史上人口之統計》（原刊《新民叢報》）一文。

32 由浸會學院中文系學生編輯，於1981年出版。

33 文學史的撰寫方式有很多種。劉以鬯、黃繼持、盧瑋鑾、黎活仁合寫的《關於編撰現代1915－1949中國文學史的新構想》（刊於《抖擻》1982年1月號）一文，論的是中國現代文學史的撰寫，但不失為撰寫香港文學史可參考的方法之一。

34 詳見柏楊主編《新加坡共和國華文文學選集》《史料篇》的（台北，時報出版公司，1982年）。

35 劉氏觀點見其《傳香火》（台北，大地，1979年）中《香港文學》一文；楊氏觀點則見其《快報》專欄《亂麻篇》1983年1月12日《香港文學》一篇。

36 見其 *The World's Body*（Baton Rouge, Louisiana State University, 1968）中 Criticism, Inc. 一文。

活潑紛繁：建館展示香港文學

就建立香港文學館一事，我在八月的一個座談會上發表過意見，並把發言寫成《「虛榮」之外，興建香港文學館的理由》一文，行將在《香港作家》刊出。《文學評論》主編林曼叔兄囑我針對此事，再抒己見。現在遵命寫作本文。林兄來電郵囑稿時，我正在內地旅行。在蘇州市前往蘇州博物館途中，驚見路牌上出現「蘇州警察博物館」的名稱，更赫然有「戒毒博物館」之目。博物館是展示文化面貌的一個重要方式。這次「自駕車」長征，到了杭州，當地友人說浙江省正在籌建「浙江文學館」。魯迅、周作人、徐志摩、郁達夫、茅盾、金庸等都是浙江人，在北京的「中國現代文學館」都有大師級或重點式的展示，浙江省為什麼還要另立門戶呢？原來是要顯示浙江省的文化實力，或者說「軟實力」（soft power）。「駕長車」又到了福建省的泉州市。這個古代海上絲綢之路的起點，古跡多，博物館也多，包括一個名叫「閩台緣博物館」。據說館中刻有余光中的名作《鄉愁》，頗為壯觀。為了趕赴余氏故鄉永春縣，來不及參觀「閩台緣博物館」。在永春縣城區，文化界人士說他們正在計劃籌設「余光中文學館」。文學館，文學館，……處處都説文學館，香港能不也來「虛榮」一番，能不也來「發財立品」嗎？本文不再議論「虛榮」，而説實質。

香港文學館的首要功能，是展示香港文學的成就，換言之，是以多媒體的方式，「寫」一部香港文學簡史。香港文學有所謂高雅文學和通俗文學之分。不論「雅」「俗」，凡是成就大、影響深的文類和作家，都要按其比例展示出來。因此，一個金庸專室是不能少的，至少也該來一個專欄的專室或專廳。香港的專欄雜文作者眾，讀者多，數十年來以細水長流的「流水作業」發揮深遠影響，是香港文學的重鎮，是香港文化的一筆財富，是世界報業的一個奇觀。近十年前，我寫過《重鎮．財富．奇觀——香港專欄雜文的評價》一文，陳述了管見。諾貝爾文學獎如果有集體獎項的話，則香港數十年來的眾多出色專欄作家，應榮膺此獎。香港的文學刊物、文學社團、文學獎、文學節、香港政府對文學活動的資助，以至港內外學者對香港文學的研究成果，也應該一一展示出來–用多媒體方式。

怎樣展示？誰佔重要位置？誰佔較多「篇幅」？這涉及文學觀、文學門派以至作家間的恩怨，問題大了，難處來了。文學館所展示的內容，等於這部多媒體香港文學簡史的內容。其「編撰者」除了要博覽、通識香港文學之外，還要具備力求客觀公正這樣的「史德」。前年出版的一部香港名詩選，戴望舒的詩選了，余光中的卻不見。余氏 1974－1985 年間任中大中文系教授，期間詩作繁富，傳誦者眾，如《慰一位落選人》《戲李白》《過獅子山隧道》等。余氏之見遺，實在不可思議。又如十多年前香港出版的一本香港文學書目，某某作家的書，幾乎每一本都有各一頁的介紹。而港內外第一本香港文學評論專集《香港文學初探》，卻是「遺珠」——也許這本書目的編纂者把《初探》仇視掉了。如果上述的「編纂者」來決定香港文學館展示的內容，則此館可以休矣！則乾脆不要興建香港文學館好了。一建好就休館，就閉館，這豈不是拿香港納稅人來開玩笑？

香港文學「雅」「俗」兼備，活潑紛繁，「編纂者」一定要力求客觀公正，把這特色展示出來。展示之外，香港文學館還有其他功能，例如作為文學活動場所，作為港內外作家交流的據點，提供香港文學研究者諸種方便。

如此種種，都可參考美國華盛頓富爾嘉莎士比亞圖書館（Folger Shakespeare Library）和北京中國現代文學館的做法。後者的李榮勝副館長今年夏天在香港講述該館的八大功能，說法近乎十全十美。香港文學館除了歷史性的文學展示外，在舉辦各種文學活動時，應該也是多元多樣的。換言之，歷史的，以及當前的活動，都應該展示活潑紛繁的面貌。1999 年香港舉行過一個大型的香港文學研討會，會議論文結集成書出版，書名正是《活潑紛繁的香港文學》。

寫於 2009 年夏

後記

歷經二十年的呼籲、爭取、策劃、籌備，「香港文學館」終於在 2024 年 5 月 27 日正式成立。該館位於灣仔茂蘿街七號三樓，面積約為二百平方米。開幕展題為「萬物有文，文裡有花」；常設展則陳列文學史資料、作家手稿等，多媒體展現是一個特色。

2024 年 7 月

《香港文學》：豐美的文庫

1985 年 1 月創刊的《香港文學》與我有持續近 40 年的關係。創刊以來的四位主編劉以鬯先生、陶然先生、周潔茹女士游江先生，都厚愛邀稿，或接受投稿，讓我覺得這份長壽文學雜誌分外可親。劉與陶兩位在世時，與我交往頗多；周女士任期不長，我們彼此認識；與現任的游先生到了今年三月才初見。劉與周兩位都講究衣着，尚未謀面時只感覺到游先生衣冠楚楚——他寫得一手好字，他每期的標題書法，為作品戴上美麗的冠冕。想像中他是個做事籌劃有度、優遊不迫的人，初見時他果然如此。何以見得他有度而優遊？以《我與〈香港文學〉》為題的約稿信，1 月 3 日發出，而截稿日期是 5 月 30 日；換言之，我有整整五個月的時間完成這篇命題作文。

（一）大氣派創刊號一期定調

劉以鬯在《發刊詞》裏表述創辦《香港文學》月刊

的目的：「提高香港文學的水平」；讓「各地華文作家有更多發表作品的園地」，「在維持聯繫中產生凝結作用」。這表示主編有雄心，刊物有氣魄。中外的文學名刊如《北京文學》《紐約客》《巴黎評論》，都不只是登載北京、紐約、巴黎作者的作品，而是廣納不同地方作者的佳作名篇。《香港文學》即如此。創刊號一期定調，它的作者陣容龐大，香港佔多數，美國（包括聖迭戈、陌地生［即 Madison］、舊金山、聖荷西）、日本、丹麥、新加坡、溫哥華、印尼、巴黎、上海的作者也亮相；一個「馬來西亞華文作品特輯」更讓檳城、柔佛、吉隆坡三城共六個作者披甲上陣，參加「文戰」。台北的林海音、何凡訪問記於創刊號出現，同期悼念法國學者于如柏（Robert Rulhmans）的專輯登了四篇文章。東西方各地的華文作者在此匯合，這刊物宏宏乎真可稱為「聯合國華文文學雜誌」。這是《香港文學》的氣派，也象徵香港這個商業城市的文化有氣派。

《香港文學》有創作，也有評論，文學四大類即詩歌、散文、小說、戲劇都囊括。劉以鬯（1918－2018）任主編時雖已 67 歲，但身體健朗，風華仍茂，籌備創刊時一定殫精竭慮力求美好。最初的幾期大概是「試刊期」，每頁所排文字的疏密多寡，頁面的設計，以至封面畫的選擇，主編給人舉棋不定的感覺。封面畫可稱「書臉」（我把 face-book 顛倒為 book-face），最初的兩三期「書臉」彩畫，構圖呆板，筆觸稚嫩，看不出和文學有何關聯，更完全沒有香港的影子。第四期用梅創基的版畫，令人觀感一新。以後一百多期幾乎全用香港畫家如梁德祥、沈平、陳球安等的水彩、油畫、鋼筆畫等畫作來裝飾「書臉」，所繪皆為香港風光，這就對了，這本名為《香港文學》的雜誌有「香港」了。有心人或許可考慮為這些封面畫專辦一個展覽，讓一幅幅佳作傑構，把既是小漁村也是大商埠的香港形象表現得繽紛多彩。

（二）文學的色相：「詩之頁」和「活動掠影」

創刊數月後開始，《香港文學》的內容顯得圖文並茂起來。詩創作的四頁，讓香港內外老少的詩人大出鋒頭，如第三期的辛笛、鍾偉民、秦松，其分行書寫都有繪畫為之配合；第四期則詩與攝影合璧，攝影家水禾田美化了鍾曉陽等人的詩作。此後主編期期以為可行而持續實行此「並茂」策略。各種文體中，詩的讀者大概是最少的。詩集長銷的如余光中，作品的讀者數量和影響力大小，都難與金庸的小說相比。寫作此文時，蕭峰、郭靖、楊過、小龍女等武俠人物的雕像正在本港展出；

律政司林定國近日發表評論，謂「亂港外力如岳不群偽善邪惡」，講話引金庸的故事人物。金庸的影響力，香港作家中無人可以企及。詩是「弱者」，為了「扶弱」，為了期望詩的讀者增多，主編乃以繪畫和攝影的色相做餌「引誘」讀者看詩——當然這只是我對「並茂」的一種解讀。利弊常互見，物論實難齊，也許有人會批評：如此精心插畫、豪華彩印，豈無「翠綸桂餌反所以失魚」之弊（《文心雕龍》語）？

主編還把色相之美，普施到刊內的其他作品。每期總有主編認為的重點篇章，認定了，乃慷慨配以插圖；往往是相當大幅的人物照片或書刊封面，都套色印刷。不過，套的只是三原色中的紅色與藍色，黃色不與焉。只套二色比套三色節省印刷費，也就是又要馬兒好又要馬兒少吃草，這應是主編的精打細算。

套三色的七彩圖片《香港文學》是有的。創刊以來的封面、封二、封三和「詩之頁」，都七彩印刷；創刊數月後開始，封二與封三出現了種種文學活動和學者作家的彩照，是為「香港文學活動掠影」。很多來香港作文學交流的人士，都會到《香港文學》辦公室拜訪劉以鬯先生，來訪者在辦公室門外靠着有「香港文學」招牌的牆壁拍照，是個「例牌」行為。近月整理我收藏的首 188 期（也就是劉以鬯主編時期出刊的）《香港文學》，各地文友的玉照先後呈現，於是我用手機翻拍，通過微信把歷史性美照傳給文友陸士清、李元洛、陳子善、徐志嘯、白舒榮、蔣述卓、喻大翔、戴小華、錢虹等等，收穫不少回音，他們都謂喜得「文物」。(古遠清已作古，沒有天上白玉樓的地址，「例牌」照片無從寄發。）很多文友雖然已經朱顏改，畢竟或深或淺的友情仍然在。

1976 年我在美國讀完學位後即返回香港的母校任教，自此課餘經常參與各種文學活動。有一次與劉以鬯先生同台作秀，七十多歲的劉公與四十多歲的黃郎鄰座。彩照里劉公頭髮斑白，而我頭髮濃黑，加上我穿的是白色恤衫，對比特別奪目。

封二封三的圖片式報道，為文學存照，有人卻認為這是搞文學公關。文學是文字的藝術，圖片太多，難免會引起本末倒置、買櫝還珠的批評。劉以鬯主持編務十五年，卸任後陶然接班，雜誌的開本「與時俱進」地變大，封面封底顏色則「創新地」变得素淡，封二封三不再套色印刷；全冊的圖片大大減少，縱使有也基本上都是黑白的。搞公關是個貶詞，於今視昔，我卻要為劉公的做法辯護。「立此存照」，為文學和文學人累積圖的文獻，是封二封三圖片式報道的價值所在。

近十年來手機有拍照的功能，輕輕一按，連咔嚓的聲音也沒有，影像就美美留着，微信就迅迅傳出。一個九宮格容納的圖片數目，等於甚至超過封二封三的總和。一機在手，拍個視頻，就可以聞其聲見其人觀其活動之盛；也因此當今的文學讀者，連雜誌都可以不要，只讀有聲有色的電子推文了。三、四十年前沒有這樣的資訊科技，劉以鬯在雜誌裏用圖片記錄了紛繁活潑的文壇人事。他為文學史配圖。

（三）無形中我有了個小文學史

劉公無形中也為我編輯了一個小小的文學史。承主編厚愛囑稿，《八十年代的香港詩壇》在《香港文學》創刊號開始，連載了四期。我的詩觀五十年不變，向來對極端的現代主義沒有好感，對那些晦澀刁鑽的雜亂文字不敬，而遠之。余光中的詩法最可供借鏡。我說的是詩的章法，而不是詩的題材和主題。題材和主題，只要不和法律抵觸，則海闊天高喜怒哀樂無所禁忌。我推崇余光中，有人說我只寫他，只評論他，這是「摸象」之言。四期的《詩壇》我論及的本港詩人包括戴天、蔡炎培、黃河浪、韓牧、胡燕青、王良和、陳德錦、春華、也斯等等，名字不能盡錄（數十年來我還論及中華各地很多作者的詩、文、小說）。寫《詩壇》一文時，我採取詩話點評的形式，有點古風，但我又不吝嗇引用一些現代西方理論。寫慣「嚴肅」學術論文的我，視這篇長文是個書寫的逍遙遊。

《香港文學》成為我發表作品的一個重要園地。近月在故紙堆中，我重新發現數十年來累累的書寫成果。其中一大幅一大幅彩色配圖的文章多矣，如題為《在陽光撫愛的土地——記馬尼拉的文學文化之旅》的萬言遊記（刊於 1990 年 8 月號），演講，暢遊，與陽光比熱的機場盛情歡迎接待，主人施穎洲和莊良有的燦爛笑容，可追憶的情景朗朗顯現在篇頁中。又如題為《讓「雕龍」成「飛龍」》（記述 2000 年鎮江市國際龍學大會，刊於是年 6 月號），龍伯龍兄如張少康教授等數十人彬彬大會師於古城。還有若干篇詩和小說的翻譯，則簡直是「新」的發現——我早已忘記了它們。劉公也刊登過多位學者如徐永齡、溫儒敏、徐志嘯、喻大翔對我作品的評論。永齡和大翔之作都是長篇，且配以多圖；近日重讀，十分暢快——劉以鬯的「鬯」就是「暢」的意思。我暢快、舒緩、懷舊地翻閱三十多年前快成「古董」的《香港文學》，期期有港內外相熟文友的佳篇，其中余光中的詩有一首題為《香港結》（刊於 1986 年 6 月號）。大詩人在港教書十年，1985 年 8 月底離港回台，人不在香港了，而長長久久不能忘情於此地，常在《香港文學》

發表作品。他曾說香港十年是他「一生裏面最安定最自在的時期」。我醞釀寫作一本「余光中香港十年」（題目暫擬）的書多時，一直在蒐集、整理各種資料，《香港文學》是一個重要來源。

（四）《香港文學》：經典意味‧豐美文庫

這本文物意味和經典意味越來越重的雜誌，所刊的千萬篇作品和繁富的活動報道，當然更是式式樣樣香港文學研究項目的豐美文庫。它的作者以至作者的後代看到或尋到相關圖文，則重溫、懷舊、驚喜、憑弔之情，應該相當多樣化。

劉公編了十五年，2000 年 1 月號迎接千禧年的專號中，他回顧雜誌的表現，指出他「一直按照既定方針辦事」，包括創刊號說的對世界各地華文作家「在維持聯繫中產生凝結作用」。我認為這的確做到了，文豐圖美地做到了。在此我稍作補充：《香港文學》經常推出世界各地華文作品專輯，在早期某一期開始，還有中間多個彩頁，用圖片報道各地華文文學動態。

2000 年 8 月出版的 7 月和 8 月合刊號（也就是 187、188 期合刊號），在平時《編後記》的位置，有極簡的一則《啟事》：「自 2000 年 7 月 1 日起，本人不再處理香港文學雜誌社及《香港文學》（月刊）的事務，特此敬告各位文友。劉以鬯啟，2000 年 6 月 8 日」。我頗感突然，而劉以鬯主編時期就此戛然而止了。這次的命題作文，也就此結束。有機會的話，當寫「我與《香港文學》」續篇。

寫於 2024 年 4 月

新詩和舊體詩

香港現代詩話

（一）告別晦澀，賞析佳篇

開始於五四時期的中國新詩，到了1949年之後，主要分開在中國內地、台灣和香港三地發展。在台灣和香港的新詩，又稱為現代詩。1950年代的《文藝新潮》雜誌，由馬朝主編，對香港新詩的發展，起了重要的作用。另一份雜誌《人人文學》也產生了影響。《文藝新潮》走前衛路線、提倡現代主義頗力。現代主義的香港新詩，當時曾越過海峽，對台灣的現代詩壇推波助瀾一番。海峽彼岸的詩潮，也衝擊了香港的作家。這兩地互相影響的情形，劉以鬯在《三十年來香港與台灣在文學上的相互聯繫》一文（刊於《星島晚報　大會堂》1984年8月23、29日）已有相當詳盡的説明。台灣的現代詩，在1960年代風起潮湧，巨浪滔滔，理論和作品都比香港的壯觀。當時香港年輕一輩的作者、很多都在台灣潮中隨波逐流，彼岸的影響明顯可見。1960年代台灣現代主義的詩，有晦澀和虛無的狂潮；到了1970年代，此潮告退，而鄉土方滋。香港的一些現代詩人，風格也起了變化，語言轉趨明朗，內容則漸多本土事物。1970年代的香港詩壇，增加了一些內地南下的作者，他們的作品頗富內地新詩那種淺易可歌的風味，與台灣式的明朗卻不一定相同。1980 年代的香港新詩，是 1970 年代風格的延續和開拓。

詩人的稱號，常常可以自封；現代詩人的桂冠，更似乎人人都可以戴上去。我讀現代詩的經驗，苦樂都有，時而有苦多樂少之歎。主要原因是詩作良莠不齊，披沙揀金要付出大量的時間和耐性。讀明白曉暢的詩還好，最多把它們當作散文來讀，一目可以十行，觀其文而得其意。讀晦澀難懂的最苦，一行十目仍然無從捉摸其旨。現代詩的佳篇雖多，但是一般詩作，多半不能免去這樣那樣的毛病；問題或在於詩的認識不足，或在於受壞的影響太深，或在於功力才華不夠。很多寫舊體詩的人，鄙視新詩；很多讀現代文學的人，不喜歡新詩這種體裁。我認為如要推廣新詩，要傳新詩的福音，純粹理論的介紹、空泛的詩歌發展概說，收效極微。最好的做法是編出一本精選精評的詩集來，好的作品最具雄辯的力量。我一向評論新詩，最着重實際作品的鑒賞。最近重讀錢鍾書的《中國詩與中國畫》一文、看到這位文學大師的用心，正是如此。他說：」我有興趣的是具體

的文藝鑒賞和評判。」（以上寫於 1985 年 1 月）

（二）古蒼梧的《雨聲》和《曇花》

古蒼梧的詩，我一向愛其明朗可解，其佳者則明朗而耐讀。下面的《雨聲》和《曇花》是例子。《雨聲》：

> 愛聽／那淅瀝的雨聲／怕聽／那淅瀝的雨聲！//它總提醒我：／我曾是一片雲／而我仍然是一片雲！／我還沒有落下／沒有落下！／沒有投入／大海的懷抱／掀起驚險的波濤！

《曇花》：

> 在沒有陽光的都市／我們都要像曇花／在最深沉的黑夜／綻開最燦爛的／嫣紅／哪怕就只有那麼／一晚／哪怕沒有什麼人會／知道

這兩首都在 1978 年發表於《羅盤》詩刊，後來收入古著詩集《銅蓮》，1980 年由素葉出版社出版。雲遇冷成雨，雨落到海上，在風中，與海水一起掀起波濤。掀起波濤比喻做轟轟烈烈的大事。但雲變成雨再變成波濤，是要犧牲的：犧牲個體逍遙自在的生活。詩人有理想，但又不願犧牲自己，因此陷入了困境。既愛聽，又怕聽那提醒、敦促着自己的雨聲。雲、雨、波濤是水的幾種形態，詩人運用意象時，理路清晰，一如卞之琳的《無題四》等詩。此外，《雨聲》中疊句的出現密度適中，有歌的意味，又不致鋪陳太過。

《曇花》表現的是另一種心情：沒有畏懼的發光發熱的精神。曇花在黑夜中，綻開那短暫的一刻，展現最燦爛的容顏。這是生物現象。古蒼梧捕捉了這個生物現象，賦予象徵意義。這就是我一再強調的，現實的理性之真，和想像的感性之美相結合。《雨聲》之成功，也正在於此。

三、四年前，維波、韶生（即濟泓）、兆申（即蒼梧）諸兄和我相約在春節時往訪嘉駟（即逸飛）兄。出發前大家談詩論文。《雨聲》和《曇花》那時剛在《羅盤》上發表，我在諸友面前着實稱讚了這兩首詩一番。最近讀到卞之琳在《讀書》7 月號發表的《蓮出於火：讀古蒼梧詩集〈銅蓮〉》。卞氏很喜歡《曇花》，說它「最短、只有九行，入集前我就讀過，印象很深，[…] 全詩就是一句話，卻是多色多姿，餘香不絕。」可見人之於好詩，有同感焉。

有一段日子古兄激越得驚人，使人不敢相信那人就是瀟灑爾雅的蒼梧。不過，這無礙於我對他詩歌的欣賞。他在十多年前曾寫《走出文字的迷宮》一文，痛陳台灣極端現代主義的種種流弊。他的詩如澄澈水面上的蓮花，而水面的漣漪、蓮葉的脈絡，不管圖形怎樣變化，理路總是清晰可尋的。（以上寫於 1982 年 8 月）

（三）戴天的《平安夜》

近來觀世局，談時事，常常想起戴天的詩。戴天以詩和專欄雜文著名，放在後者的時間精力尤多。他的專欄古今無所不談，接觸面極大。在台港的詩人中，涉獵政局時事最廣的，恐怕非戴天莫屬了。他的專欄常寫時事，框框之外，其妙思（Muse）的想像之翼，也拍動着時事的煙火。在為一位小朋友而寫的《平安夜》中，戴天這樣形容人間不幸的煙火：

> 子彈像鞭炮那麼劈拍響着／炮火一陣又一陣送來豐富禮物／在耶路撒冷，人們唱着頌主榮光／在黎巴嫩，無家的兒童敲着空碗／啊，平安夜，聖頌夜，啊，上帝／這裏也有人放着煙花，放着野蠻／放着殘殺，而一個曳光彈之後／巴勒斯坦的孩子們，盛滿了一碗戰灰

香港的兒童豐衣足食，不知飢餓為何物，更免於戰

爭的苦難；他們知道的只是煙花、禮花、禮物。在黎巴嫩、在巴勒斯坦，孩子們的情形可完全不同。戴天希望香港的兒童，「居安思危」，最少也了解一些世人的苦況，明白溫室外的世界。(以上寫於 1990 年 2 月)

余光中香港時期的詩：兩岸三地、古今六合、千匯萬狀

1979 年，筆者編輯的余光中作品評論集《火浴的鳳凰》出版了，在導言中我指出：1960 年代「中國現代文學的一隻鳳凰已經從烈焰中飛出來了」；可是，「余光中雖然自信，卻不自滿，這隻火鳥，一次又一次浴於烈焰之中，要把自己變得更美更精純」[1]。1974 年余氏應香港中文大學之聘，擔任中文系教授，開始了他的香港時期。余氏在 1985 年離開香港時，認為在香港是他「一生裏面最安定最自在的時期，這十年的作品在自己的文學生命裏佔的比重也極大」[2]。《與永恆拔河》《隔水觀音》《紫荊賦》是他香港時期詩作的結集，共收入一百多首。四川的詩人流沙河認為余光中是在九龍半島上最後完成龍門一躍，成為中國當代大詩人的。」[3]

余光中住在中文大學校內，「久享清靜的山居，飽飫開曠的海景」，安定而自在。然而，香港「和大陸的母體似相連又似隔絕，和台灣似遠阻又似鄰近」[4]，余氏

在「文革」後期到港，家國情濃的他，難免「心情波動，夢魂難安」[5]。《海祭》《夢魘》《小紅書》等篇，或哀痛、或諷刺，都反映現實。《慰一位落選人》寫美國總統競選，却含暗諷，用了春秋史筆。余氏在香港東望台灣，知道高雄選市花，木棉以多於萬張票當選，深感興奮，寫了《敬禮，木棉樹》致意。詩分三節，首節如下：

> 這才是美麗的選舉／不罵對手，不斬雞頭／要比就比各自的本色／紅仙丹與馬櫻丹／黃槐與木蘭

木棉吸引選民，憑其本色；「把路人引誘過來的／不是紅苞，是紅葩」。這首詩是清晰的社會批評。對台灣文化現象的針砭諷喻，則有《土地公的獨白》，説某些時髦之士，忽東忽西，一會兒進香給法國存在主義者沙特，忽然卻在咖啡杯裏「照出了新的形象／牛仔褲換了功夫裝」。

身在香港，取了「黑印身份證」，成為香港的永久居民，余光中有多首詩吟詠香港的社會民情、山水景物。香港人嗜賭馬，余氏乃有《唐馬》一詩。漢唐時代的寶馬，何等驍騰，騎士何等勇猛；然而如今啊，在香港跑馬場的看台上：

你昔日騎士的子子孫孫／患得患失，壁上觀一排排坐定／不諳騎術，只誦馬經

馬照跑，舞照跳，這是香港九七問題「五十年不變」承諾的形象性講法。「九七」在 1980 年代以來是香港人無比鬱結的情意結，余光中這敏感善應的詩人，自然也打上了。他的「九七」詠有多首，1983 年寫的《過獅子山隧道》，思緒迷惘，不知道未來的景況怎樣——

時光隧道的幽祕／伸過去，伸過去／——向一九九七／迎面而來的默默車燈啊／那一頭，是什麼景色？

詩中的獅子山，以及過隧道時繳交的硬幣上的獅子，都有象徵意義，既是歷史的，也是政治的，是余氏詩心和詩藝的渾然結合。香港的市花是洋紫荊，春天細雨中，其花如霞如霧。1984 年的《紫荊賦》對這花充滿憐惜：

一彈就破一吹就散的紅霧／十三年的風雨禁得住嗎？ ／看路邊婷婷的多姿／嫵媚着已經有限的／這港城無限好的日子

余光中這博大型詩人，關懷廣遠。海峽兩岸三地的

事情之外，他的觸覺伸向古今千載、天地六合。他出身於外文系，在台灣的大學任外文系教授；1974 年到了香港，轉任中文系教授。為了教學的需要，他接觸的中國文學作品比從前增多了。香港時期的余光中，寫過多首詩詠李白、杜甫、蘇軾。宋代詩評家嚴羽說李白的詩飄逸，杜甫的詩沉鬱。余光中的《戲李白》《尋李白》《念李白》，正道出了詩仙的飄逸豪邁。請看余氏筆下太白式的浪漫主義詩篇：

> 酒入豪腸，七分釀成了月光／餘下的三分嘯成劍氣／繡口一吐就半個盛唐

湖南的詩評家李元洛很讚賞這幾首詠李白的詩，尤其喜歡上述的句子[6]。《湘逝》則寫杜甫去世前的沉鬱孤苦：

> 逝了，夢舟與仙侶，合上了楚辭／仍蕭條隱几，在漏雨的船上／［…］野猿啼晚了楓岸，看洪波淼漫／今夜又泊向那一渚荒洲？

《湘逝》隱括了杜工部晚年在夔州寫的很多首詩，說明余氏才高八斗之外還學富五車。上面說余氏寫出了李白的豪邁。對，李白曾經夢想到青天攬明月；如今在想像恢弘的余氏筆下，李白——

只消把酒杯向半空一扔／便旋成一隻霍霍的飛碟

飛碟、外星人、哈雷彗星，這些西方的科幻與天文，連同西方的藝術與人文如莎士比亞、歐威爾等等，都在他筆下生動起來，表演起來。

余光中的詩，到了他「年方」五十上下的香港時期，內容更為繁富，章法更為多姿了，簡直是千匯萬狀。上述種種「大時代」「大傳統」的描繪詠歎之外，生活上的瑣事如炎夏酷熱，促成他寫《苦熱》；切掉盲腸，提供了他《割盲腸記》的題材。布穀、漂水花、魚市場，以至小木屐，都是他靈感的泉源。當然，他沒有忘情，沒有忘記情詩。例如這首《貼耳書》：

萬無一失；密語要輕輕傳送／向濃邃的髮叢／向一隻暖象牙的雕刻／左鬢精巧，右鬢更玲瓏／幽徑，有一曲暗通／／不讓第三個人聽見／最快的限時專送／最快樂的投信人送信人／也無須貼美麗郵票的花紋／除了輕輕，用微啟的唇／向複瓣月季溫潤的耳輪／印上戳記的那一種／而髮絲撩人正細細／眸光一動，綻開一靨紅／信，已到你手中，啊不，心中

貼耳書就是緊貼情人的耳朵，向她傳遞一封書信，

也就是一句「密語」—蜜語。精巧玲瓏，是此詩的特色。《兩相惜》也寫情人，已是年紀較大的情人了。詩人在第一節中表示，希望情人贈他一把仙人的金髮梳，「梳去今朝的灰髮鬢 / 梳來往日的黑髮絲」；這樣，在第二節中詩人就會贈她銀耳墜——

> 蕩在玲瓏的小耳垂 / 守住珍貴的紅靨渦 / 像對辟邪的小守衛 / ［…］不許時間的間諜隊 / 佈下細細的魚尾紋 / 或是額上的隱隱溝

詩人的心願是：我們青春常駐。此詩最宜譜曲成歌，由男女合唱，道出中年恩愛夫婦溫馨的心聲。[7]

寫於 1998 年

註釋

1 見余光中《白玉苦瓜》（台北，大地出版社，1974），頁171。

2 見余光中詩文合集《春來半島》（香港，香江出版公司，1985）的自序，頁 11。

3 見流沙河《詩人余光中的香港時期》一文，此文收於黃維樑編《璀璨的五彩筆：余光中作品評論集》（台北，九歌出版社，1994），頁135。

4 見余光中《與永恆拔河》（台北，洪範書店，1979），頁202。

5 見余光中：《白玉苦瓜》（台北，大地出版社，1974）頁4。

6 李氏曾為文賞析余氏詠李白諸詩，李氏文句見黃維樑編《璀璨的五彩筆：光中作品評論集1979－1993》（台北，九歌出版社，1994）第36-38頁。

7 1998年9月本人寫成《情采繁富，詩心永春——試論余光中各時期詩作的特色》一文，長約一萬字；以上所錄，為此長文的一節，題為《一九七四——九八五：兩岸三地、古今六合、千匯萬狀》。

舊體詩和新詩「共存共榮」說

——以香港相關現象為論述重心

引言

2024 年 12 月 12－14 日香港中文大學中國語言及文學系主辦「風雅傳承：第三屆民初以來舊體文學國際學術研討會」，本人應邀出席宣讀論文，即本文。其內容要點如下。五四時期胡適等人提倡新詩，寫新詩的代有其人，新詩成為 20 世紀中國文學史論述的對象；舊體詩不被修史者「待見」，但寫舊體詩的也是代有其人，有復興的跡象，因而要求舊體詩也進入五四以來的文學史。本文認為舊體詩和新詩各有長短利弊，各有讀者、知音，「舊」與「新」應該並存。新詩有過度受西方現代主義影響而寫得晦澀詭異的，這應該避免，應該「撥亂反正」，應該參考古典詩學，讓「新」中有「舊」。舊體詩講究詩藻，一般用詞典雅，以致讓讀者看不到當今時代社會的風貌；本文認為應該「開拓創新」，讓「舊」中有「新」。在媒體多元化的時代，文學的讀者日見減少；文學中的詩，特別是今人寫的詩，讀者是小眾中的小眾。寫舊詩也好，寫新詩也好，能「娛人」固然是詩人的期盼，可能還是從「娛己」得到安慰；一般寫詩的人，只能在小聚會中「相濡以沫」「抱團取暖」了。如果有詩人才大產豐，精品與鴻篇迭出，好評潮湧，加上宣揚得法，運氣奇佳，則詩豪、詩傑的冠冕可戴，可領風騷於一時；否則詩人即使如何「自珍」，也只能慨歎「草木榮華之飄風，鳥獸好音之過耳」。舊體詩與新詩之「共存共榮」大抵如是。

(一)「新」與「舊」不替

1918 年 1 月號的《新青年》發表了胡適的詩四首、沈尹默三首、劉半農兩首，都是用白話寫的。這是中國新文學的第一批新詩。在此之前數年，胡適在美國留學，已考慮用白話來寫詩，要發動「詩國革命」。中國的傳統詩歌，一般而言句式整齊、音韻鏗鏘、用詞典雅。胡適要用日常的語言、用較自由的形式來寫詩，這是基於一種擺脱傳統的思想，和文學的普及化有關；他的新嘗試，也受到當時西方詩歌理論的影響。一年後，即 1920 年 1 月，由新詩社編輯的《新詩集（第一編）》出版，為現代第一部白話新詩集，內收胡適、劉半農、郭沫若等人的作品。同年 3 月，胡適的《嘗試集》出版，這是現代第一部個人白話詩集。

第一批新詩在 1918 年發表後的次年，胡適發表《談新詩》一文，對傳統的絕句、律詩大加貶抑。他認為「五七言八句的律詩絕不能容豐富的材料，二十八字的絕句絕不能寫精密的觀察，長短一定的七言五言決不能委婉達出高深的理想與複雜的感情。」

胡適為了提倡新詩，把傳統的絕句、律詩儘量貶抑，用了三次「決不能」，態度非常偏激。他提倡的新詩形式自由，是詩體的一大解放，這固然有利於「充份表現」詩人的思想感情；然而古代的詩人，用絕句、律詩來寫作，難道就不能「容豐富的材料」、「寫精密的觀察」、「委婉達出高深的理想與複雜的感情」嗎？我們讀一讀杜甫、李商隱等古代傑出詩人的作品，就知道胡適的說法簡直陷古人於不義。

無論如何，胡適之後，寫新詩的繼踵接武，人數越來越多，關於新詩的種種理論和概述，也相繼湧現。新詩的派別，到了 1940 年代已有自由派、浪漫派、格律派、象徵派、現代派、七月派、九葉派等等稱號。[1] 中國新文學史（或中國現代文學史）的詩歌部分，敘論的都是新詩，而沒有現代人寫的舊體詩（本文裏舊體詩、舊體詩詞、舊詩幾個名詞會交互使用，其意義相同或相近）。新詩成為主流，成為「正宗」。1949 年之後，內地、台灣、香港、澳門以及海外華人社區，儘管作品的情思與技巧，因時因地因人很不相同，以至表現良莠不齊，新詩一直持續發展，百年來名家輩出。

另一方面，被胡適貶抑的舊體詩，五四以來卻也作者源源不絕。大作家如魯迅，如錢鍾書，都以舊體詩著名，出版過舊體詩集；以新詩名的郭沫若，以小說名的郁達夫、茅盾、葉聖陶，都寫過數量可觀的舊體詩，連鄙薄傳統絕句、律詩的胡適也寫。頗讓人覺得詫異的是以新詩著名、發表過《詩的格律》（關於新詩的理論）的聞一多，就在《死水》發表的 1925 年，在「唐賢讀破三千紙」之後，「勒馬回韁作舊詩」。

（二）香港的風雅傳承

舊體詩並沒有斷過流，就以香港而論，舊體詩的寫作，在大學課堂裏的寫作訓練，延續至今。（曾克耑先生如何上詩的寫作課，已成為新亞中文系的一則傳說。）舊體詩在香港的寫作、發表、流佈以至結社情形，已有本港學者在整理、在論述。黃坤堯的專著《香港詩詞論稿》[2] 是一例子，最近編修中的《香港志》，其《文學卷》一書，則有程中山等執筆的專章，也是例子。

我本人在港、台、陸、澳以及美國的大學教書或講學，既講授新詩，也講授李白杜甫詩；對五四以來中國詩歌的研究和評論，則顯然以新詩為主，相關的著作有《怎樣讀新詩》和《壯麗：余光中論》等[3]。這次的會議以舊體文學為主題，我必須「秀資格」（香港人所謂 show quali）：我發表過對蘇文擢、曾敏之、黃坤堯等人所寫舊體詩詞的評論文章。我「貪心」，兼愛新詩和舊詩。

2015 年 6 月 3 日本校（香港中文大學）中文系舉辦「風雅傳承」研討會，我有幸應邀在歡迎晚宴上講話，即以蘇文擢和余光中為主題，講這兩位中大中文系前教授如何相知相重。他們一位寫舊體詩，一位寫新詩，「河水不犯井水」，似乎涇渭分明，卻能互相欣賞敬重。他們都傑出，但知名度卻大有不同。中大的學生，大概都知道余光中的大名（中大校史館的大壁報上，余光中的照片更居於諸位人文大師的中央），問現在中大中文系的學生蘇文擢是誰，恐怕知者寥寥無幾。在整個香港的文學界文化界，以至中華各地的文學界文化界，余光中憑其《鄉愁》一詩名滿天下，蘇文擢雖然寫了《楚蜀長江行》《長安居》等佳作雋篇，卻有「天下幾人認識君」之歎。

再舉一例。10 月 11 日現代詩人瘂弦在溫哥華離世，所有華人地區馬上有種種悼念的文字和活動；在香港，《明報月刊》11 月號推出瘂弦特輯，他的照片刊於封面。回顧一下，香港寫舊體詩的，如羅忼烈、曾敏之、鄺健行離世後，縱然也有一些悼念詩文、一些紀念活動，卻遠遠沒有瘂弦那樣哀榮，那樣「風光」。瘂弦生前來過香港，但他畢竟是河南人，是台灣人，是溫哥華人，他不是香港人，而羅忼烈、曾敏之、鄺健行卻都是在教育界或文化界「打拼」了數十年的香港人。

(三)「重新輕舊」的現象及其文化心理

香港有鳴社、璞社等舊體詩詞組織，有其種種雅集；然而，像「香港國際詩歌之夜」的大型活動，卻似乎從來沒有舉辦過。今年（2024 年）舉辦的已是「第十五夜」(哈哈，莎士比亞的戲劇只有《第十二夜》！)，所需經費不菲，招待世界多國詩人來港與會就是一大筆開支。香港主持此「夜」者是寫新詩的詩人；香港和其他華人地區來參加此「夜」的，也都是寫新詩的人；寫舊體詩的人，沒有「與有榮焉」。顯然，這些現象含有一種「重新輕舊」的文化心理。

再從中學語文科教科書來看此一現象。內地 2018 年版初中（七年級至九年級）語文科教科書所選新詩有艾青、余光中、林徽因、穆旦、舒婷、沈尹默、戴望舒、卞之琳、蘆荻共九人的新詩（還有外國人聶魯達、高爾基、泰戈爾的詩，還有冰心的散文詩），而現代人所寫的舊體詩詞，則只有毛澤東的《沁園春．雪》和陳毅的《梅嶺三章》（三首七絕）。香港初中三和高中的語文教科書裏，選有徐志摩、聞一多、余光中、西西等人的新詩，現代人所寫的舊體詩付諸闕如。

為什麼有這樣的「重新輕舊」？因為「新」已成為主體，「舊」只能屈居次席。從《詩經》開始流傳下來，基本上有格律，到唐代時近體詩的格律嚴謹（後來的宋詞元曲亦然），這樣的詩歌構成中國詩歌的傳統。這樣的古典詩詞是中國詩歌之本體，五四興起的新詩是中國詩歌的變體；然而，正如胡適說的「一時代有一時代之文學」，正如更早——在 1500 年前——劉勰說的「文變染乎世情，興廢係乎時序」（《文心雕龍．時序》），中國詩歌的範式（所謂 paradigm）變了。五四時期知識分子嚮往西方文化，嚮往民主自由；西方的自由詩（free verse）在 19 世紀末 20 世紀初興起，又是「自由」又是「西方」，中國的知識分子怎能不掙脱中國古典的「束縛」而投奔西方現代的「自由」？五四時期開始的新詩，也有比較講究格律的，如「新月派」徐志摩、聞一多等人的作品，但始終是以格律寬鬆或者根本不講究格律的自由體為主。

清末中國門戶大開，與西方的交流不絕；引進的西方名詞，如莎士比亞（Shakespeare），如德莫克拉斯（democracy），如杜斯妥也夫斯基（Dostoyevsky），每有四個或以上的多音節名詞。詩人如果要如實把這些新名詞、外來語寫進詩裏面，傳統的絕句、律詩一句最多只有七個字（音節），是不勝負荷的。詩歌「現代化」之道，就此而言，是為詩句增加長度。如此一來，詩的體式變了。我們由此有句子長短參差的自由詩，即使是新詩中的格律詩，字數一定，其句子（或稱為詩行）通常都是超過七個字的——一般是九個字到十一個字。詩歌體式之變有其時代因素，正是上引劉勰所說的「文變染乎世情」。中華各地的「世情」是「現代化」，新詩是「現代化」的一個產物。

（四）舊詩和新詩：強項和弱項

西方文藝的現代化過程中，出現以顛覆傳統為尚的現代主義（modernism）。西方現代主義的詩，以艾略特 1922 年發表的《荒原》（“The Waste Land”）為里程碑；此詩的敘述探向內心，時空錯雜，顛覆了傳統的詩藝，結果是內容顯得支離破碎、脈絡不清、晦澀難明。以西方現代主義詩歌馬首是瞻的中華各地作者，效顰西詩，晦澀之風大盛。跟西風者不理會余光中、流沙河、李元洛和我「去晦澀化」的苦諫，繼續其顛覆性怪招亂招，而且往往贏得大名，甚至沾沾自喜要贏得世界性的文學大獎。

東詩效顰晦澀的西詩，有識之士苦諫無果；從事舊體詩寫作者則「不管旁人瓦上霜」（也有人暗暗譏諷新詩，例如多年前台灣有人謂此類現代主義的「詩」是打翻排字架後胡亂拼湊出來的東西），繼續行走自己的雅正詩道。舊體詩的寫作代有其人，風雅之道不絕，自得其吟詠之樂；近年因為復興傳統文化、提高文化自信成為時代旋律，成為時代共識，有人說，久被新文學史疏離、忽視、不「待見」的舊體詩寫作，現在「鹹魚翻生」了，要進入今人編寫的中國現代文學史了。

新詩與舊詩孰優孰劣，我這裏嘗試平心議論。對新詩與舊詩的「接受」（現代文論有所謂 reception aesthetics），我一向兼容並包，1985 年出版的拙著《香港文學初探》對此態度已有說明。[4] 我的主張是：好的詩，不論新舊都有章法，都是內容大體明朗而相當耐讀。新詩與舊詩各有其強項與弱點。以律詩和絕句為代表的舊詩（古典詩），句式整齊、聲韻鏗鏘、便於記誦，這是它形式上的優點。新詩在便於記誦方面，遜於舊詩；

但它的句子長短開闔皆宜，有彈性。今人寫新詩，固然由於古典詩傑作太多、成就太輝煌，令人難以超越；也由於新詩形式較為自由，可以「相體裁衣」，可以如實呈現各種新名詞新事物，可以讓形式和內容作適當的配合。新詩中的現代主義書寫，語言支離、內容晦澀，為很多人詬病，上面已陳述過。新詩中那些遵循中西傳統詩歌藝術的書寫，從徐志摩、聞一多、卞之琳、臧克家一直到余光中、流沙河、瘂弦、鄭愁予，佳作傑作燦然可觀，我已揄揚過；我對余光中的新詩推崇備至，很多人都知道。[5]

（五）香港舊體詩：用新詞寫新事

這次的研討會，以舊體文學為焦點；為了切題，我應該多舉些「舊」例。現代香港人所作的舊體詩，我在歷年發表的文章中，加以專論或徵引的，有蘇文擢、曾敏之、黃坤堯、許連進、曹順祥等人的作品。蘇文擢（1921－1997）的佳篇至多，如 1990 年有《九七謠》，三年後「末代港督」彭定康上任，有《詠彭定康》之作；「公平」「民主」「直選」等現代政治社會辭彙都出現了。後者對彭氏頗多諷刺，此詩的最後四句是：「物價騰無已，薪勞怨有聲；頗疑終誤港，計不到民生。」蘇文擢是儒者，一生弘揚孔子之道，常以蒼生為念，句中「民生」二字是其詩作的一個關鍵詞。他的《長安居——為港局而作》寫於 1991 年，直面民生難題（香港居大不易，直至今天「劏房」問題一直困擾民心），有老杜憂民情懷，全錄如下。[6]

先看樓與地，索價人無良。
廣廈千萬間，豪門暴利忙。
一尺逾三千，升勢尤瘋狂。
購者果誰輩，人蛇繞長廊。
求之銀行貸，子母廿年長。
轉手囤放間，如借屍還陽。
小民勢所趨，飲酖言甘芳。
全家血汗力，取慰四堵牆。
官府快聚斂，議員管他娘。
通漲此其因，屍咎誰聲張。
壓抑云有計，乃官樣文章。

曾敏之（1917－2015）為《文綜》雜誌的創刊，寫過一首詞與作家共勉：

看華文，正遍播西東；[…] 眾望作家椽筆，促和諧主客，橋誼溝通。立縹緗轂館，教化鑄春融。更宣仁，全球讚許，倡和平，稱譽蓋寰中。

繼傳統，優良典籍，世紀恢弘。

這裏「華文」「作家」「溝通」「全球」「世紀」等都是新詞，其「書生揮筆有依歸」「繼傳統」「宣仁」之語，則因其發揚孔子、劉勰以來的詩教，而傳統意味濃郁。[7]

黃坤堯寫當年「湯多金」(tom.com) 招股事，詩云：

黃金資訊高科技，網股人龍有熱腸。
造勢真堪驚世界，一條財路繞銀行。

他的組詩《回歸雜詠》（2005 年作）涉及「非典」瘟疫，其一云：

六載回歸歲又新。繁華落盡倍艱辛。
一場瘟疫關天譴，全港都無問責人。

古人云「繁華落盡見真淳」，褒詩風的清新；這裏的「繁華落盡」則指歎經濟不景、市業蕭條。一場「非典」香港死了數百人，究竟眾多「問責官員」誰要問責？黃坤堯歎曰「全港都無問責人」，顯見其憤憤不平之氣。以上詩裏的「資訊」「科技」「造勢」「財路」「回歸」「全港」「問責」，都是當前詞彙。[8]

許連進在 2017 年出版《香港回歸情貫》[9]，所收詩詞都和慶祝回歸 20 周年有關（我應作者之請用文言寫了一篇序言，題為《喜來百瑞頌》;「喜來百瑞」者，

celebration 也）。其中有《觀摩香港首屆「關公節」，崇敬而歌》，以下為其開首片段：

歡慶節目五百個，香江佳期盡喜賀。
今關公節欣首開，忠義仁勇特來佐。
回歸廿年展新猷，引正能量區內播。

曹順祥今年 6 月所寫的《橋叔》，為了「緬懷新聞攝影泰斗陳橋」：

揸機拍攝等通宵，難免鬆踭又撞腰。
遲走早來甘守候，求真敬業學陳橋。

以上引錄的作品，其詩歌藝術這裏未遑多說；我只是指出它們有「當今」的色彩，讓讀者看到當今的詞語、事物，讓讀者認為是當今的創作。今人寫的舊體詩中含有新名詞、新事物，並不是新鮮事。清末黃遵憲（1848－1905）「我手寫我口」，把新名詞寫入舊體詩（古典詩），如其 1877 年的《日本雜事詩》。讀張向東的《新名詞、外來語與中國文學的現代化》一書，我們知道早在 1872 年 5 月 29 日的《申報》即有人發表《滬北西人竹枝詞》，其中有「租界魚鱗列國分，洋房樓閣入氤氳」「機器新成滅火龍」「風景歐洲問若何」等語。用新名詞、新事物入詩，卻也引起反對、嘲諷的聲音。[10]

（六）保守傳統者講究古雅詩藻

反對，嘲諷，是的，傳統的詩詞，修辭力求典雅，用字有來歷。唐代的劉禹錫寫詩記飲食，幾番斟酌，決定不把眼中所見、口中所進的糕餅寫入詩中，因為「糕」字不見於古人的詩，有人因此諷刺曰：「劉郎不敢題糕字，虛負詩中一世豪。」《紅樓夢》也有一個詩文用詞應求典雅的故事。話說第七十九回寶玉與黛玉討論一篇祭文中幾句四言詩的用詞，寶玉謂可作「茜紗窗下，小姐多情；黃土壟中，丫鬟薄命」，黛玉反對，認為「小姐」「丫鬟」兩詞都「不典雅」；寶玉尊重黛玉，結果是刪掉「小姐」「丫鬟」兩詞，用「卿」字代替，句子變成「卿何薄命」。

英國文學史也有「詩藻」（poetic diction）之說。18世紀的詩人重視詩的規範，用詞要古雅（archaism），拉丁化詞彙吃香；頗普（Pope）提到剪刀（a pair scissors），但不用此詞，而要用“the glitt’ring Fortex”方好。後來才有華茲華斯（William Wordsworth）反對這樣的詩藻[11]，主張用日常的語言描述實在的世界事物。

現代人寫舊體詩，用新名詞寫新事物呢，還是依舊講究古雅的詩藻？這是個見仁見智的問題，這在尊重口味自由、尊重愛好多樣化的社會，不用爭辯得面紅耳赤。對我來說，舊體詩中有新名詞新事物，使得讀者認知詩寫的是當前這個時代這個世界，是好事；這樣的詩我樂意花費時間閱讀。如果某首今人所寫的舊體詩，讓我完全看不到今天的事、今天的物，我甚至會疑惑它是一個抄襲。下面的一首舊體詩，說是香港某作者寫南京秦淮河畔夫子廟附近的烏衣巷：

更無棲燕烏衣巷，猶有垂楊白鷺洲。
淮水曲環夫子廟，一泓流盡古今愁。

此詩切地切景，不無詩人的感慨；然而，說它是唐宋元明清人的作品，也是可以的，因為它完全沒有今人今事的任何印記。多年前某個香港人寫了一首《贈人移居外國》：

一川蘆荻一林霜，立盡窮秋斷盡腸。
瀝瀝山河空似畫，紛紛鴻雁已成行。
風吹淚頰芙蓉冷，露墜愁眉木葉蒼。
兩夢相逢明月裏，神州同覓路茫茫。

此詩有情有景，對仗工整，聲韻無失，頗有家國之思。問題是：讀者實在看不到任何與香港此地、九七此時、移民此事有關的語言。

（七）竹枝詞和其他「新」的舊體詩

我喜歡讀竹枝詞，勝於讀上面兩首「典雅」的舊詩；正因為竹枝詞可以讓我們看到此時此地的風土人情，有「新意」在。竹枝詞一般寫得風趣輕鬆，篇幅又短，是一種「輕型詩」，英文所謂的 light verse。竹枝詞通俗淺白，典雅之士，像蘇軾所說的「元輕白俗」那樣或有微詞，卻具備文學之為文學的抒情寫景敘事以至議論的功能，其對風土人情的記述，還可以作為地方風俗文化的史料看待。我發表過論文題為《竹枝詞「風」詞足資⋯⋯——以蔣彝作品為例試論這種輕型詩的文體特色和文史意義》[12]，正因為喜歡這種有「今意」、「新意」的舊體詩。程中山為這類輕型詩編了一本《香港竹枝詞初編》[13]，可說善莫大焉。

蔣彝所寫可作為地方風俗文化的史料看待，這裏忍不住要引兩首如下：

（一）

維多利亞山頂來。曉日初昇薄霧開。

華艭洋船浮海面，山腰處處起樓台。

（二）

港九中流上渡船。華腔英語共分傳。

粵姬斜倚吳郎臂，北婦頻搔南仔拳。

艨船艘艘，樓台處處，香港一片大好風光。「華艨洋船」「華腔英語」是後殖民主義（post-colonialism）論者所說的「混雜」（hybridity）;「粵姬斜倚吳郎臂，北婦頻播南仔拳」是華夏之內的另一種「混雜」，詩中自有其男女「風情」在。

近來讀香港作者所寫的舊體詩，仍然以那些有當今詞語當今事物的作品，對我來說比較有吸引力。例如陳煒舜的《偶讀新聞，川普謂與北韓金氏「相愛」，七律打油一首》:

孫曾父祖盡金身，昨成猶呼火箭人。
通信轉成好基友，窺牆惱煞老鄉鄰。
核心莫爆輕原子，皮相偏迷歪果仁。
舊愛新歡難割捨，梅拉尼亞喜耶嗔。

又如程中山的《庚子春，香江疫起，時局恐慌，有感》(三首之一)

封城抗疫疫流江。哀我蒸民日夜慌。
殘命牀頭求吸氧，杜門線上急謀糧。
乘時商賈俱無道，群組弟兄猶熱腸。
濁世衛生惟自救，欲消冠狀辨陰陽。

又如張志豪的《電郵》:

電光傳數洲，青鳥愧低頭。
點鍵千言吐，臨屏五色收。
關山能阻道，網域任逍遊。
蓬境劉郎恨，想今焉復求？

偶讀董就雄主編的《荊山玉屑三編：香港浸會大學璞社詩輯》[14]，驚喜於作品多以香港的風景事物為題材，是結結實實的今時今地的香港吟詠，不以剛才所引諸篇專美專新。將來有時間，真要好好細讀細評一番。

（八）新舊共存並重：蘇公和余翁有象徵意義

我「專攻」新詩，特別專注於我推崇的余光中作品。對於香港的舊體詩，我因為從事香港文學的整體研究而有瀏覽泛觀，時有比較細緻的閱讀，並寫些評論，但沒有全面且專精的研究。那些「古雅」、不含今詞今事的作品，我讀來時有感悟，覺得有精彩之處；那些含今詞寫今事、看來似乎不怎樣「古雅」的作品，我更喜歡閱讀，覺得更有生命力，更有時代感。我不貪新厭舊，也不貪舊厭新。只要有情有思，有辭有采，有章有法，詩藝斐然，就成我愛。我參加 2015 年 6 月 3 日香港中文大學中文系「風雅傳承：民初以來舊體文學國際學術研討會」，在晚宴進行前我以《古雅與新風：記中大兩位詩人蘇公與余翁》為題演講，正表示我對「新」「舊」的兼愛並重：蘇文擢與余光中兩位中文系前輩當年各領「舊」與「新」的風騷。

在香港，雖然「新」與「舊」的江湖地位有異，兩者卻是並存的。香港中央圖書館的「文學月會」，2024年12月7日那一次，主講人有兩位，一位的講題是《香港新詩一百年紀念》，另一位則為《香港早期舊體詩的地理志》。這樣的安排饒具象徵意義：「新」與「舊」共存，都受到重視。根據我的觀察，「新」與「舊」之間的共存，是一種和平共存，彼此間沒有公開的爭論或攻擊。香港這個中西交匯的城市，也是個新舊交融的城市。

（九）有為者成大器領風騷

從事文學創作，作品發表了，都希望多有讀者，多有共鳴，多有知音，多有好評，多有聲譽。在當代，一般而言，文學是小眾的事業；文學中的詩歌，無論是新詩是舊詩，更是小眾中的小眾。在香港，很多由藝術發展局資助出版的詩集，無論是新詩是舊詩，都是用來送給詩友文友的；擺放在書店可憐的小書架出售，經月經年，往往連二三十本都賣不出去。大銷量和大名聲，只是奢望；成為頭戴桂冠的大詩人，更只是千萬詩人難圓的美夢。

我認識的較為年輕的舊體詩作者，多有詩集一本一本的出版了，在小眾圈子裏頗有名氣了，繼續日夕吟詠，希望名聲更上層樓。這種努力自然值得大大嘉許，不過，我要溫馨地提醒這些有志者，成大功成大名之道是蜀道，難啊！我曾對曹順祥說：「在你的律絕短制之外，不妨構思醞釀既有今事今語更是述詠大時代、『大變局』，比蘇公（蘇文擢）《楚蜀長江行》篇幅更長的巨製。你尋章覓句，不妨尋大章覓偉句。你謀篇修辭，即劉勰《文心雕龍》所說的『位體』『置辭』，則可就杜甫嚴謹壯麗的《秋興八首》通而變之。大器如成，且鴻篇與精品迭出，好評如潮湧現，加上宣傳得法，時來運到，聲譽自會崇隆，詩豪、詩傑的冠冕乃可戴上，領風騷於一時，當能名垂香港詩史，以至中華詩史。」對於其他有志者，我給予同樣的建言，致以同樣的祝福。關於「好評」，要補充說明一下。有關的評論，最好出自公認的詩論詩評高手；他對作品作宏觀與微觀，對作品的「奇正」與「通變」（包括古今以至中西的比較）作精闢的論述。如此這般的「高評」，數量越多越好。

近年鄺健行、陳志誠等幾位學長編輯《頌橘廬詩文

——曾克耑先生作品選》[15]，陳煒舜編輯《利益智慧仁教室師說——何敬群先生著作選刊》[16]；諸位新亞校友發掘先輩老師舊體文學的「潛德」，善哉美矣！我稱道之餘，要嘮叨一下：這些編著無疑具有文獻意義，我們如要發揮先輩老師的「幽光」，還要宣揚其文學價值，也就是要通過寫評論細緻賞析其作品、通過開研討會（或座談會）高標其文學成就。

（十）面對小眾，共存共榮

新詩與舊詩並存，我們且希望二者共榮。上面我已說明今人所寫的舊詩宜有新詞彙新事物，讓讀者看到當今時代社會的風貌，即「舊」中有「新」;對新詩的期許，則是「新」中有「舊」。上面曾指出，新詩有過度受西方現代主義影響而變得語言支離、脈絡模糊、內容晦澀的，為人詬病唾棄的；新詩作者應該「撥亂反正」，應該明通中西古典詩藝，例如以《文心雕龍》的修辭謀篇法則為規範，以杜甫的具體篇章為典範，守正創新，乃能「新」中有「舊」。

「文之為德也大矣」。古今中外，人類都要言志抒情，人類不能沒有文學，文學不能缺少詩歌。我們繼承這偉大的文化傳統，目前無論怎樣只能面向小眾，都應該讓新詩舊詩煥發榮光。「新」「舊」共存共榮，但我們需知科技越發達，各種吸引眼睛和耳朵的文學藝術傳播就越快速紛繁，以至什麼文學藝術的成品都可能速朽，甚至可能即生即滅。不管我們如何「自珍」，終不能沒有「草木榮華之飄風，鳥獸好音之過耳」的概歎。寫舊詩也好，寫新詩也好，能「娛人」固然是詩人的期盼，我們應該先安於從「娛己」得到慰藉。詩人聚會，把盞誦詩論藝，謂之雅集，志在傳承詩學。1918 年以來的新詩，與舊體詩的關係，基本上稱得上「百年好合」。這情形正如中國文學史裏，宋詞興起了，唐詩並沒有滅絕，且流傳至今；正如在歐洲，自由詩興起了，仍然有人寫嚴於格律的十四行詩（sonnet）。當今詩社不論新舊，團員不論多寡，有唱有和，有詩則靈，有團則暖，舊詩與新詩之「共存共榮」，大抵如是。

2024 年 11 月 14 日完成初稿

註釋

1　以上幾個段落關於新詩的開展，可參考黃維樑《中國現代文學導讀》（新北市：揚智文化事業股份有限公司，2004）

第二章《新詩》。

2 黃著2004年由香港當代文藝出版社出版。

3 黃維樑《怎樣讀新詩》（香港：學津出版社，1982、2002）；黃維樑《壯麗：余光中論》（香港：文思出版社，2014）。

4 黃維樑《香港文學初探》（香港：華漢文化事業公司，1985）頁16等。

5 推崇余光中者還有流沙河、李元洛、陳幸蕙等各地評論家，這裏不能細表。請參考黃維樑《壯麗：余光中論》等書。

6 關於蘇文擢的舊體詩詞，可參考黃維樑《香港文學再探》（香港：香江出版有限公司，1996）的《蘇文擢用古體寫今事》一文。

7 關於曾敏之的舊體詩詞，可參考黃維樑《活潑紛繁：香港文學評論集》（香港：匯智出版有限公司，2018）的《用古典方式與曾敏之先生對話》一文。

8 關於黃坤堯的舊體詩詞，可參考黃維樑《迎接華年》（香港：文思出版社，2010）的《黃坤堯舊詩詠新事》一文。

9 許著由香港文聯出版社出版。

10 張著2024年由北京的商務印書館出版，這裏所引見此書頁51-53；以及頁47等。

11 參看其著名的"Prelude to the Second Edition of the Lyrical Ballads"一文。

12 此文為參加2015年6月舉行的香港中文大學中文系「風雅傳承」研討會提交的論文，收於研討會論文集，又收與黃維樑《活潑紛繁：香港文學評論集》（香港：匯智出版有限公司，2018）。

13 程編 2010 年由香港匯智出版有限公司出版。

14 此書 2009 年由香港匯智出版有限公司出版。

15 此書 2022 年由香港中華書局出版。

16 參看陳煒舜主編《新亞生活》（香港中文大學新亞書院出版的月刊）2024 年 10 月號頁 19。

喜來百瑞頌

——許連進詩集《香港回歸情貫》序

唐代白樂天云「文章合為時而著，歌詩合為事而作」，為詩文者宗之。今讀許連進先生《香港回歸情貫》詩集，正為時為事之作也。時者公元2017年，事者香港回歸祖國二十周年之慶。

是年香港特區政府及民間機構，舉辦大小諸式活動達數百項：華夏歐美之管弦並奏、歌舞齊演，以誌歡慶；養心殿與羅浮宮等博物館之珍貴文物，則為此中西交匯港城之民眾而展示。凡此種種，亦為繁榮穩定文化豐厚之象徵也。連進兄遐齡屆長者，而稚心若童年，一年來日日月月喜樂觀展覽，雀躍赴晚會。散文家張曉風有書名為《我在》者，取其現身參與見證時代要事盛事之意；詩詞家許連進對回歸慶祝大事，一一親臨，亦表示參與見證之「我在」也。其以老練健筆記事抒懷，更豈無杜工部「彩筆干氣象」之義乎？

《情貫》集五絕、五律、五古、七絕、七律、七古凡八十七首，所寫既有舞樂與展覽，亦有特首選舉、基本法貫徹、一帶一路倡議以至我國首艘航母造訪；以多識多才多藝之筆，記多項多姿多彩之事；其專心致志，全程為回歸之慶寫真述懷，環視左右四方，連進兄為唯一人也。本書所集詩作，以項目舉行或作者參觀時間先後為準；一年盛事，乃釐然有序。

諸篇或遣詞淺俚時新，或用事雅奧合古，皆能為回歸佳節日添華，為香港金紫荊增光。集中概括述慶則書「歡慶節目五百個，香江假期盡喜賀」，大筆抒情則稱「一國涵容兩制行，港人治港愛邦情」。讀其長短製作，有如《文心雕龍》所言之視錦繪、聽絲簧、味甘腴、佩芬芳，璨哉美矣。其腹笥多納，而運筆常妙，觀其詠特首林鄭月娥而稱其為「媧娥」可見一斑。回歸二十載，香港時局基本穩定，唯政治爭議近年多有，論者乃有社會「撕裂」之詬病。本集首章《女媧補天——寫在香港首位女特首選出時》中，詠者寄林鄭氏予厚望，譽之為「濟世娘」，以補「裂」為其一重任。補天之女媧，明代楊慎詩云「煉石疑媧娥」，此正吻合林鄭芳名之「娥」字，故此詩有「媧娥才調蔭瀛濱」之結句。連進兄曾為商家，業績有成，以詩詞為生平錦上之花，吟詠累百上千，其詩練字有道、謀篇多致，稱美者眾，良有以也。

二十世紀八十年代，九七問題出現，香港前途如何，港人多有忐忑疑慮者；時余光中先生有詩反映困惑者心境：未知時光隧道之彼端一九九七年，「那一頭，是什麼景色？」如今回歸二十載，忐忑疑慮之心，替換為平穩富榮之境，此人共額手稱慶者也。昔韓文公善以詩文鳴，詩人文士就個人或時事鳴其不平，亦可鳴其盛。連進兄之作，鳴其盛也。

泰西貝多芬為席勒詩篇譜曲，而成其不朽名作《歡樂頌》；余謂亦可名《喜樂頌》，蓋席勒與漢語「喜樂」同音，其以國人獲得自由平等為可喜可樂之大事。今東方愛國愛港之連進兄，目睹回歸二十載，港城佳境持續（西語所謂 sustainable），「香江情連中國夢」（本集中詠賞「放歌香江音樂會」詩句），喜而樂之，參與近百種慶祝活動而紀其盛況。《詩經．頌》諸篇，古人謂乃「美盛德之形容」；今之《情貫》，乃「美盛事盛景之形容」，其為頌一也。

回歸二十載之大慶，東方明珠迎來百種歡樂祥瑞而文化氣息濃厚之中西合璧節慶活動。本書篇章體裁雖非史詩（epic），而有以詩作史之用。連進兄為時為事而暢詠，記其實，鳴其盛，頌其美；余特以英語 celebration 一詞音譯之，許為「喜來百瑞頌」焉。

寫於 2018 年 1 月 12 日

許冠傑：普及文化的英傑

［前言］

五月開始，香港傑出歌手許冠傑在華南三城舉行音樂會，我謹以下面的文章歡迎他，也藉此介紹這位著名歌手，並與他的眾多粉絲一起「懷舊」。25 年前（即 1992 年），我在香港聽賞了他的一場演唱會，讚歎感動不已，隨即寫作並發表了一篇文章，即下文。聽歌與撰文時，我是香港中文大學中文系的教授；現在已退休，且頭髮半白了。許冠傑的年紀與我彷彿。我相信他現在仍然年輕，仍然充滿活力，其演唱將會一樣精彩甚至更精彩；保持風格之外，可能和華南諸城的發展一樣，有其開拓創新。想到快要赴這位英傑的盛會，我不但興奮，而且有年輕起來的感覺。下面的舊作，一字不改地重刊。我「重溫」此文，心緒彌漫着新鮮熱辣。（寫於 2017 年 5 月 4 日）

西方的神話和歷史中，有所謂文化英雄。在東方之珠的香港，我們有一位文化英傑，一位普及文化的英傑。

這位英傑在紅館夜夜笙歌，連滿 40 場，吸引了數十萬香港人，幾乎迷住了香港人口的十分之一。那一晚，在太空站一般的紅館，這位樂壇英傑乘着飛船，冉冉從天而降。沒有翅膀的飛船乘着輕歌，載着 20 世紀不騎馬的白馬王子。這是史匹堡電影的格局，唐代詩人李賀《夢天》時夢不到的。他是香港的「披頭士」，也是香港的帕瓦羅蒂，凡有電視機的地方，有唱機的地方，就有人唱他作的曲，誦他填的詞。柳永在九泉下的水井旁，恨不得遲降生九個世紀。

飛船慢慢滑翔，歌聲曼曼飄揚。聽啊，兩萬四千隻耳朵；看啊，兩萬四千隻眼睛。他是永遠的許冠傑，早過了四十歲，依然不老。幾乎像四分之一世紀前「蓮花樂隊」時期一樣年輕。這位青蓮歌手唱出了現代的閨怨，尖沙嘴的蘇西纏繞着煩惱；唱出了現代的蜀道難，世途險惡，縱然付出半斤力，哪有收回八両金報酬那般理想；唱出了普遍的人生無奈，「命裏有時終須有，命裏無時莫強求」。香港人在小學時讀冰心，在中學時讀魯迅，在大學時讀杜甫；然而，到頭來記得的是《半斤八兩》和《浪子心聲》。書院仔書院女連「貓王」的英文歌都不唱了，都來唱英傑的中文歌。

紅館中的許冠傑，一如電視和唱片中的他，時而是白馬王子，時而是錦衣浪子，時而是社會批評家：物價如斷線的紙鳶，平地飛升：「加，加，加，什麼都加！」他有時搖身一變，學習孔子，用他的六弦琴，唱勵志歌：莘莘學子，勤有功，戲少益啊！要記住做功課，咪成日掛住踢波！他又是個孝順的兒子，在演唱會中不忘記敍述父親教育之恩；他又提攜兄弟唱歌，在紅館同台作秀。

當然，蓮花一樣盛開的燦爛笑容、脈脈的情歌，仍然是他最溫柔的武器，「迷」住了從十歲到三十歲以至四十歲甚至更大年紀的女性。他們都成了阿森（許冠傑的英文名字是Sam，又叫阿森）的純情俘虜。對男性觀眾，阿森也提供秀色之娛。那一排排輕羅舞衣的女藝員，踢着修長的肯肯之腿，在鐳射中，五色，七彩，繽繽紛紛婀婀娜娜，伴着阿森也伴着阿森的男性觀眾。

這位不老的英傑，還與觀眾打成一片：把紅玫瑰送給穿羅裙的歌迷，把長劍抛給剛剃了嫩鬍子的擁躉。印着英傑玉照的「通貨」，從天飄下來，奪得者留為紀念，一轉手且可賣個一千數百元。許冠傑又讓觀眾大唱卡拉OK：這位唱得好的，其他觀眾鼓掌喝彩；那位功力稍遜，大家來個無惡意的噓叫。唱的都是阿森的歌，眾樂樂，歌者與歌與歌迷，埋堆成一片，迷情一夜。紅館的歡樂聲把東方之珠唱成一頭鳳凰。

學院的現代派作曲家和演奏者吞下了酸酸的口涎，年銷數十本或數本的詩集的作者說：紅館出售的只是商業，只是聲與色的通俗包裝。然而，一夜復一夜，一曲復一曲，謝幕了一次又一次，許冠傑，是現代英俊的柳永，是拿着六弦琴的奧菲爾斯，是大眾演藝文化的集成者，是英傑。

四

專欄雜文和學者散文

重鎮·財富·奇觀

——香港專欄雜文的評價

引言

中國傳統文學中，有雜文一目。20世紀魯迅等大量寫作雜文，建立了地位，影響了後世。雜文是散文的一種，題材無所不包，雜是其本色。不過喜與時事世局有關，也因此常常涉及議論。香港的報紙雜誌，雜文佔去不少的篇幅。1960年代以來作者固定、位置固定、字數固定的專欄雜文日見其盛。1980年代最興旺的時候，二、三十份日晚報，每報有三數十個專欄，每天各報的專欄有數百個，形成了香港文化的一個重要特色。作者眾多、讀者眾多，香港報刊的專欄雜文影響深遠。

最近十多年來本港的作家、學者對專欄雜文這一文類時有評論褒貶。研究香港文學的內地學者，在其單篇論文或香港文學專著中，無不論及專欄雜文及其相關的文學現象。對香港專欄雜文的產生和發展、其內容特質等，論者已多。香港專欄雜文的文學價值如何，也零星見於評論者的相關著述。筆者在本文中綜述各家說法，嘗試為香港專欄雜文作一評價。就此而言，有關的問題是：專欄雜文在香港文學中佔了什麼地位？在20世紀整體中國文學中位置又如何？在數千年的中國文學史中有沒有一席之地？在世界各國的文學中有沒有獨特性？從文學藝術性角度來看，香港的專欄雜文有何成就？

（一）香港作家對香港專欄雜文的評價

香港的學者、專欄作家住在獅子山下、太平山中，會否因此而不識數量高積如獅子山、太平山的雜文的真面目？我的觀察是：不如此。1974年黃南翔在一篇文章中說：「說不定（香港的專欄）雜文也會像楚辭、漢樂府、唐詩、宋詞、元曲、明清小說［…］那樣成為代表某一時代的文體，在文學史佔一席重要的位置。」黃氏語氣並不確定，不過他顯然已覺察到專欄雜文的重要性了。

1988年《博益月刊》有專輯談論香港的專欄雜文，作者之一絲葦說：「我們的塊塊、框框是現代的香港特產」。1989年陳耀南在《香港報刊的專欄文學》一文中說：「現代議會在大理石的殿堂，也在小方塊的文字。」他特別強調專欄作者言論自由的可貴。1990年阿濃在其《明報》的專欄中也充分肯定專欄雜文「敢言敢說」的自由。

1992 年台北的《聯合文學》有「香港文學專號」，作者之一梁錫華在其論專欄的短文中說：「70 年代起，香港的經濟逐步逍遙高飛，而報刊上的專欄文章和經濟比翼，很有百花萬草齊放的燦爛。」把經濟和專欄相提，銅臭與書香並論，梁氏心目中的香港專欄雜文位置不低。

1995 年香港嶺南學院與廣州暨南大學合辦「現當代雜文、小品文國際研討會」，與會者之一黃子程在其論文中說：「香港文學的代表我以為就是雜文了。」「香港每天出版的報章雜誌裏面的專欄，已經是香港人生活的一部分了。」黃氏以香港專欄雜文為研究對象，在香港大學撰寫其博士論文，於 1999 年取得學位。

在第一屆（1997 年）和第二屆（1998 年）的「香港文學節」研討會上都有專文論及專欄雜文。第二屆中陳德錦說：「香港報紙的專欄，一直被視為最具香港特色的文學形式。」

在徵引本港各家意見之後，我也引述個人 1980 年代初期以來對香港專欄雜文的評論。1983 年初我在《香港文學研究》一文中說：「香港報刊大量生產的普及文學（主要指專欄雜文），其篇數和字數簡直可以列入健力士世界紀錄了。」我又說：「內容貧乏、文字粗糙甚至不通的框框（即專欄）雜文是隨處可見的。」然而某些專欄雜文「放在《中國新文學大系》的散文集旁邊，是不會遜色的。」同年 3 月我在《香港式雜文》一文中說：「香港的雜文是全港大部分識字居民的精神糧食，[…]是香港報業的一大特色，大概也是全世界報業的一大特色。[…] 香港雜文數量之多、篇幅之短、內容之百家爭鳴，在中國文學史上可說獨一無二。」

1988 年 6 月我在《香港專欄通論》中說：「香港專欄文學所起的溝通作用實在不容小覷。」「專欄雜文是香港文學最重要的文類，讀者最多，影響最大。」「一般來說，香港的專欄是寫普通人物、普通事情的普通文章，主要是給對文學藝術要求不高的普通讀者看的。」

1993 年 1 月我在《下雜文海》一文中說：「專欄雜文是香港文學的重鎮。」

1994 年 10 月我在《香港文學的發展》一文中說：「香港報刊的專欄雜文 [⋯] 其盛況為兩岸以至四海五洲所無。[⋯] 每天老中青男男女女千百個作者，殫精竭慮把才情學識——有些還加上可觀的文采——都灌注在專欄裏面。」

1995 年 1 月我在《最具香港特色的文學》一文中說：「香港的專欄作家已成為族群作家與作家之間（當然還有作家與讀者之間）興、觀、群、怨，於是文學的功能發揮了。」

綜合以上所說，香港專欄雜文在本港評論者眼中，是香港文學中最具特色、最為重要的文類；作者最多、讀者最眾、影響深遠，在兩岸以至南北半球各國中獨一無二；專欄雜文的水準高低不齊，平庸粗糙之作很多，但披沙而揀，自有精美的金子。香港以外的香港文學研究者，對香港專欄雜文的評價又如何？

（二）港外學者對香港專欄雜文的評價

香港文學的研究，自 1980 年代初期起，在中國內地受到重視，至今已出版了多本香港文學導論和香港文學史的專著。在這些專著中，每一本都花費相當的篇幅論述香港的專欄雜文。王劍叢在 1995 年出版的《香港文學史》說它是「香港報章的一大奇觀」；潘亞暾、汪義生聯合編著、1997 年出版的《香港文學史》說專欄雜文寫作「是香港的一種特殊文化現象」；劉登翰等撰寫、1997 年出版的《香港文學史》說它是「社會影響最大和最具代表性的文體」，其「盛況為海峽兩岸所無」。古遠清非常重視它，在其《香港當代文學批評史》中，有專節講述「專欄文化論爭」。此外 1999 年一本名為《台港雜文精品鑒賞》的書，其編著者李安東、朱文華則指出它是「當代香港最重要的文學形式」。

近年內地學者編撰的 20 世紀中國文學史，有很多本都包括香港文學。黃修己編修、1998 年出版的《20 世紀中國文學史》則謂散文（包括專欄雜文）「在香港是最為興盛且變幻最多的文體」。朱棟霖等主編、1999 年出版的《中國現代文學史》以及陳遼、曹惠民主編，同年出版的《百年中華文學史論》，不約而同地認為它是「香港通俗文學的重鎮」或「香港文學的重鎮」。

由上可見港外的論者和港內的，看法大抵是一致的：專欄雜文是香港最具特色、最重要的文類。在香港如此，走出鯉魚門、越過獅子山，它的地位如何呢？上面的引文中已有「盛況為海峽兩岸所無」之說，其立論者透視的是整個中華文學。我們再看看比較觀察下的香港專欄雜文，先引本港論者的意見。

（三）香港的專欄雜文：「獨一無二」「超越五四」

前面引過陳耀南的話，他說專欄雜文可稱為「現代議會」，儘管水準參差，但「披沙揀金，總有可觀可賞的神來之筆，總有可久可大的傳世之作」；正因為如此，在 1989 年撰寫的這篇文章中，他說香港的專欄是「對中國現代散文的特殊貢獻」。梁錫華於 1992 年撰文謂專欄雜文「很有百花萬草齊放的燦爛」；而這些作者中「有若干健筆，是完全可以和台灣、大陸、海外等地的大椽爭一日短長的」。

阿濃對專欄雜文的評價更進一步。1990 年他撰文說：「我可以大膽地說一句：香港的散文其成績已經超越五四，不論在量、在質、在文字的運用、在視野的廣闊、在品類的豐盛；總的來說，都已非當日可比。」這裏說的是散文，而散文中泰半是專欄雜文。阿濃數十年來寫的散文，十九都是專欄雜文。

梁錫華非常愛惜專欄雜文這些燦爛之花；陳耀南認為這些南方小島的文章，光耀中國的文壇；阿濃對專欄雜文其情甚濃。他們都是香港極為重要的專欄作家，他們這些評價有沒有偏見？錫華賣花贊花香？耀南炫耀香港的成就？阿濃的情濃得化不開？我們接着聽聽港外專家的意見。

香港的專欄雜文是 20 世紀中國文學中獨一無二的品種，其盛況為海峽兩岸所無。1980 年代中期以來，兩岸的報紙副刊，受香港專欄影響而增多了這類專欄雜文。不過至今為止，兩岸的報紙副刊，仍然沒有像香港這樣興旺紛繁的專欄雜文。既然如此，除了承認香港專欄雜文的獨特性之外，就無從就兩岸三地作同一文類的比較評價了。要比較的話，只能把專欄雜文納入散文的大範圍之內，然後作兩岸暨香港散文的比較。

當然這是極其困難的工程：涉獵不足、視野不廣、標準不明的話，根本就比較不來。何況一加比較就有高下；一般的批評家即使自己有了結論，能直接坦率說出來嗎？批評家論的不是古代唐詩宋詞某家某派的高下，不是遠方馬爾克斯（Gabriel García Márquez）和波赫斯（Jorge Luis Borgess）作品的優劣，而是當今兩岸三地散文的成就。這其中不但有文情，還有人情甚至國情。即使具有劉勰的「六觀」高論、安諾德（Matthew Arnold）的試金寶石（touchstone），也不一定就可以妥加評說。

喻大翔在其《中華散文選篇賞析辭典》中用了極大的篇幅來評介、賞析香港散文作者的作品，在其參與編撰的《中國散文大辭典》中同樣慷慨地列入香港散文家及其作品。於此可見其重視。范培松則認為香港的學者散文——包括梁錫華的專欄雜文——是「中國現當代散文的一個重要的收穫」。他們不作整體性的評比。

港外學者把個別香港散文家放在整體中國散文中，加以比較，這是有的，雖然不多。

方忠對梁錫華散文的評價甚高，說他「開拓了散文的新境界」。不過這句話也像何龍那句一樣，有很大的詮釋空間：相對於何時何地何人而言，梁錫華另辟境界？劉介民也非常推崇梁錫華，在 1994 年出版的專著

《心靈的光影——梁錫華美文學研究》中，他舉出幾篇梁錫華的作品說：這些都是「登峰造極之傑作」。這句話同樣有不確定性：相對於何時何地何人而言是登峰造極呢？在同書中劉介民有一處評論卻並不含糊。劉氏列舉余光中、梁錫華、思果、黃國彬等等一堆名字，跟着說他們作品的「成績是顯著的，比起那些閃光的名字，與魯迅、郭沫若、茅盾、巴金等比較有過之而無不及。」喻大翔的博士論文，評論的對象是 20 世紀中國的學者散文，裏面用了很多篇幅論述梁錫華的作品。在最近一篇專論梁氏的文章中喻大翔說：梁氏的「散文創作成就不只在香港，且在兩岸四地（包括澳門），百年散文中也應佔有一席之地」。不知道喻氏寫此評語時，是否像劉介民那樣心目中有魯、郭、茅、巴那些「大家」，而且把梁和他們並列？

曾在港內現在港外，基本上是港外的散文大家余光中，對香港一位專欄作者潘銘燊的散文有很高的評價。在評論潘氏文集《小鮮集》時余光中說：其《和稅局拔河》一文「尤其細膩曲折而又諧趣飽滿，真是上乘的妙文」。余氏更說：「《潘氏還書說》則結構完美、文筆精煉，簡直上追唐宋的小品。」這句話無形中表示：潘氏的一些散文，優於五四時期朱自清的某些著名篇章。余氏曾謂蘇軾《前赤壁賦》之美今人難以企及；又說朱自清的名篇《槳聲燈影裏的秦淮河》，其成就不像王瑤說的那樣，能向唐宋名篇「示威」。余光中寫的文學評論向來極有分寸;他對潘氏《小鮮集》多篇文章的讚賞不是信口隨意的。

(四) 香港的專欄雜文：重鎮・財富・奇觀

宋人劉克莊說：「作文難，論文尤難。」劉勰更早就歎息「文情難鑒」。(《文心雕龍・知音》) 這其實是古今中西皆然的。安諾德 (Matthew Arnold) 評論時曾為褒誰貶誰而腦筋傷透，甚至寢食難安。佛萊 (Northrop Frye) 認為評價從來缺乏共同認可的準則，而口味各殊，因此褒褒貶貶有如股市的升跌變化。他乾脆只析而不評了。20 世紀的多種文學批評理論，如結構主義、詮釋學、文化研究等等，還有剛提及的佛萊的基型論，都只作分析而不涉評價，是有原因的。

怎樣評價香港的專欄雜文？怎樣評價香港的文學？怎樣評價香港的文化？在某些人眼中，香港這個重商重錢的社會，工商之外就是聲色犬馬，哪有文化？曾經有香港是文化沙漠之說，雖然這個謬論早已進入博物館，然而香港即使有文化有文學，能有怎樣高明的表現？香港的散文 (包括專欄雜文) 成績超過「五四」？可以和唐宋小品相比？輕看香港文化的人說：香港畢竟只是個商業城市！筆者向來肯定香港文學多方面的表現：明朗耐讀的現代詩、用舊體寫今事的詩詞、高華精美的散文、雅俗共賞的武俠小說、創新性強的小說等等。香港文學有可以和兩岸媲美的作家和作品。須知道香港教育普及、中西交匯、寫作自由、傳媒發達而且是人才薈萃之地。(參見拙作《香港文學的發展》一文)

香港專欄雜文的發展，其內容特色為何，如何分類，這些都不是本文的論題。如何評價雜文以至散文這個文類，說來複雜，也不是這裏可以講清楚的（參見拙作《評價當代散文的標準》一文）。本文主要介紹十多年來有關香港專欄雜文評價的種種意見，並綜述一下。我和眾多論者，都認為香港的專欄雜文雖然良莠不齊，多的是平庸甚至粗糙的文字高速產品。然而像上文提到的，以及很多未及提到的名字，也生產、經營甚至雕琢了為數極為可觀的專欄精品。這些上乘的作品，加上大量普通的專欄成品，「品牌」不同、品位有異，都是香港市民不可一日無之的精神食品。百以千計的作者殫精竭慮貢獻其學問、見識、才情，寫成百以千計的專欄雜文，天天提供給讀者，影響了讀者，讀者的數目以百萬計。這不但是香港文學的奇特現象，也是整體中國文學以至世界文學的奇觀——《人民日報》《新民晚報》《中國時報》以至《紐約時報》《倫敦時報》都沒有這樣漪歟盛哉的專欄雜文；它是一筆文化的財富，是香港文學的重鎮。持續了數十年、跨越兩個世紀的香港專欄雜文，有「後現代主義」所說的多聲道、多元化、速寫作、速消費；有「文化研究論」（cultural studies）說的古今交融、多元共生的種種元素；還有從殖民時期到後殖民時期的社會反映，其範圍廣矣闊矣，其內容繁矣雜矣。香港的專欄雜文既是文學、文化成品，也是文學、文化現象，值得進一步探討。

香港專欄雜文的名家眾多，佳作傑作如林，影響香港以至港外的讀者，這是重大的文學成就。近二十年來中國文壇打了牢牢的諾貝爾獎情意結。人口 20 萬的冰島有作家得過諾貝爾文學獎，人口七百萬的中國南方小島香港卻沒有（當然大家都知道人口 13 億的中國內地也沒有）。滑浪風帆健將李麗珊在 1996 年為香港贏得奧運金牌。香港人允文允武，但文學人士在國際文壇上沒有任何殊榮。如果說香港迄今還沒有公認的傑出大作家，但傑出的作家總是有的。香港的作家數十年來幾乎人人都曾在專欄裏發表過文章，從羅孚、曾敏之到亦舒、張小嫻。諾貝爾和平獎可以頒給一群無國界醫務人員，諾貝爾文學獎為什麼不可以頒給一群作家——就是香港眾多的專欄作家，以表揚他們文學性、社會性和文化性的貢獻？香港一篇篇小小的專欄雜文，數十年來匯聚成億兆計的文字，成就大矣，它在中國文學史上自然佔有一席之位。說眾多的香港專欄作家可集體地得諾貝爾文學獎，只是這篇論文的一點高奇的聯想而已。

後記

本文寫於 2000 年 5 月，發表於《海南師範學院學報》，收在本人《期待文學強人：大陸台灣香港文學評論集》（香港：當代文藝出版社，2004）一書。原文有 46 個附註，這裏從略。內地學者研究香港文學，成果豐碩；他們雖然對香港文學的各種體裁都研究，下功夫最多的是在小說。2023 年以華南師範大學淩逾教授為首的一個研究團隊，獲得一個「國家社科基金重大項目」經費資助，着手進行題為「香港當代報章文藝副刊整理與研究（1949－2022）」的研究工作。本人（黃維樑）為此項目的一個「子題」負責人，提供一些意見供團隊參考。這項目中的「文藝副刊」一詞必須界定清楚，管見是「文藝副刊」應指刊登的作品包括詩、散文、小說（通常是短篇小說或所謂「極短篇」）、短篇劇本、文學評論等類別，如果刊登的只是雜文（絕大部分以專欄的形式出現的），則這樣的副刊是一般副刊，而非「文藝副刊」。「文藝副刊」所刊作品具文學性，何謂文學性，研究者也要解釋甚至要界定。這個專項工程浩大繁重，只是把數十種副刊的篇章編目，工作量已十分驚人。我看到研究團隊長時間辛勤工作，感佩無已。（2024 年 6 月記）

框框內外

——香港女作家散文的抽樣研究

[前言]

數十年來，香港報紙雜誌的專欄雜文（或稱為「框框雜文」）作者數量極多，讀者數量極大，在香港社會產生細水長流式的重大影響，我已發表過長短不一多篇文章加以評論。要具體析述這種文體的內容，因為數量太多，簡直比海量還要海量，對個別研究者來說，是個不可能完成的任務。要做此事，我只能用抽樣研究的方式。這個抽樣研究在1985年秋天進行，我的做法是：以1985年8日的香港13家日報或晚報、8月出版的周刊或月刊的雜誌，抽取其中女作家（或我認為是女性的作家）的專欄文章，作為分析的對象；計有女作家七、八十人，文章共86篇。我把這些篇章的內容思想分析為15項，對各項舉出具體作品加以闡釋評述，接下來我就這八十多篇作品的各方面綜合評論，同時就《框框內外：香港女作家散文的抽樣研究》

這個主題補充一些意見。撰成的研究報告長逾18,000字，在當時一個香港文學研討會上宣讀，後來在刊物上發表。以下是這篇長文的後面部分（約佔全文四分之一的篇幅）。

香港報章的副刊雜文，其研究應該是整體香港文學研究的一部分。內地改革開放以來，學者對香港文學的研究，興趣越來越大，成果越來越多；香港文學的各方面都備受關注，唯獨報章副刊比較少注意。2022年以華南師範大學師生為主的一個研究團隊，立項研究數十年來香港的報章副刊，這壯舉令人高興、佩服。面對超海量的副刊文字，要加以分析，在某些方面，抽樣是個必然的做法。（以上寫於2024年6月）

這次研究，抽樣所得的八十多篇框框雜文，其風貌可綜述如下。

第一，這些作品內容豐富多樣，作者性情活現。香港是個多元化的社會，香港文學是多元化的文學，不要小看三數百字的「框框」，這些專欄正是反映多元化社會的事事物物的鏡子。不過，我們不要以為本文研究的八十六篇作品，足以反映香港社會的女性的全部。這裏八十六篇作品的數十位作家，年齡大概由二十多歲至四十多歲不等，職業不同（專業寫稿的並不多），背景不同，有道地的本港作家，也有廣義的本港作家，照理應有很廣的代表性。然而，我們要知道，她們都是受過良好的教育、有知識的女性；而香港的女性品類繁多，這裏的數十位女作家自然不能代表香港的所有女性。如果要全面地了解香港的女性，則閱讀香港女作家的作品之外，還要作廣泛的問卷調查，以求取準確的統計數字。簡言之，這八十多篇作品反映出來的女性生活與思想，有相當的代表性，但不足以代表香港女性的全部。

第二，本文的分析和歸納，可以支持下面的說法：女性較重感情的、具體的生活，而較少作抽象的思維。本文文首特別在題材的分類上，設「哲學思維」一項，而統計的結果，是這類的文章一篇也沒有。本文研究的作品，反映出這些女作家最感興趣的，是身邊的事物。她們對文藝、繪畫以至政治、時事、都有觸及，但對歷史文化等較大的問題，就很少措意了。小思在《香港文藝》發表的《迷糊》，可算是關乎歷史文化的文章。但由於篇幅小，所觸及的歷史問題，只能點到即止。西西在《香港文學》發表的《卡納克之聲》，本屬遊記，但因為有相當的歷史感、文化感，所以我把它列入歷史文化這個類別裏。從西西的這篇文章，我們並不能一讀就辨識到作者的史觀或文化價值觀。它仍然是相當感性的。梁康藍在《清秀雜誌》的《不同作風》一文，討論日本人、美國人、英國人不同的辦事作風。文中多少涉及一些歷史，所論的不同作風，也與不同國籍人士的文化背景有關。然而，與其說這篇文章探討了日、美、英三國的不同歷史文化，不如說它是作者觀察商場人物之後的心得及其詮釋。金東方在《清秀雜誌》的《無上妙品》一文，談到筷子的好處和它的歷史，是史料比較豐富的一篇。

第三，和香港的男散文家作品相比，則這些女作家的散文，知識性成份頗為薄弱。林燕妮在《明報周刊》那篇《出書》，如果換了梁錫華或岑逸飛來寫，則必定東徵西引，前有古人，後有時賢，掛滿一個個的書袋。花花在《新晚報．常春藤》那篇《女人「難為」》，如果出自戴天或董橋筆下，則必定充滿了婦解運動的著作書名及其摘句，使讀者覺得學問逼人而來，不同凡響。樂樂在《新報．海天》那篇《甜蜜回憶》，如果執筆人是余光中或黃國彬，則必定處處充滿中外愛情的典故、詩詞的芬芳，使回憶更為甜蜜。上述諸位男作家的散文，都可稱為「學者散文」；他們的作品，就登在《信報》，以及三月號的《文藝》季刊和《清秀雜誌》，拿來並觀一下，即可證吾言不虛。《明報月刊》《九十年代》等知識分子愛看的綜合性文化雜誌，三月號這一期連一篇香港女散文家的作品也沒有；事實上，它們向來就很少登載香港女散文家的作品。由此可證學者散文並非香港一般女作家之所長。知識性強的散文，或者所謂學者散文，當然只是散文中的一種，且是讀者較少的一種。然而，學者散文的發達與否，和社會的文化教育水準有關。這類散文的作者多、讀者也多的話，即表示該社會有良好的文化環境。

第四，這些作品反映出來的社會，並沒有貧窮問題，或迫切的政治、經濟問題；這和香港這個基本上豐足的、安定的社會現況是吻合的。歐美一些女作家關心的婦女權益問題，在香港這些女作家的作品中，只隱隱約約地出現；她們並沒有把這個問題當作一社會問題(social issue)鄭重其事地展開討論。歐美的女權運動著作多如星星，在香港，似乎沒有這類的書籍，文綺貞的《女強人祕笈》不是這種性質的書。中國內地的女作家如諶容，和不少男作家一樣，近年來寫了很多「傷痕」作品。香港的道地女作家，絕無此類歷史留下來的創傷，驅使她們去寫某一種題材。海闊天空，任香港女作家選取題材；在她們的作品中，個人情調、個人意緒十分濃厚。

第五，香港女作家寫專欄，有些人一天數欄，可説是作家中的「女強人」。每日用文字來聊天，源源不絕，性情流露，自然值得欣賞。這些女作家在學識、才情、文字修養各方面，固然常有過人之處，可是山中樹木雖然豐美，旦旦而伐，且不知補植新林，始終會有樹盡山窮的一日。如果我們觀察、追蹤某些專欄女作家（男作家亦然）的多年表現，就會有此結論。寫得太多、太濫的話，則粗糙、重複的毛病，是一定有的。如果我們的專欄作家（不論男女），，知道愛惜羽毛，在天天出名、篇篇收錢的得益之外還想到文學的不朽，進而在文字藝術上精益求精、寧缺毋濫地寫，小「框框」之外、也寫較長、較能縱橫馳騁才華的大型作品，則香港女作家的散文成就，當遠在「框框」之上。我必須聲明，多產不一定壞，少產不一定好，短文不一定小成，長文不一定大成。然而，多產很難篇篇精美，短文很難篇篇精巧，這個道理應該是淺顯易明的。香港是高度商業化的社會，人人生活繁忙，三數百字的短篇雜文，已證明是最受歡迎的文體。然而，作家在迎合讀者之餘，也應該向讀者挑戰，應該對自己的文學事業有所交代。

第六，刻意雕琢不一定寫得出傑作，傑作卻總少不了作者的心血。一分耕耘、一分收穫的說法是有至理存在的。香港的多產專欄作家（不論男女），缺乏精心經營的時間，「框框」之作，粗糙的、平庸的、甚至文字不通的，觸目皆是。散文原是與駢文對舉的文體，意謂散文的句子長短參差，而不像駢文那樣整齊。好的散文，結構必須嚴謹。然而，有些人誤解了散文的意義，以為散文者，隨意寫成的鬆鬆散散之文是也，章法、佈局，毫不講究。很多作者撰寫的時間太匆迫，加上對散文一詞的錯誤認識，我們要在每日報刊的眾多砂礫中，覓到金子，甚為不易。我在上文已肯定了報刊「框框」在反映社會時代人生、在表情達意、在聊天方面的意義，這裏所說的「金子」，乃就藝術性而言，乃指情文並茂的佳作。例如，三月八日某報專欄的《乾炒牛河》一文、作者的明快、活潑、辛辣的文字風格，是朗朗可見的。然而，好像「任何時候，給我三鮮炒拉麵，要不，就乾炒牛河吧，只要粉不要在遊在油中…：」這個片段的末句，真不知是何意義。因為手民誤植嗎？還是下筆太快，寫完後又不修改潤色？她這篇文章一開始就出現的「法國婆」，沒頭沒腦的，則有交代不清之弊。文章的第一、二段說「法國婆」捱麵包，下文說到自己喜歡吃乾炒牛河。到了文末，作者並沒有回頭呼應這位「法國婆」或者麵包。這樣做給讀者的感覺是：作者跑格子，紙盡筆停，什麼章法、組織之道「一於好少理」。文章的作法，當然沒有一定的法式，我們更不必讓八股文復辟，但結構卻總是應該注意的。又如某位女作家在《文藝》季刊發表的《貓》，寫貓兼寫人，頗有新鮮、深刻的地方。試看下面這一段「在那些時髦的大廈內，也如同我的家內，有貓在整古作怪，牠的心意和招數，有如牠輕似空氣的來去，你永遠不能預算捉摸。時髦界的陰謀便如是。當你看見貓像一條厚毯，以無限溫醇［馴］依在我懷中，下一個鏡頭，你可能面對牠嘴角流着鮮血，咬住一隻大半已經落入肚腹的老鼠。」真是可愛又可怕。文章雖然緊扣着貓來揮寫，然而作者意到筆到，全文缺乏一條明晰的發展脈絡，給讀者的是鬆散的感覺。

草率是很多「框框」文字的特色。有一篇談電影《印度之路》的，把原著者稱為「湯士達」。此譯名出現了兩次，不可能是手民之誤。Forster 怎會譯作「湯 XX」呢？一定是作者記錯了，卻懶得查書，才會如此。有一份據說是全港銷量最多的日報，其三月八日副刊的多篇文章，錯別字非常多，如「具有」誤為「且有」，「終篇」誤為「修篇」，「詮譯」誤為「銓釋」，令人搖頭歎息。有一本七彩精印的婦女雜誌，介紹一位女士時，編者在小標題中說她是「美國中學數學教書」，當然應改為「XX 教師」才對。諸如此類，實在不勝枚舉。文化水準的提高，在於連小處也不放過，在於作者、編者的共同努力，輕率不得啊！

第七，在八十多篇作品中，寫得比較用心、精彩的篇章還是有的。我曾舉出幾篇較出色的作品，有來自「框框」的也有在「框框」之外的。它們的作者年紀從二十多至四十多不等，有本土作家，也有外地移居本地的作家，這些作者正好代表香港女作家的多樣性。這幾篇作品，我曾有專文予以評析。

貫通中外，融匯古今

——香港博雅的學者散文

引言

古人為學力求博通古今，現代文士還求貫通中外。清末以來，讀書人寫文章，常有古今中西元素交融之篇，如梁啟超、魯迅、梁實秋所作；至錢鍾書，其博雅的學者散文為這種「交融」文體樹立典型。香港文化一向中西交匯，二十世紀七八十年代，風雲際會，此地聚集了發揚增益「錢風」的一群學者作家，如余光中、梁錫華、黃國彬等。本文選析他們的作品，說明其可觀可貴之處，並指出其風格與古代《文心雕龍》所說的「雜文」暗合。當前提倡文化交流、文明互鑒，兼含古今中西元素的學者散文，無形中正體現一種交流、互鑒的精神。

（一）融匯古今和貫通中外

博古通今是古往今來文士學識修養的一個理想。傳為孔子之孫子思所撰的《中庸》，論學問思辯，為首是「博學之」；司馬遷《報任安書》自謂對著述的期許是「通古今之變」；劉勰《文心雕龍・雜文》認為雜文作者應該是「智術之子、博雅之人」。這裏「博通」是關鍵字。近代以來，文士博通中國的古今學問並不夠，還要兼通中外，因為中國已與外國「海通」了、「陸通」了、「空通」了，目前是連太空也通了。（這裏「中外」的「外」主要指西方；近代以來，西方文化一直保持強勢。）

古人所說的「博」，轉換為今天的語境，其意應該包含對「外國」的博識。《文心雕龍・諸子》謂「博明萬物為『子』」，這裏「博」字出現，還出現「萬物」二字；劉勰進一步要求：諸子之為「子」，要「辯雕萬物，智周宇宙」；「宇宙」一詞在今天來說，就是整個人類世界，甚至包括太空。換言之，文士要「兼通中外」才能算作真正博通古今中外的「智術之子、博雅之人」。改動司馬遷的說法，則文士要「通古今之變，究『中外』之際」。

在西方，形容博學有 erudite 一詞，更有 encyclopedic（百科全書式）一詞；當得起這形容的學者自然難以數算，例如古希臘的亞里斯多德、英國 17 世紀的約翰・彌爾頓、年前離世的布洛牧（Harold Bloom）。如果博學之外更是多才多藝，則可稱為 Renaissance man（文藝復興人），如李奧納多·達文西。他們都博通古今。至於「兼通中外」，近一二百年來，歐洲（歐美）文化自成大格局，「歐洲中心」思想幾乎主導全球，歐洲人視之為「中」的、本身的，差不多就等於是全世界，自然就會目中無「外」了。這是與中國「中」「外」的相對意義不同之處。儘管「中」與「外」理解可以不同，中西的文士，為學都力求博通。

中國的文士，為學力求學博，為文則常含博學。清末以來，國家深陷貧弱之境，士人力尋圖強之道；從西方引進新知，向西方學習，請來「德先生」和「賽先生」之外，還請來一位「智先生」，即西方的各種知識學問（當然「德先生」和「賽先生」也包含相關的知識學問），通過中西比較，探索如何行走中國現代化的道路。人文學科方面，文士探究中西，比較文學研究因時而興；本來已通古今，如今學兼中西的知識分子，為文也就自然而然兼含古今中西的各種知識了，議論性強的文章尤其如此。下面略舉幾個例子。

（二）錢鍾書樹立了典型

梁啟超 1900 年發表的《少年中國說》，引了 8 世紀的《霓裳羽衣曲》，又引 19 世紀的《能令公少年行》（龔自珍詩)；引了「中」之「唐虞三代」，又引「西」之「義大利三傑」。魯迅 1919 年發表的《我們現在怎樣做父親》講到「古」的《孝經》，又說到「今」的《新青年》；「中」的「聖人之徒」遭他揶揄，「西」的斯賓塞、瓦特獲他表揚。梁實秋寫女同胞選購衣服和其他日常活動，卻要引述莎士比亞和王爾德的名言，以助議論（見其《女人》一文）。

錢鍾書 1939 年出版的散文集《寫在人生邊上》，篇篇都含有古今中西的事物和典故；如在《論快樂》中，「古」的有《西遊記》小猴子對孫悟空說的快活話語，「今」的有「跑狗場裏引誘狗賽跑的電兔子」；「中」的有蘇東坡稱說「安心是藥」，「西」的有「痛苦的蘇格拉底」。非常淵博，後來有「文化崑崙」尊稱的錢鍾書，一下筆就貫通古今、打通中西，從《寫在人生邊上》小冊到《管錐編》巨構都如此。錢文《論快樂》筆者這裏要續貂：錢鍾書的快樂是文章裏古今中西的廣徵博引。

從 20 世紀初的梁啟超到稍後的魯迅到三、四十年代的錢鍾書、梁實秋等人，中國文化界在開放的時代、在向西方取經的時代，出現了這樣兼含古今中西元素的文學作品。梁啟超、魯迅、梁實秋、錢鍾書都有深厚的中國古典文學修養，都有外國的經驗，或深或淺、或多或少都懂得外文，這些條件促使他們形成這裏説的古今中西交融風格。錢鍾書憑其聰穎勤奮、超強記性、博覽群書和多種外語能力，下筆縱橫馳騁，為中國新文學裏古今中西交融的學者散文風格豎立了典型。

（三）在香港「錢風」的發揚和增益

錢鍾書的學者散文，有其愛好者，有其追隨者。在上個世紀七、八十年代的香港，「錢風」顯著地得到發揚和增益。香港自從被英國霸權佔領以來，文化上中西交匯的格局漸漸形成。英國人統治香港，教育上、社會上，自然英語優先，但中文的生命力仍然頑強。1974年中文與英文並列為香港的官方語言，中文的地位提高了。香港的學生，聰明勤奮而又強於語言能力的，到了大學本科階段，中英兩種語言有了把握，以至雙文兼優，閱讀能力和寫作能力都強，他們繼續深造，繼續勤奮好學，乃能相當程度地兼通中西文化。

1911 年香港最早的大學香港大學成立，1963 年香港中文大學成立，以後新的大學陸續誕生。大學教師薪資優厚，吸引本港和外來各種人才「加盟」，包括文學人才。就這樣上個世紀七、八十年代的香港，風雲際會，聚集了一群中西學養俱佳的學者作家（即又是學者又是作家）如余光中、梁錫華、黃國彬等人。[1]

他們教學和研究之餘從事創作，所寫的散文呈現錢鍾書風格，卻又與「錢風」不盡相同。錢氏的散文，議論性強；有「錢風」的諸人，所寫則多有感性的、抒情的成分，因而可看作是錢鍾書風格的一種發揮和增益。如果說錢鍾書的文風「智周宇宙」，則追慕「錢風」的諸人更有「朝陽鳴鳳」般的感性之姿。

1974 年余光中應聘到香港中文大學中文系任教授，兩年後黃維樑、梁錫華應聘到同校同系教書，黃國彬則同一時期在同校工作；同校且同道且同文，他們形成一個文學群落，有「沙田四人幫」的戲稱。[2] 儘管學問的專精不一，學苑文壇的名望有差異，他們都兼有中西文學的修養，都通一種或數種外文（主要是英文），都有或歐或美的留學經驗。

（四）余光中繼承、發揚了「錢風」

在講述「群落」的梁錫華、黃國彬等人之前，必須先講余光中（1928 — 2017）。他古文根底深厚，大學讀的是外文系，在台灣的大學教的是外文系，曾在美國讀書和教書（1958 — 59；1964 — 66；1969 — 71），1974 — 85 年任香港中文大學中文系教授。他是錢鍾書的知音，1963 年出版的散文集《左手的繆思》，裏面文章即明顯呈現古今中西交融的風格。書中寫作最早的一篇是 1952 年的《猛虎和薔薇》，當時作者還沒有外國經驗（外國經驗當然不是必要的一個條件），已強猛（「薔」「猛」）表現這種交融的特色。此文講藝術和人性的兩種情態，首句即引用英國當代詩人西格夫里・薩松（Siegfried Sassoon）的句子原文，並中譯為「我心裏有猛虎在細嗅薔薇」，繼而引證中西古今文學語句以闡釋之，例如：

> 所謂戴奧尼蘇斯藝術和阿波羅藝術，所謂「金剛怒目，菩薩低眉」，所謂「靜如處女，動如脫兔」，所謂「駿馬秋風冀北，杏花春雨江南」，所謂「楊柳岸，曉風殘月」和「大江東去」，一句話，姚姬傳所謂的陽剛和陰柔，都無非是這兩種氣質的註腳。［……］
>
> 還有那一首十四行詩《阿西曼地亞斯》（Ozymandias）除了表現藝術不朽的思想不說，只其氣象之偉大，魄力之雄渾，已可匹敵太白的「西風殘照，漢家陵闕」。［……］
>
> 人性裏面，多多少少地含有這相對的兩種氣質，許多人才能夠欣賞和自己氣質不盡相同，甚至大不相同的人。例如在英國，華茲華斯欣賞密

爾頓；拜倫欣賞頂［頗］普；夏綠蒂・白朗戴欣賞薩克瑞；史哥德欣賞簡・奧斯丁；史雲朋欣賞蘭道；蘭道欣賞白朗寧。在我國，辛棄疾的欣賞李清照也是一個最好的例子。

這裏作家名字迭出，句子排比呈現，頗有氣勢，比起錢鍾書文句較為精約、理性的那些徵引，自是不同。《左手的繆思》中寫作時間最後的一篇是《書齋・書災》。書房裏書多成災，作者的岳母「幾度提議，用秦始皇的方法來解決」，解決掉（焚掉）當今的書刊如《藍星》《文星》《現代文學》等雜誌。寫《書齋・書災》時，余光中書齋裏的書，英文的比中文的多，約翰生（Samuel Johnson）、康明思（E.E.Commings）等古今英語作家名字，《湯姆・鍾斯》《虛榮市》等英語文學書名，頻頻出現；但作者未感愜意，非引來周夢蝶、夏菁等當前詩友來襯托不可。余光中的散文（包括文學批評）寫作，一以貫之是內容的中西古今交融，雖然論中西古今的學問他不及錢鍾書那樣淵博，懂的外文也沒有錢鍾書那樣多。

余光中的中西相容，還出現在漢語與英語的融合上。1985 年 9 月余光中離港返台，別情依依，離港前儘量遍遊香港的山水，以豐富日後對香港之美的回憶。是年春天，他與妻子攀登飛鵝山，事後有《飛鵝山頂》一文為記。寫登山所見，包括發現山麓孫中山先生母親的墓地，作者仍然要把蘇軾、夏完淳、林覺民等古代和近代人物引來襯托比況。此文的西方元素較為稀薄，卻顯露中文、英文兩種語法的交融。《飛鵝山頂》末段寫景抒情，牽涉近代中國歷史；文章用中文寫成，其語句結構則是西化（英語）的複雜句（complex sentence），長達 123 字（連標點計算）。營造這樣的複雜長句，余光中顯然得力於他的英語修養——研習英國文學的人，都知道密爾頓《失樂園》（*Paradise Lost*）的首個句子長達 16 行，每行 10 個音節。「登山則情滿與山，觀海則意溢於海」（《文心雕龍 · 神思》），余光中把山水、歷史、感情和文采都融匯了的這段美文，我特意翻譯成英文，以見其句子長而結構井然，以見其錘煉熔鑄中文英文句法的功力。

> 對着珠江口這一盤盤的青山，一灣灣的碧海，對着這一片南天的福地，我當風默許：無論我曾在何處，會在何處，這片心永遠縈回在此地，在此刻踏着的這塊土上，愛新覺羅不要了，伊麗莎白保不了的這塊土上，正如它永遠向東，縈回着一座島嶼，向北，縈回着一片無窮的大地。

以下為我的英文翻譯：

Facing the green hills and the blue seas at the Pearl River Mouth, and facing this blessed land of the South, I promise in the wind that, wherever I had been and wherever I will be, this heart (of mine) will forever hover over this land, the land whereon I now stand, that Aixinjueluo did not want to keep and Elizabeth could not keep possessing, as it turns forever eastward, hovering on an island, and, northward, hovering on an endless great earth.

（五）「錢風」「余風」接力有人

余光中在 1960 年代的台灣已享盛名，在台灣和香港的讀者已多，影響已大。他的《左手的繆思》及其後的幾本文集，形成的文體謂之「余體」，博麗豪雄是其風格，台、港的喜愛者眾多。喜愛余氏這種想像豐盈、語言靈活多姿、交融中西古今的文風的年青一代讀者，大多是學養豐富、兼擅中英語言的一群，是重視文采的一群。他們從事寫作，多少受到余光中的影響，往往踵事增華，力求創新。余光中 1974 年到香港教書，交往的同事，就有好幾位的文章，寫得頗有錢鍾書之風、頗有余光中之風的。簡言之，就是他們的文章特色之一，是經常涵蘊古今中西的文學文化元素。當年頗有錢、余之風的學者作家有不少，下面只講上面所說「群落」（「沙田四人幫」）裏的梁錫華和黃國彬。黃維樑也是此「群落」中人，因為是本文作者，為了避嫌，就不加以評述了。

梁錫華（約在 1933 年出生），倫敦大學博士，曾任教於香港中文大學（1976 — 85）和嶺南大學（1985 — 94）；出版有學術專著、散文集和小說多種，包括《李商隱哀傳》《徐志摩新傳》《八仙之戀》《我為山狂》等。黃國彬（1946 年出生），香港大學英文系畢業，加拿大多倫多大學博士，曾任職於香港中文大學（1974 — 80；2006 — 2013）和嶺南大學（1992 — 2006），先後擔任兩校的翻譯系講座教授；有學術專著、散文集、詩集多種，包括《中國三大詩人新論》、*Dreaming across Languages and Cultures: A Study of the Literary Translations of the Hong lou meng*、《華山夏水》《琥珀光》《地劫》等；翻譯並詳注 *Hamlet*（《哈姆萊特》），又從義大利原文翻譯並詳注但丁的 *Divina Commedia*（《神曲》）。梁錫華和黃國彬的作品都非常出色，都著文名，但其知名度比不上余光中，其著作在坊間也比較難覓。以下摘錄他們兩位散文的片段，然後稍作析評，以見其古今中西交融的學者散文風調。

（六）梁錫華和黃國彬古今中西交融的學者散文舉隅

梁錫華《英倫憶舊》一篇之六《鎖雅士》（節選）[3]

［我所屬的］亞非學院（School of Oriental and African Studies），這個尊號聽來不妙，因為有「阿飛」學院之嫌。有人譯之為東方及非洲學院，囉哩囉唆，西化得可厭。想來想去，還是按英文簡稱 SOAS，把它中化為音義並存的「鎖雅士」，盼望得垂久遠。有些人一聽到鎖字，連末梢神經都直豎起來，想到警察局、密探隊、特務機關、精神病院等可敬而唯恐近的煩惱地。其實世界就是個大牢，誰不是被鎖被禁的？［⋯這］是個鎖住一羣老、中、青雅士的地方，鎖的工具，是書。經此一鎖，害他們一生一世不得解脫，而又哲學地，在無盡的捆綁中，獲致永恆的自由。［⋯］

張三先生是有國際聲譽的學者，一向醉心中國古典文學文物，所以四肢百體，雖然在英國倫敦活動，實際上，心早擺穩在唐朝的長安。［⋯］有時候他登高到四樓，一臉木然找不到自己的辦公室，像個半醉的杜甫，「此身飲罷無歸處，獨立蒼茫自詠詩」一番。[⋯李四先生]一進校門，就像條小火箭直射上自己的辦公室內，但他永不爆炸，且因身輕如燕，所以落地無聲。[⋯]何六先生經常手持煙斗，無論吸與不吸，總是一派悠然，但卻不帶徐志摩所云「臭紳士臭架子」的惡俗氣。面對何先生，我常想及羅素筆下的哲人莫爾（G.E. Moore）。

鎖雅士的書香人面，對我來說，在春秋代序中已成塵封的鏡子，但加意拂拭，幾乎光亮如昨。我被鎖三年，結局是「受壓制的得自由」(《路加福音》第四章）從多樣的蒙昧中得釋放。

黃國彬的《洗冷水》(節選)[4]

十二月一到，我不但要應付冷水的低溫，還要抵擋暖水越來越大的誘惑。我洗冷水時，隔壁總有人哼着小調，風流快活地享受着熱水的溫暖。這時候，我就有置身冰窟之感。抬起頭來，見浴室裏蒸氣彌漫，只有我一人淒涼十足，像晉文公悼念介之推那樣，孤零零的停爨寒食，同學們所哼的小調就會變成屈原的《招魂》，我也會變成楚懷王，聽見有人喚我從「增冰峩峩、飛雪千里」的北方返回故居的「翡翠珠被」和「蘭膏明燭」。

［…在香港大學的］宿舍三年，冬天都洗熱水，完全是南宋的格局。置身於溫暖的杭州，被熏風吹得酡然欲眠，再也不思念北方的汴州了。［…］我想起了古羅馬詩人馬提阿里斯（Marcus Valerius Martialis）的名句：「暖水浴、醇酒、美人，會腐蝕我們的身體（Balnea, vina, Venus corrumpunt corpora nostra）。」［…人浸在暖水］裏面，就不願起來。明白了這個道理，再去羅馬看看那裏壯觀的浴池，你就會覺得，格本（Gibbon）在他的《羅馬帝國衰亡記》裏，應該加上這樣的一句：「羅馬帝國，不是被異族滅掉的而是被軟滑的暖水洗掉的。」

想到這裏，我不禁悚然以驚。這樣繼續下去，我的羅馬帝國，還經得起多少次沖洗呢？於是惶惶然為國祚憂傷，納悶間心燈一亮，想起了馬提阿里斯名句的第二部分：「可是，此生不枉，也是因為有暖水浴、醇酒、美人（Sed vitam faciunt balnea, vina, Venus）。」剎那間，我像個囚犯獲釋，決定不枉此生，進浴室去痛痛快快的洗個熱水澡。

（七）梁錫華、黃國彬的作品賞析

梁錫華的《鎖雅士》雜憶倫敦「亞非學院」的人和事，牽涉中西；黃國彬的《洗冷水》講述冬天洗冷水的滋味，同樣牽涉中西；二文都把種種經驗和思維曠闊到古今中西的宏大時空。機械地分析，梁錫華文中的杜甫是「古」，徐志摩是「今」，「唐朝的長安」是「中」，「英國倫敦」是「西」，其他包含古今中西元素的例子尚多，不枚舉了。黃國彬文中「北方的汴州」是「古」，「香港大學的宿舍」是「今」，「屈原的《招魂》」是「中」，「格本（Gibbon）的《羅馬帝國衰亡記》」是「西」，其他包含古今中西元素的例子尚多，不枚舉了。

要使文章含有古今中西諸元素，是容易的事，也是不容易的事。少數腹笥充盈的作者，一開口一下筆，多有古今事物可採用，多有中西典故可引用；不那麼充盈的，就要辛勤閱讀、查考書刊，或者費時查閱百度、谷歌，才可尋覓到可用的資料。至於寫文章，好的文章有情有思有學問，還必須有文采、有章法。《文心雕龍·情采》說「聖人書辭，總稱文章，非采而何？」錢鍾書認為文學作品應有「行文之美，立言之妙」；在西方，連以立意、敍事為本的悲劇，亞里斯多德在其《詩學》（*Poetica*）裏也認為它的「語言是有藻飾的」（language embellished with each kind of artistic ornament）。擅於驅遣學問知識的好文章，往往更顯得機智、風趣。錢鍾書、余光中散文的「行文之美、立言之妙」已經有很多賞析，這裏只評鑒上面所引梁錫華、黃國彬的兩個片段。

兩位作者當年都任教於大學，他們所寫無論是學院雅士或是生活情態，都表現豐富的學識，都用典，正是上面所說古今中西交融的博學風格。用典之外，有其他修辭法，包括用比喻、誇張、諧音、矛盾語；美妙的修辭令所寫尋常事物顯現新鮮意趣。

黃國彬的《洗冷水》，把日常的洗澡行為「拔高」到國家興衰存亡的層次；宋帝國和羅馬帝國任由作者下筆揮灑，拉丁文名句任由作者下筆驅遣，修辭實在精彩。梁錫華《鎖雅士》高談困鎖與自由的大道理，把矛盾語（language of paradox）發揮得理直氣壯。還有漫畫式情景：某先生一進校門，就像條小火箭直射上自己的辦公室內，又說他身輕如燕云云，都給人滑稽之感。把著名大學的堂堂學府 SOAS（亞非學院）諧音稱為「阿飛」學府，阿飛者遊手好閒惹是生非的不良青少年也，寫法同樣滑稽。「可敬而唯恐近的煩惱地」這片語裏，放慢來讀，會感覺到「敬」（jing）與「近」（jin）的諧音之妙。

梁錫華解釋學者散文特質時，強調其「機智」[5]。他把 SOAS 翻譯為「鎖雅士」，並解說如此翻譯的理由，顯得機智風趣。錢鍾書、余光中、梁錫華、黃國彬等人，其文章常見這類機智風趣的另類翻譯，我曾有文章稱之為「依音創義」的雅譯[6]，「鎖雅士」是一個例子。

筆者在上文指出，錢氏的散文，議論性強；有「錢風」的余、梁、黃諸人，所寫不限於議論，而是抒情敍事都有，且不乏感性的、想像的成分，筆調更常顯氣勢，因而可看作是錢鍾書風格的發揮和增益。《洗冷水》和《鎖雅士》二文，有敍事，有抒情，機智而富想像，《洗冷水》更有一種恣肆之風，可為例證。

（八）現代學者散文溯源：漢代的「雜文」

黃、梁二文引申出一「夢」，讓我們也夢想一番，「神思」一番（《文心雕龍》有《神思》篇），乃夢見兩千年前的東方朔和揚雄，而兩人的「雜文」和現代的學者散文，一加以比照，竟發現古今兩種散文，風格如出一轍。何謂「雜文」？《文心雕龍．雜文》開頭曰：「智術之子，博雅之人，藻溢於辭，辭盈乎氣；苑囿文情，故日新殊致。」意思是聰穎、業有專精、博學又高雅的人，辭筆洋溢着藻采，辭章充盈着才氣；他們駕馭文章的情思，乃能日有創新，表現不同的風致。東方朔《答客難》、揚雄《解嘲》等《雜文》篇析論的名作，這裏未能述說和賞析，簡言之，它們正合了剛才所引那幾句話所描述的風格。

漢代的《答客難》《解嘲》這類經典古文，和漢代的《古詩十九首》（如《行行重行行》《青青河畔草》）不一樣：《答客難》《解嘲》用典多、學問深奧，《古詩十九首》用典少、語言淺易。也因此後者為後世眾多讀者所閱讀，而前者不然。錢鍾書、余光中、梁錫華、黃國彬的「智術博雅」學者散文，獲得傳誦的程度各人不同（造成不同有多種原因），但基本上比不上朱自清的《背影》和冰心的《母愛》，因為前者為文士的精製，後者則婦孺都可解。閱讀文采斐然、內容古今中西交融的學者散文，我們收穫益智、得到趣味，而「有益和（或）有趣」，是古羅馬人賀拉斯要求於文藝的，也可說是《文心雕龍》所說的一種文學之德（《原道》篇首句是「文之為德也大矣」）。有益有趣、既美且妙、風趣機智的學者散文，是散文中一種高雅的品類，是文學中一種難能可貴的、比較稀有的品類。說到有益，孔子早就說「讀詩可多識於鳥獸草木之名」，西賢則認為詩可當作一種知識（poetry as knowledge）。讀者讀詩讀文讀小說，都可增加知識。[8] 博雅的學者散文，讀之者正可增加知識，真是扎扎實實的開券有益。當然，讀者必須有相當程度的文化水準，才能讀通，才能得益。

（九）具有文化交流和文明互鑒的意義

當代我國學術界對古今文學的研究，漪歟盛哉，論著豐碩無比。有論者認為這些研究，不論古今文學，都以思想內容為主，較少是關於語言與形式的[7]，筆者也有此印象。當代我國人文學者很有興趣研究的一個議題，是中國傳統學術理論的「現代轉換」，比如「文論傳統的現代轉換」「文體傳統的現代轉換」[9]。本文論述的「錢風」「余風」以至「黃梁風」散文風格，與傳統的古文、近代以來的散文文體相較，表現了創意；如果我們提問：錢鍾書等這些作者，是否有意識作這樣的「現代轉換」呢？這難以回答。我認為他們如此寫作，應該沒有強烈的「轉換」意識，而是自然而然要顯示個人學問深廣，要顯示「尚友」中西古今文化，而有這樣的文風。

本文論述的焦點在於少人觸及的行文方式，在於探究學者散文的中西古今交融的語言風格。這應該是一塊值得開墾的沃土。文學的體裁和次體裁（sub-genre）品類繁多，其本身各有價值，各有可觀之處；不同讀者各有所取，各有所愛。這類中西古今博雅的文體，在中國是比較稀有的品種；在西方，似乎更不見蹤跡。西方一般的學者作家筆下，因為他們對東方（包括中國）文化的認知不豐厚，自然無所謂「西」與「中」兩方文學文化的貫通交融了。

開墾這塊沃土，還有另一層意義。當今世界各國既開放卻又封閉，人類應該成為命運共同體卻又處處壁壘分明。我們認為文化應該交流，文明應該互鑒，卻怎樣交流怎樣互鑒？學者散文的古今中西相容，正好為我們做了示例。這類散文的作者，不只是獺祭而已，不只是掉書袋而已，不只是炫耀學識而已（經濟學有所謂「炫耀性消費」conspicuous consumption，文學批評可借用此詞而謂之「炫耀性寫作」conspicuous composition）；他們因為胸懷宏闊，重視文化，對文化有深廣的認識，才能古今征之、中西引之；他們對待自己國家民族的文化和其他國家民族的文化，才能「各美其美，美人之美」，才能「美美與共」；他們在作品中對古今中西的文化兼收並蓄，且比照之，共賞之，寖寖乎形成一種文化共同體，無形中進行了文化交流和文明互鑒。當今提倡交流和互鑒，這類作品具有交流和互鑒的意義。

寫於 2024 年春夏

註釋

1 學者散文這散文的一個品種，獨盛於香港，極富香港特色，獲得香港內外很多論者的重視與好評。論述香港文學的各種專著中，約有二十種有特闢章節，或有專篇，用以論述香港的學者散文。這些專著指出香港學者散文作者的特質是「知識豐富，視野廣闊，融貫中西」，這和香港文化的融匯中西很有關係；「香港學者散文勃興於［1970年代］，是中國『五四』以來學者散文的延續」；香港學者「知識豐富，視野廣闊，融貫中西」；「在香港散文族中，80年代最領風騷的便是校園散文［即學者散文］。以香港大學和中文大學為首的校園散文，作家最多，成果最豐，質地最佳［…］；校園散文一支已成為香港散文族中的佼佼者和主力軍，上乘之作大多出自他們的手筆」。香港和內地學者專文或專著論及的香港學者散文家，除了這裏提及的三人之外，還有思果、金耀基、劉紹銘、陳耀南、潘銘燊、黃維樑等十多位。請參考下列諸書；黃維樑：《香港文學初探》（香港：華漢文化事業公司，1985）；梅子：《香港文學識小》（香港：香江出版公司，1996）；劉登翰主編：《香港文學史》（香港：香港作家出版社，1997）；李松林編著：《台港澳及海外華人散文名家名作鑒賞》（武漢：華中師範大學出版社，1998）；公仲主編：《世界華文文學概要》（北京：人民文學出版社，2000）；范培松：《中國散文批評史》（南京：江蘇教育出版社，2000）；喻大翔：《用生命擁抱文化——中華20世紀學者散文的文化精神》（北京：人民文學出版社，2002）；袁勇麟：《當代漢語散文流變論》（上海：上海三聯書店，2002）；張振金：《中國當代散文史（插圖本）》（北京：人民文學出版社，2003）；黃維樑：《期待文學強人——大陸台灣香港文學評論集》（香港：當代文藝出版社，2004）；江少川、朱文斌主編：《台港澳暨海外華文文學教程》（武漢：華中師範大學出版社，2007）；古遠清：《當代台港文學概論》（北京：高等教育出版社，2012）；曹惠民主編：《台港澳文學教程新編》（上海：復旦大學出版社，2013）；黃維樑：《活潑紛繁：香港文學評論集》（香港：匯智出版有限公司，2018）。

2　余光中、梁錫華、黃國彬、黃維樑四人都屬於這裏說的「群落」（又戲稱「沙田四人幫」）；四川大學的吳敬玲以他們四人的作品為題材，加以研究評論，以《1974—1985年間香港沙田文學群落研究》為題，於2020年撰成論文，7月通過答辯，獲得博士學位。吳敬玲另有論文題為《黃維樑：香港文學、「余學」、「新龍學」研究的奠基者》，刊於2022年11月四川大學出版的《華文文學評論》第九輯。

3　引自梁錫華《明月與君同》（台北：九歌出版社，1983），頁42-49。

4　引自黃國彬《琥珀光》（香港：香江出版社有限公司），頁43-49。

5　梁錫華的《學者的散文》（收於梁著《己見集》，香港，中國學社，1989）析論王力、梁實秋、錢鍾書的作品，指出王、梁、錢三人的作品都能「融合情趣、智慧和學問」；梁氏認為學者散文中有「幽默諷刺」，有「博識與機智」。「博識」意思是作品中「冶古今中外於一爐且引經據典」。

6　參看黃維樑《「依音創意」的妙譯》一文，刊於《南方周末》

2022 年 3 月 24 日《C24 閱讀》版。

7 參看《名作欣賞》2024 年 5 月號賀仲明和文貴良兩篇文章。「近代學術」網站 2024 年 6 月 7 日刊發文貴良《語言問題是中國現當代文學研究的真問題——紀念中國現代文學研究會成立 45 周年》一文，也可參考。

8 「古小說網」2024 年 6 月 11 日刊發涂秀虹《書判體公案小說編刊的知識語境及其認識價值》一文，指出「小說是普及知識最為重要的方式之一，知識性長期是小說發展最為重要的動力」；「在小說刊刻最為繁盛的嘉靖萬曆時期，知識性因素仍然是小說傳播的重要因素」。正是此理。

9 參考李遇春《中國文體傳統的現代轉換》（廣州：廣東教育出版社，2019）。李遇春的論述涉及「於古今中西進行『微跨界』的文史觀念」（引自邱婕評介李遇春此書一文，見《文藝論壇》2021 年第 3 期，頁 102）。

五

小說：「高雅」和「通俗」

多元化的樣品

—— 1980年代香港短篇小說佳作析評

1986年6月杪一個名為「中國文學的大同世界」學術研討會，在西德的萊聖斯堡（Reisensburg）舉行，有來自不同地區的六、七十位學者和作家參加。會後大家認為應該出版一本當代世界各地中文文學選集，在台北出版。經過磋商，決定只選小說，以《世界中文小說選》為書名。編選者六人，編選六個地方（台灣、內地、香港、馬來西亞、菲律賓、新加坡）的小說共數十篇。我負責編選香港的。經過廣泛閱讀，考慮作者男女老少、作品內容與技巧特色等因素，期望所選作品有相當的代表性，可反映香港作品的多元化格局，我建構了一個「世界中文小說博覽會」中的「香港館」。這個館陳列了八篇佳作，下面是我對它的「導遊」。

（一）劉以鬯：《打錯了》

劉以鬯的《打錯了》只得一千多字，可說是極短篇，或者稱為微型小說。它的題材取自年前的一則新聞，敍述一個青年意外死於車禍，及其可能的另一個結局：出門前電話響了，因此遲了出門，而安然無恙，寫來極具真實感。裏面提到的利舞台戲院、《勇敢的中國人》歌曲等等，無非為了渲染這種真實感和香港色彩。劉以鬯的名作《酒徒》，以及多個短篇，都令讀者看到明顯的香港背景。《打錯了》還反映了劉氏在小說技巧上不斷求變求新的精神。他的《酒徒》在二十多年前出版，論者認為它是中國現代小說史上意識流作品的先驅。他的《寺內》等一系列「故事新編」，則常用比喻、通感等手法，力求語言的詩化。在他的創作裏，他絕不以講述動聽的故事為滿足。

《打錯了》暗示人的生死，關鍵就在分秒的短短時間。一個人的生命史，分秒之內，就完全改寫，而這純粹出於偶然，與個人的意志無關。這篇小說的手法乾淨利落，用的是具體呈現法，冷靜客觀，使人想到命運的漠然無情。篇中細節如利舞台的提及，似乎隱隱喻示人生如戲中角色，自主不得之意；巴士猝然撞倒路人，把人輾成肉醬，則人之無力無助，與歌曲《勇敢的中國人》

的精神一比，立刻構成「反諷」。在日常生活中，電話有時煩人催人，惹人討厭，余光中甚至誇張地稱它為「催魂鈴」。不過，在劉以鬯這篇小說中，一個「打錯了」的電話，卻成了「救魂鈴」。生活中的小小煩擾，焉知非福。《打錯了》用一水分流、異途殊歸的手法，以新聞工作者般敏鋭的觸覺，寫生死的難以逆料，有深刻而豐富的含義。

（二）海辛：《夜宴》

海辛的《夜宴》也有香港色彩。某日傍晚，香港市區某一角落，有一英國古堡式別墅，別墅外的空地上人影晃動，聲響雜沓。別墅所在的山坡，是一墳場；對着別墅的一幢大廈，裏面有一戶人家，對空地上的光影聲響，十分好奇，紛紛就觀察所得提出解釋。老太婆説這是群鬼夜宴，少年説這是油脂青年男女的露天派對，少女説這是富有人士的周末園遊晚會，家中女傭説這是一羣乞丐的聯歡會。四個年齡、閱歷、意識不同的人，提出了四種不同的解釋。是人是鬼？是富是貧？答案懸殊。這不是《羅生門》式的故事，因為解釋者並非為自己辯護，為自己洗掉嫌疑。這毋寧是蘇軾《日喻》所説的「盲人識日」式故事。

空地上那些人，衣飾怪異，聲音雜亂，這是大都市光怪陸離的一個面貌。對這樣的現象，各人的解釋，只能憑自己的主觀，難免有所局限，而真相也就不容易確定了。作者海辛在敘事中，保持相當客觀的態度，不加褒貶；不過，從篇幅的分配看來，從敘述的次序看來，他似乎傾向於女傭的觀點。空地上最後來了另一批人，女傭說這另一批人是警察。《夜宴》的末段是這樣的：「工人房裏，阿清她不用望遠鏡也可以看到——大隊警察衝上山坡，把那些開夜宴的男女乞丐拉下山，她歎口氣說：難道乞丐們在墳場上邊無人古堡草場開晚會，也犯罪嗎？」海辛的小說多寫下層小人物的生活，且寄予同情。他的長篇《乞丐公主》專寫乞丐的種種，題材相當新異。《夜宴》寫來集中凝鍊，不蔓不枝，而引人深思是他眾多作品中出色的一篇。

（三）梁秉鈞：《李大嬸的袋錶》

梁秉鈞（常用筆名「也斯」）的《李大嬸的袋錶》，可列入魔幻寫實主義小說的範疇。香港某工廠的職員，從某日開始，天天要撥慢計時器的時間，遲五分鐘下班。日子一天一天地過去，積少成多，職員上下班的時間，因而大異於一般人，因而大亂。「別人都上班的時候，我們還在家中睡覺，等到我們工廠放工出來，[…]在凌晨散向空無一人的街道，回到陋巷和新區，沒有人相信我們是剛下班回來。男工經常被警察搜身，[…]女工則無日不遇到侵襲。」為什麼會這樣顛倒晨昏？因為工廠的職員都聽命於李大嬸，她要大家撥慢時間，她以她袋錶的時間為標準，大家無不唯命是從。李大嬸這封建家長式的專制人物，象徵的是古今的極權者。在極權之下，人民只得誠惶誠恐地過日子。可笑的是這隻李大嬸的袋錶，樣子已很古老了，「錶殼和時針都生了鏽，字體模糊不清」，而「在那錶殼的裂縫中，忽地鑽出一頭不知名的棕色小蟲來」。梁秉鈞的小說，多從意念出發，帶點魔術的、幻想的味道，卻又對現實有所反映或譏諷。匪夷所思的《李大嬸的袋錶》，正有這樣的特色，而其懸疑性是吸引讀者的一項因素。

（四）鍾玲：《窗的誘惑》

鍾玲的《窗的誘惑》，是發生在澳門的故事，但主角是香港人。女主角知道情人另結新歡，一氣之下，乘船到澳門散心。她在澳門的旅館神情恍惚，好像見到情郎在門外等她，自己又似乎有尋短見的行為；總之，情節疑幻疑真，女主角和小說的敘述者，都弄不清楚。加上女主角下榻的房間，不久前曾有女子上吊，讀者就愈覺得陰森可怖，而有讀《聊齋誌異》或者愛倫坡鬼故事的味道了。

這個短篇佈局巧妙，前呼後應。尼龍繩一物數用：既用以掛衣服，又被幻想為房間的一個窗子，更是可以上吊的絕命繩。女主角在回憶與情郎歡愛時，特別提到一條有心型海藍寶石的鏈子，也使讀者聯想到尼龍繩。「這是他給她的定情物啊！那是她把自己給他後的第二次。他沒有像小說中讀到的男人那樣，過後就翻身沉睡。他把玩着她項間這顆藍色的心型寶石，然後把它嵌在她的乳溝中，說：『夾在兩座高峰之間，像山中的湖，真好看。』」情郎如此體貼溫柔，能言善語（他是個跑政治的名記者），自然能贏得芳心。不過，當情郎「花心」，被女主角知悉之後，她生氣到了澳門，情郎似乎追到旅館門外等她，而她差點就要伸頭出窗外叫他，幸好她沒有這樣做。伸頭出窗外叫他，表示不忍他久等，也可能表示原諒他；然而，這個窗子也是那可以絕命的繩，頭一伸上去，就香消玉殞。在《鶯鶯傳》中，張君瑞用忍情，乃能仕運亨通；在這個短篇小說中，女主角用忍情，乃救回自己一命。鍾玲能詩能文，風格精美婉約，她還兼擅小說。這一篇《窗的誘惑》，不但構思別致，對戀愛中女人的心理刻劃，更肖妙入微。

（五）西西：《像我這樣的一個女子》

上面四篇，都虛實相間，有超現實主義的色調。西西的小說，和梁秉鈞的，都受拉丁美洲魔幻寫實主義的影響。她的《我城》《肥土鎮的故事》諸篇即如此。《像我這樣的一個女子》卻並不超現實，而是寫實的。它第一個吸引人之處，是題材獨特：此篇寫的是殯儀館女化妝師對愛情的終歸無望。女主角的家境不大好，她的姑母是個殯儀館化妝師，把這門技藝傳授給她，使她謀生有術。她做定這一行之後，朋友愈來愈少了。「我如今幾乎沒有朋友了，他們從我的手感覺到另一個深邃國度的冰冷，他們從我的眼看見無數沉默浮遊的精靈，於是，他們感到害怕了。」她想過要轉行，例如當個新娘美容師，「但我不敢想像，當我為一張嘴唇塗上唇膏時，嘴唇忽然咧開而顯出一個微笑，我會怎樣想，太多的記憶使我不能從事這一項與我非常相稱的職業」。感到害怕的，不是別人，是她自己。因此，她感覺到命運「殘酷的擺佈」。

後來，女主角與一個叫做「夏」的青年戀愛了。夏一直只知道她是化妝師，而不知道是哪一類化妝師。她的真正職業始終是要讓男朋友知道的。一天，夏來了，她準備帶他到工作地點。美麗的一束花朵在夏的手中，

「他是快樂的，而我憂傷。他是不知道的，在我們這個行業之中，花朵，就是訣別的意思。」命運殘酷的擺佈至此到了高峰，花朵成為「美麗的錯誤」。夏，與女主角冰冷而陰森的工作又怎能相配呢？西西這篇小說，全為女主角的內心獨白，細膩委婉，充滿無限辛酸，而女主角坦然面對命運，面對真相揭示後更大痛苦隨來的勇氣，雖然沒有達到《伊狄帕斯王》的悲壯境界，卻也是令人肅然起敬的。

（六）鍾曉陽：《翠袖》

鍾曉陽的《翠袖》是另一篇愛情故事，題材則極為普通：紅杏出牆。女主角陳翠袖三十歲左右，從上海嫁到香港，丈夫約五十歲，已有些老態。第三者年輕英俊，一介入，有姿色的翠袖就萌生了潘金蓮式的情慾了。不過，介入者沒有西門慶式的財力，翠袖終於沒有成為潘金蓮。《翠袖》這段婚外情，倒有點近似錢鍾書《紀念》中那一段，是女主角生命中一闋插曲而已。插曲式的婚外情，發乎情或情慾，止乎禮教或種種現實的考慮，是很多現代小說和電影愛用的題材。

鍾曉陽文才早熟，語言豐腴華美，對人生世相體會深刻，《翠袖》正顯示鍾氏風格。小說中至崇情挑翠袖一幕，由「他今天穿一套獵人裝」開始，那千把字，十分高明，充滿挑逗性。篇末翠袖與丈夫談到某朋友兒子的一段婚約，加評道：「現在的年輕人呀，不知羞恥，搞得亂七八糟的。真是這個世界什麼都會發生。」既罵朋友的兒子，也罵至崇，又似乎是自嘲，將翠袖的複雜情緒反映得淋漓盡至，作者確是寫人情與人性的高手。篇末又寫到翠袖剪掉睡衣袖上的一根線，寫到講完朋友家事後馬上「拍」一聲關燈睡覺，都有暗示作用（前者更與前文呼應），烘托出翠袖拿得起放得下的性格。翠袖這個女子，從上海嫁到香港，若非果敢精明，怎能一下子就適應了香港這社會？

（七）白洛：《賽馬日》

白洛《賽馬日》的主角張泛舟，原來是一個數學系畢業生，在粵北的鄉村教過書，來港後在一餐室送外賣。父母親驟然間要來香港居住的消息，使他和妻子傷透腦筋。住所太狹小，而房租太貴，張太太無別法可想，只能取出祖傳金飾，叫丈夫拿去變賣，以應付父母的房租。在賭馬連場敗北之後，他拿着金飾，正要走進金舖，慌慌張張，警察誤會他是沒有身份證的非法移民，要搜他的身。他眼前晃動的，只有那支怵目的警棍。「棍子［…］我的腦袋［…］」「文革」時他被批鬥腦袋受傷的往事始終是一可怕的陰影。《賽馬日》以非常經濟的手法，反映了香港社會的多種現實：居民嗜好賭馬，房租昂貴，以及內地移民學非所用。在這裏的八篇作品中，它是寫實色彩最濃的。白洛本人是從內地移居香港的作家，小説產量頗豐，其作品如《迷惘的鐘聲》（長篇）、《賽馬日》（小説集）等，基本上走的是社會寫實主義路線，且常涉及移民的生活。辭筆清暢、節奏明快、結構緊密、故事性強，是白洛小説的另一些特色。

（八）施叔青：《相見》

《翠袖》和《賽馬日》寫內地移民，施叔青的《相見》則寫台灣來客，這也和施氏的生活背景有關。《賽馬日》帶着內地「文化大革命」殘餘的陰影，《相見》則側寫台灣經濟大起飛導致的奢華。在台灣，邱翠萍的丈夫是「賺錢像印鈔票一樣」的新紮工業家。她來香港購物，兼看看舊同學張晶。邱翠萍要住麗晶酒店的豪華套房，買衣服要買最著名牌子的產品。她為丈夫選購的 Giorgio Armani 絲襯衫，「看似極普通的襯衫，標價是六千多港幣」。《相見》充滿了各國名牌的名字，如勞斯萊斯、聖蘿蘭、狄奥、Mina Ricci 等，其顯赫繽紛處，可和亦舒的小説媲美；如果改拍成電影，就會像《豪門恩怨》（*Dallas*）那樣珠光寶氣。在豪華的餐廳吃晚飯時，邱翠萍看到「舞池裏，無數條腋毛剃得精光、象牙色的手臂，［…］鄰座那個浪笑的紅頭髮女人，側坐的背，整個光裸，黑色禮服，開得極低極低，差點要觸到她的恥骨」。她去理髮，幫她梳頭那個髮型師，「一雙綠眼珠，［…］胸前釦子不扣，金鏈子底下毛茸茸一片，往下蔓去」；張晶聽她講述至此，提醒她道：「你少想入非非，他們個個都是同性戀。」邱翠萍歎道：「唉唉，真是暴殄天物！」

《相見》所描的，是香港 1980 年代高級消費者的一幅浮世繪，使人想起張愛玲筆下紙醉金迷的上海。施叔青擅於繪製色澤濃豔的仕女圖，她的《一夜遊》香港故事集，有更多的例證。可是，她小説中的人物，在繁華的外衣裏面，藏的多是空虛、失落、無奈的心靈，在愛情上不得意的心靈。邱翠萍也如此：她的丈夫在外頭有人。施叔青寫的是一種現代閨怨。「同學少年多不賤」，相比之下，張晶不如邱翠萍等舊同學，差堪告慰的是，她的婚姻還可以，雖然丈夫的事業受到了打擊，幾至一蹶不振。《相見》除了寫繁華世間的色相之外，還通過敘舊時的逐層了解，透露了人生盛衰變幻的滄桑，和白先勇的《冬夜》一樣使人惆悵。

兩岸中間的筆采文華

如果說《賽馬日》精神上接近「鄉土派」，則《相見》可屬「現代派」了。不過，不管是什麼派，香港文壇極少具規模的論爭，不像台灣那樣波瀾起伏。《賽馬日》也可說是「傷痕文學」的延續；然而，香港更無「反右」「文革」「反污」那些驚濤駭浪。香港的文學有發展的軌跡可尋，卻沒有運動的興衰可觀。香港文學最近二十年的情形，一言以蔽之，就是作家、題材、主題、手法、體裁的多元化。這裏的八篇作品，我認為頗能夠反映上述的特色，也反映香港這個社會。

內地和台灣不相通，香港成為兩岸的商品以至人民集散之地。香港的小說家既有分別來自兩岸的，他們小說中的人物也如此。上述的八篇小說是極好的說明。香港的社會華洋雜處，中西文化交匯，傳統與現代並不構成論爭的問題。香港工商業發達，經濟繁榮，雖有貧富懸殊的現象，但從未因此而引起嚴重的貧富對立和社會動亂。在這個基本上安定繁榮的香港中，種種社會問題當然存在；不過香港的作家，除了自然地反映社會之外，他們感到興趣的，多是愛情、生死、人性、命運等古老的課題。課題雖然古老，表現的手法則力求創新；香港作家個別的成績，往往就在此分出高下。以上這些，大抵在八篇作品中也呈現了出來。

愛情、生死、人性、命運等等之外，香港作家近年也表現了對「一九九七」的興趣甚至焦慮。編者很想選一篇以九七為題材的作品，可是若非限於作品的質素，就是格於篇幅，而未能如願。

香港文學公認的名家的數目，少於台灣和內地，一來大概與實際表現有關，二來因為夾在兩岸中間，容易被左右兩邊的燈火蓋過了光芒。幸好近來這彈丸之地的筆采文華，漸漸引起了港內外人士的注意。現在趁着當代中文小說博覽會的舉行，香港館的籌劃者謹以「與有榮焉」的心情，具體結實地擺出有本土色彩的文字工藝品，且逐樣作了如上的說明介紹，希望有助於參觀者的鑑賞。

寫於 1987 年 4 月初

註釋

1 《打錯了》大概成於 1983 年，此處錄自劉著小說集《春雨》（香港，華漢，1985）;《夜宴》發表於 1980 年 5 月 18 日的香港《文匯報》，此處錄自福建《台港文學選刊》第二期

（1984年11月）；《像我這樣的一個女子》發表於香港《素葉文學》第六期（1982年2月），此處錄自西西的小說集《像我這樣的一個女子》（台北，洪範，1984）；《相見》發表於香港《九十年代》第二〇三期（1986年12月）；《窗的誘惑》發表於1985年6月8日的台北《中國時報》；《賽馬日》錄自《香港文學展顏第二輯——市政局一九八一年中文文學獎得獎作品及文學周講稿》；《李大嬸的袋錶》錄自北京《四海：港台海外華文文學》第三輯（約1986）；《翠袖》錄自鍾著小說集《流年》（台北，洪範，1983）。

西西用童筆寫《我城》

本名張彥，原籍廣東中山。1938 年生於上海，1950 年定居香港。1992 年，她的長篇小說《哀悼乳房》名列台灣《中國時報》開卷十大好書。1999 年，長篇小說《我城》入選《亞洲周刊》「20 世紀全球百部華文小說」。

在《我城》此次引進內地之前，有人把西西稱為尚未被介紹給內地讀者的香港最後一位文學大家。而《我城》，正是西西的成名作。這本傳誦了 30 餘年的文學名作，以童話式的筆調，透過獨特的觀察，讓平凡人物的故事透出盎然生趣，有了單純而深長的寓意，也寄託了作者對世界的希望和信心。

(一)「離群索居」而充滿關愛

1 月 27 日逝世的美國作家塞林格號稱文壇「頭號隱士」，人隱，連成名作《麥田守望者》(*Catcher in the Rye*) 面世後的其他作品，也和人一起隱而不發表。張愛玲也是個文壇隱士，1995 年亡故後數天，才被人發現臨終時是孤零零地躺在公寓的地上。其實，早在1972年，與她有書信往來的極少數人之一的夏志清教授，已在一篇文章裏説：「張愛玲在美國過着極孤獨的生活，簡直可説是同塵世隔絕了。」《麥田守望者》寫主角對建制的反叛，作者離群索居，與其反叛意識相符；張愛玲喜用「蒼涼」二字，遠離熱鬧的社群，也可謂得其所願。

香港文壇，也有隱逸之士。人成名之後，有新作面世不舉行發表會，不演講，幾乎不接受採訪，不擔任評判，不在文藝界活動中亮相，除了與極少數「知音」往來外不與文壇中人交往；這樣的作家，有西西。奇怪的倒是西西作品表現的，既非反叛意識，亦非蒼涼境界。西西的《我城》傳達的資訊是人要彼此溝通，人間要有善意、溫情、趣味。

《我城》1979年首先在香港出版，乃作者在日報的專欄連載剪輯而成。初版本約6萬字，是中篇小説。此後在台灣和香港共有三個增訂版本。此次（2010年）廣西師範大學出版社推出的《我城》，大概是據1999年台北洪範書店的版本，約13萬字，是個長篇。

塞林格成為隱士後，寫了多部作品，但因為迄未發表，我們不知道其內容為何，成就如何。張愛玲在美國成為隱士後，也創作無多。西西這位文壇隱士或半隱士，則小説、詩、散文一部接一部出版。大概在半個世紀之前，夏濟安在文章裏批評過很多作家，說他們是「聲名狼藉的朝夕聚會的社交家」。然則文壇需要的竟是隱士了。西西寫作之外，就是讀書、旅遊；她交遊的是文字，是世界各地的山川風土。這位隱士或半隱士，既「離群索居」卻又關愛地球人類，她從成名作《我城》起，為華文讀者貢獻出眾多出色的作品。

（二）呼喚溝通與快樂

在小說中，作者以童話式的筆調，透過獨特的觀察，讓平凡人物的故事有了單純而深長的寓意。《我城》的主角阿果，中學畢業後到電話公司工作，職務是接駁電話線，修理電話。小說中出現的其他角色，包括阿果的朋友麥快樂、阿果的妹妹阿髮、母親秀秀、姨媽悠悠、鄰居阿北。人物少，故事簡單，主題也明朗。《我城》的主題就是：人要彼此溝通，要活得快樂。阿果的工作是接駁電話線，他朋友的名字是麥快樂；這份差事，這個名字，充分說明了《我城》要傳達的訊息。這本小說的內容是生活中有趣的事物，有濃厚的載道意念，但沒有給讀者說教的感覺。

一般的公文都是冷冰冰、枯燥乏味的。西西不喜歡這些東西，她借阿果之口說：「我決定要做的是有趣點的事情，不要工業文明冰凍感的。」阿果寫信應徵電話公司職員，收到回音了：

> 他們給了我的信箱一個干果皮顏色的牛皮紙信封，裏邊塞滿紙頁子，其中的一頁上說了好些話，由我翻譯後，變成這樣：你說來幫我們做事情，我們知道了，但我們並不曉得你是誰，又不知道你高矮肥瘦，喜不喜歡釣魚，所以，隨函附來的另外幾頁紙，請你做些填字遊戲，讓我們彼此了解一下，謝謝你願意幫助我們。

填表格是很多人討厭的事，一經「翻譯」而變為「填字遊戲」，就有趣多了。上面這段「填字遊戲」的描寫，不但有趣，而且親切；「讓我們彼此了解一下」一句，迴響着全書的主題。

阿果的妹妹阿發，想到天台曬太陽、踢毽子，但發覺天台上堆滿垃圾，於是給「親愛的鄰居」寫了一封兩三千字的長信，一開始就自我介紹：

> 你們好。我是阿發，［……］我的祖父，在我出生的那一天對我說，將來要發發達達，叫阿發吧。我即叫了做阿發。後來，祖父不在了，我父親說，你將來活得快快樂樂就可以了，不必理會發達不發達。

這裏貫徹的，仍是互相溝通、活得快樂的題旨。阿發這封信的結束部分，有下面幾句話：「這封信，我給我姨悠悠看過了。她說我寫錯了熨衣板的熨字，我寫了燙，這當然是一個錯誤，我就改了。」阿發向鄰居暗示，應知錯能改。整封信語調親切、輕鬆。人與人如果這樣相處，世界就充滿和平、快樂了。

主角的朋友麥快樂做過「快樂王子公園」的管理員。這個公園，是人類幾千年來所追求的烏托邦世界的又一象徵。它「園門寬闊明朗」，豎着牌子，有下面的規則：「一、不得在園內打樹；二、不得在園內欺侮木馬；三、不得在園內罵石凳；四、不得在園內對規則扮鬼臉；等等。」可見萬物都有尊嚴，萬物都應受保護。管理員麥快樂心腸好，他「自己去寫了一塊牌掛在公園的門口。上面說：咖啡或茶，免費供應。」麥快樂曾有一次拾到了一本筆記簿，為失主愁了半天，最後決定和同事花王傻掏腰包登廣告，請失主來公園領回。廣告登了兩天，卻沒有人來。「事情就是這樣的，有關的人沒有看見［廣告］，無關的人都看見了。」麥快樂因為心腸太好，丟了公園的工作。他換了職業後，有一次被劫匪打傷，於是去參加城市警務工作。

不過，西西沒有接下去寫麥快樂參加警務工作後，成為警界英雄。西西根本沒有寫英雄人物的意念。《我城》中的角色，不是英雄，只是常人——有好心腸、在自己能力內樂於助人的常人。

(三) 童話筆調別開生面

《我城》強調的是，人要自己活得快樂。而快樂之道，在於能否把平常事物看得生趣盎然。比如搬家這樣的尋常事，西西卻能道人所不曾道，讀來令人忍俊不禁。

> 搬家就是［…］最難看的，最瑣碎的，是奇怪的，最雞肋的，最不復憶起的事物翻出來，也放進他們帶來的籮裏。［…］搬家又是：看別人來表演雜技，兩條猿臂移去一個衣櫃，一個虎背肩去一個冰箱。［…］不過，搬家可以減肥，我減了兩磅，我的家減了一百五十磅。

如果只說「搬家可以減肥，我減了兩磅」，那是誰都會寫的，是庸筆；加上一句「我的家減了一百五十磅」，那就是妙筆，童話式妙筆。

《我城》有主題，但似乎缺乏情節的主線。香港評論家何福仁認為，《我城》有如繪畫長卷《清明上河圖》，一景接一景。這不失為《我城》的一種閱讀方式。《清明上河圖》自有其動靜、眾寡、大小、人物的配搭或所謂「節奏」;《我城》也應如是，這就得靠讀者細細品讀後去發現了。也許西西根本不重視這本小說的結構，而是意到筆到，率性而為。她也不重視人物的刻畫，不求「立體」「豐滿」。《我城》和「傳統」的小說保持距離。

讀《我城》，讓我們高興的是西西對生活的投入，對生活意義的重新發現。她童話式的筆調在中國現代小說史上是別開生面的。冰心、豐子愷等，有西西的童心，但沒有西西這樣的童筆。我們覺得《我城》滿盈的是趣味。古羅馬學者賀拉司（Horace）認為，文藝的功用是有益或有趣，或二者兼之。宋代嚴羽論詩，重視「興趣」。賀、嚴之「趣」，不盡相同，但從其詩論，我們可見「趣」的重要。《我城》對生活意義和人類善性的肯定，更有對世道人心的積極作用。

《我城》寫城市下了大雨，市民合力儲水的場面。「雨下得很大，[…] 這時，有一組十眾的人，乾脆把整條街的雨端以大力萬能膠一封，喝一聲『起』，即把街整個抬了回家。」更異想天開的是：「有一座私人的巨型圖書館，則搬了四庫全書到天台上去砌了四幅牆，成為一個最具文化氣質的水庫。」《我城》中的電視新聞評述員，在報導儲水的事情後，這樣表示：「他從來不曾見過別的城市發揮過類似的同舟共濟精神，因此很是感動，同時，他忽然對人類、世界，重新充滿信心。」

作家不宜叫空洞的口號，更不應作違心的宣傳，但作家多少總應該對人類有信心。艾略特在《荒原》裏力陳現代人的迷惘空虛，但最後還是表達了一些正面的意念：「奉獻。同情。克己。/ 了解後的和平」。艾略特呼籲世人要如此，才能得救。西西比艾略特樂觀，她認為人類有希望。

西西的《我城》寫的是香港。書中的「肥沙嘴」就是尖沙咀，「動物報」則為馬經報，前者為香港地名，後者為香港特產。「我城」也可指深圳、上海、北京以至世界任何城市。

初稿於 1982 年 11 月，在 2010 年代初修訂

若能心細如髮……

——評倪匡的科幻小說《無名髮》

（一）時速四五〇〇字，不必腹稿

倪匡，又名衛斯理，又名沙翁，等等，在港、台是出名的作家。他名字的背後，有一則則傳奇的故事。這些故事，我主要是從《風過群山》——杜南發與當代名家對話錄[1]一書看來的。倪、杜的對話，是 1981 年 2 月的事。在對話中，倪匡透露，他於 1957 年抵達香港。來港後開始寫作，體裁奇多，速度奇高。他印過一張特大的名片，上書「專寫科學神怪社會倫理文藝愛情科學幻想武俠奇情偵探推理小說散文雜文各種論文電影劇本」，還附了兩行小字「交稿準期，價錢克己」。這張名片派了第三張，「就給一位老先生痛罵了一頓，結果就不敢再派下去了，那位老先生就是徐復觀教授，哈哈。」

倪匡寫作速度之高，「大概在以漢字寫作的人中是數一數二的了」，「目前我一小時可以寫九張五百字的稿紙，而事前是完全沒有腹稿的，只要一打開稿紙就可以寫了。」他小說最多產的時候，共有十二家報紙連載發表他同時寫的十二部小說，武俠、愛情、偵探、科幻都有。在對話錄中，他告訴杜南發：「到目前我已寫了四百多部劇本，其中拍成電影的有三百多部，大概可以列入世界紀錄大全了，哈哈哈！」

寫科幻小說，可能是倪匡的另一項紀錄。從 1963 年第一部科幻小說《妖火》開始[2]，他已寫了數十部。他不但寫得多，而且，可能還是「最早寫科幻小說的中國作家哩，哈哈。」在對話錄中，他特別提到「衛斯理（倪匡）科幻小說全集」第二十七本：《無名髮》。

我對文學的研究，主要在文學批評理論和中國現代文學。香港文學是中國現代文學的一部分，可是注意的人不多，評論的更少。近幾年來，我也從事香港文學的研究，對各種體裁、各種類型的作品，都要多少涉獵一些。香港的科幻小說，以倪匡的作品最多、最暢銷。於是，我像抽樣調查一樣，閱讀了他的《無名髮》，然後寫一個研究報告。我所根據的是香港明窗出版社 1982 年的再版本，下面一切引文及附註的頁數，全部以此版本為依歸。此書「後記」所附日期為 1978 年 6 月 18 日，這可能是成書的日期。全書共 240 頁，不分章節，約有十七萬字。前述倪匡的寫作速度為每小時四千五百字。照此推算，《無名髮》從動筆到脫稿，大概用了接近四十個鐘頭。

(二)《無名髮》的故事情節

《無名髮》的主要人物是：敍述者衛斯理、他的太太白素、他的世姪柏萊、柏萊的朋友辛尼、尼泊爾某族族人巴因。故事是這樣的：衛斯理接到友人利達教授從南美洲寄來一封信，要衛斯理到尼泊爾尋回利達的兒子柏萊。衛馬上到尼泊爾，遇到了柏的朋友辛尼。辛告訴衛：尼國的一名男子巴因，賣給柏、辛一個金屬箱子。一天晚上，無意間，柏和辛枕在金屬箱子上睡着了，二人都做了一個夢，很離奇的夢。柏萊受了夢境的影響，叫辛尼一刀刺入柏的胸膛，柏相信死後會回到老家。

衛斯理的太太白素，在亞洲某地（香港？台北？）接到利達教授的緊急電話。白立刻到南美利達的所在地，衛跟着也去了。衛、白見到了柏萊。原來柏在尼泊爾死去後，魂魄來到了南美黑軍族人聚居地，假一黑軍族人的肉身復活過來。黑軍族因柏的事內部起了紛爭，衛、白、柏三人一起在歷險之後，來到了尼泊爾。

三人在尼泊爾尋找巴因，衛與白終於從巴那裏得到另一個金屬箱子。二人枕着箱子做了（與柏、辛不同的）另一個奇夢。後來，尼泊爾國王召見衛、白，出示又一個金屬箱子，衛、白二人又枕着它做了一個奇夢。這些夢紀錄的是過去發生的一些事。

作者倪匡為這三個夢編號。「第一號夢」是柏萊和辛尼所做，而由辛、柏講出來的。「第二號夢」是尼泊爾國王出示的箱子，是衛、白做的夢。「第三號夢」是衛、白從巴因買得的箱子所做的。

「第一號夢」的內容如下。宇宙中某一星球上，有幾個人在開會。討論的是如何將該星球一群不受歡迎的人，送到一顆「十七級發光星的衛星」去。這群人被遣謫前，頭髮的功能被廢掉。被遣謫的原因是：這群人有極強烈的罪惡因素，不適合在該星球生活。會議主持人和其他與會者，決定了遣謫的行動後，還計劃訓練幾個人，派到「十七級發光星的衛星」去拯救那群人，看看那群人中有哪些可以重回老家。「第一號夢」有兩部分。以上是柏萊和辛尼共同做的部分。另一部分是柏萊一個人做的：某星球上的四個人，大概在那次會議之後，分別說明將採用什麼方法，來使被遣謫的人，有資格重回老家。柏萊把這四個人稱為 A、B、C、D。

「第二號夢」的內容如下。A、B、C、D 四個人從「十七級發光星的衛星」回來，他們四人，加上 C 的父親，以及領導人（即「第一號夢」的會議主持人），舉行另一次會議。A、B、C、D 四人異口同聲指出，被遣謫的人，在該衛星上，非常醜惡，他們「虛偽、欺詐、貪婪、妒嫉、兇狠、殘酷、自私、橫蠻……」。A 認為應該將該衛星完全毀滅。B 則認為：「總還是有少數人是好的，雖然是極少數，叫他們也一起遭毀滅，未免太不公平了。」B 還建議在距離該衛星某適當地點，「作一個大型的接引裝置。當他們的肉體功能喪失之後．他們的思想電波束，可以供我們作檢查，是合乎回來資格的，就可以接引回來。」

《無名髮》的故事，至此還沒有説完。我且先做一番解説和評論。

（三）天外來客・頭髮功能

原來那群被遣謫的人，就是地球上人類的祖先。他們被逐到地球（「十七級發光星的衛星」）時；由於頭髮喪失了功能，和白癡差不多。以後智力逐漸有進步，乃有文化。但地球上的人惡性不改，乃需救贖。A、B、C、D 四人是救贖者，分別是穆罕默德、釋迦牟尼、耶穌和老子，是世界四個重要宗教創始人或思想家。他們四個人的身份，作者在小説中有或明或暗的提示（但沒有直接了當指出來）。他們先後來到地球，幾乎無功而回。

外星人曾來訪地球之說，在半科學界和科幻界，近十多年來甚囂塵上。1968年，鄧尼肯的《諸神的戰車？》（中譯又作《天外來客》，英譯為 *Chariots of the Gods*？）[3] 一書，舉出古代的大量證據，如巨型「跑道」、巨型「導航標誌」、仿如從中東上空俯視地球而繪成的地圖、仿如現代太空人的人物繪像，等等，來支持作者的天外訪客給地球帶來文明之說。此書風行世界各地，為作者賺得大筆財富。鄧尼肯再接再厲，又寫了好幾本同類的書。其中一本說，宇宙中某一有高度文化的星球，經過一場大戰後，敗方逃到了地球，潛伏在地下，以防勝方乘勝追擊時發現。鄧尼肯《諸神的戰車？》一書，惹起了若干攻擊。攻擊者認為鄧氏引證失當，不足以支持天外來客之說。論者以為鄧尼肯的說法，充其量只是半科學而已，至於星球大戰云云，愈說愈戲劇性，和科幻小說庶幾近之。

說到科幻，則近幾年來的電影如《第三類接觸》和《ET》，把外星人來訪地球之事，描寫得不但繪聲繪影，且親切動人。比這些電影更早的，有美國數十年前的電台廣播劇《火星人來襲地球記》。該劇播出時，不少美國人不知就裏，以為真的大禍臨頭，簡直被嚇得半死。

天外來客說，至今仍然停留在半科學和科幻的階段。不過，宇宙那麼大，自然環境和地球相近的星球，以或然率計算，一定有很多。這些星球不但可以孕育出高等動物和文化，其文化且可能勝過地球的。這些星球的「人」，從前來訪過地球，或者將來會訪問地球，不是不可能的事。美國康奈爾大學的薩岡（Carl Sargan）教授，在其電視製作《宇宙奇觀》中，即認為有此可能。

倪匡《無名髮》的天外來客說，雖然不新鮮，把世界重要宗教創始人或思想家，描寫為負有偉大使命的天外來客，就我所知，卻無疑是一新創。[4] 而這正是小說家想像力豐富的表現。作者想像力的另一個表現，是他對頭髮的解釋。人類始祖被遣謫到地球之前，頭髮是大有功能的：它「原來是思想電波束的通路」，「可以像手指一樣靈活運用」，後來功能被廢掉了。小說中，衛斯理多次表示懷疑人類頭髮的功用。用來保護頭部的嗎？人的頭骨厚近一英吋！「頭髮長在頭殼之上，有什麼屁功能？任何人將頭髮剃得精光或是將頭髮留得三尺長，對這個人的生活都不會有任何影響，頭髮有什麼用？」倪匡在與杜南發的對話中，也提到頭髮的功能問題：「說是美觀，那根本是觀念問題，並不是頭髮本身的作用和功能。」

倪匡以為頭髮曾經是思想電波的通道，可以靈活運用如手指，這個匪夷所思的想像，值得喝彩。然而，他說美觀不是頭髮的功能，我卻不能苟同。中國古代的女子，喜梳高髻、偏髻、雙髻、倭墮髻等各種髮型，當然也有「髮長委地」（見《虬髯客傳》）的時候。現代婦女，則有雀巢裝、亞米茄裝、夏萍裝，以至爆炸裝等等款式，當然也有長髮披肩的。外國的女子，無論古今，一樣在髮型上花心思。中外的男子，於美髮上花的時間較少，卻也非漠不關心的。人的身體四肢，雖然可以穿戴種種服飾，卻不能把身體四肢創造出種種形狀，可以者，唯頭髮而已。香港人一踏進髮型屋，一擲數百金，謂「做頭髮」去也；卻未聞有四肢屋，可供人「做手腳」者。三千髮絲，其煩惱者在此，其可愛者、美觀者也在此。倪匡只想像到頭髮的科學功能，卻觀察不到它的美學價值，使人不能無憾。

（四）使人不能無憾

使人不能無憾的地方還有很多。《無名髮》情節曲折，一波未停一波又起，作者講故事的本領，固然非常了得。一般讀者，跟着主角衛斯理從尼泊爾到南美洲，眼看他憑着佔士邦式的西方現代本領，加上中國的傳統武術，履險如夷，把故事一直「追」下去，當會感到刺激和滿足。然而，如果讀者不只「追」故事，還進一步「追究」故事之所以然，就不能無憾。例如，「第三號夢」

説 B（即釋迦牟尼）把一樣東西帶到地球，放在一個荒僻的地方，希望若干年後，有人發現這個東西，知道被逐的真相。根據我的理解，這樣東西，就是藏在尼泊爾首都加德滿都附近荒郊地下石室的三個金屬箱子，是小説人物覺得神祕莫測、甚至你爭我奪的東西——有點像武俠小説中常見的寶劍或祕笈之類物件。佛祖和其他三人，以救世人於罪惡為懷，為什麼不廣傳這救世的福音，而要把與福音有關的事物，收藏得神兮祕兮呢？作者為了使讀者有情節可追，致使作品無情理可言，其間的得失，是顯而易見的。

在同一個夢中，B 表示要安排地球上的一個人回來，好讓 A、B 等人對地球那邊的人，作一個觀察。這番話是小説的一個伏線，主角衛斯理最後得以靈、肉分開，「神」遊天堂（天堂指該星球，遊天堂乃小説結尾的主要情節，是高潮所在），即基於此。然而，看到這裏，細心的讀者不禁會問：A、B、C、D 等那個星球的人，既然有高度的科技和智慧，且 A、B、C、D 四人又曾經到過地球，對地球的人，豈非已瞭若指掌了嗎？何以還要安排一個地球人來此，以供觀察？

其他令人不解的地方，包括：尼泊爾國王在知道巴因及其族人的真相前，為什麼竟然毀掉了石室中那奇形怪狀的東西？　A、B、C、D 所在的星球，人的靈魂不滅，但肉體則腐朽。他們製造了新肉體，當老朽的肉體不能再用時，就選用新造的肉體，以替換舊的，開始新的生命。後來那批被製造出來的肉體，「由於某種不可知的因素，他們的思想，竟然和進化的程式脱了節，他們變成了［…］罪人」。經過一場動亂，這批約有一百萬之數的罪人，被剝奪了智力，然後被送到地球上去了。細心的讀者至此會問：被製造出來的肉體變成罪人之後，原有星球上的人，怎樣延續生命呢？顯然，作者並沒有交代。當然，讀者也很想知道那「不可知的因素」到底是什麼。

小説人物所用的語言，有時也使讀者感到困惑。有科幻小説鼻祖之稱的威恩（Jules Verne），其名著《八十日環遊世界》中的英國紳士，經過的地方、接觸的人物雖然很多，但大致上在那些地方，如加爾各答、新加坡、香港等，英語可通行無阻，語言不成問題。《無名髮》則不同。讀者雖然知道衛斯理懂得多種語言，他在南美洲與祁高中尉對談時，説的是什麼話呢？倪匡的科幻小説，我只看過《無名髮》和《天人》。不像很多以未來為背景的西方科幻小説，倪匡這兩本故事都發生在現在。既是現在，還沒有高能翻譯電腦之類機器的幫助，操不同語言的人，怎樣溝通呢？作者應該有所交代，以取信於讀者，俾能於幻想之中，給人科學那種真實的感覺，這樣才符合科幻小說的條件。

衛斯理這個人物的塑造，書前和書後，也稍欠統一。小說前半部的衛斯理，不但集佔士邦本領與中國武術於一身，且聰明過人、學識淵博。「我對於聚居於喜馬拉雅山下的尼泊爾民族，多少有點研究。」「我對印地安人的鼓語也略有研究，一聽那種鼓聲，就可以知道那是一個印第安部落，正在［…］」「我當然知道亨爵士探險團的事。亨爵士是偉大的英國探險家，［…］」然而，在小說的後半部，他要太太白素提示，才記起《聖經》中大力士參孫及其頭髮的故事。今年 8 月中，在一次討論會上，有人問倪匡：在他的科幻小說中，何以常有人物在開頭時出現，後來不見了，而作者並無交代。倪匡答道：「我忘記了，哈哈哈！」[5] 我覺得《無名髮》並沒有這個人物見首不見尾的問題，但作者在人物塑造上，我認為應力求統一。

我涉獵過的科幻小說甚少。就我讀過的如阿西莫夫的一些短篇，張系國的《星雲組曲》，這些可名之為「主題為本」的科幻小說，其情節只居次要地位。倪匡的《無名髮》和《天人》，則可稱為「情節為本」的科幻，其主題只居次位。即使以情節為本，倪匡在《無名髮》中，對情節（故事事件的連結及其因果關係）的處理，仍有不少漏洞。這些上文已指出過了。

我絕不懷疑作者敏捷的才思，但下筆太快，自然易出紕漏。也正因為下筆太快，文學藝術的精細處，如凝練而別具一格的文字、妥貼新穎的比喻、含義豐富的象徵、刻意營造的氣氛……[6]在《無名髮》中，就更付諸闕如了。就敘事技巧而言，作者但求清楚地交代故事，製造懸疑的、一波未停一波又起的曲折情節，如此而已。作者的目標相當單純，連異國情調的渲染，也無暇兼顧。《無名髮》實在沒有讓讀者看到尼泊爾這個地方的特有氣氛。[7]尼泊爾一年分為熱（4 至 6 月）、雨（7 至 10 月）、冷（11 至次年 3 月）三季。衛斯理在尼泊爾的活動，以我推算，主要應當在冷季。衛在南美洲時，則應在盛暑。倪匡在《無名髮》中慨歎地球氣候變化極大，絕不像 A、B、C、D 所在的「天堂」那樣溫和宜人。可是，他沒有以尼泊爾和南美的氣候大做文章，以加強說服力，誠然十分可惜。

（五）人類罪惡問題

《無名髮》雖以情節為本，主題卻也有一席地位。倪匡通過書中三個夢，以及最後衛斯理在「天堂」與 A、B、C、D 面對面的談話，嘗試探討人的罪惡問題：地球上人的罪惡，是被製造出來的，是與生俱來的。至於怎樣消滅這罪惡呢？乾脆把人類消滅算了，還是對罪惡加以審判呢？[8] 作者並沒有提供答案。

這本娛樂性濃厚的科幻小說，因為有此罪惡的思想課題，而變得頗為嚴肅起來。可是，作者下筆時，主要的力量放在情節上面，對罪惡這主題沒有透徹的發揮。就此而言，《無名髮》遠遠不能與陀斯妥耶夫斯基的《卡拉馬佐夫的兄弟們》、戈爾丁的《蒼蠅王》、張愛玲的《金鎖記》、吳組緗的《官官的補品》等相提並論。《無名髮》中，某些尼泊爾、印度，以至英國人都貪錢，柏萊曾一度變得兇殘邪惡，我們從這些片段看到人類或大或小的醜惡面貌。然而，作者並沒有着力描寫驚心動魄的罪惡場面，以震撼讀者。與此相反，作者卻寫出了友情和愛情的可貴。衛斯理接到友人利達教授的一封信，就為他赴湯蹈火，尋找其子柏萊。衛妻白素也如此，一接到利達的電話，即赴南美相助。這是友情，是人性中之美善。衛斯理「神」遊天堂，在那裏只逗留了一小時，地球上卻已過了六年。在這六年中，美麗的白素日夕在石室中苦候，這簡直有石爛海枯的堅貞，是人類的偉大愛情之一，是人性中又一美好的品質。此外，我們看到祁高中尉忠厚、樂於助人。作者意欲描寫罪惡，實際表現的卻有很多善良的人和事，真是一大反諷了。

作者處理罪惡不力，缺乏震撼性。書中倒有一二片段，動人以情，引人深思。衛斯理的靈魂到了仿如天堂的外星後，B 問他：「你還想回去麼？」他答道：「我一定要回去！你們不明白，我是地球上的人！在地球出生，在地球長大，和地球有千絲萬縷的關係！」這句話，在我看來，一方面表達了人對所居地的歸屬感，以及「人情同於懷土兮」的思緒；一方面似乎也暗示，地球雖非至善之境，卻仍然是人類以後生命之所寄。我對人性的看法是這樣的：孟子的性善說和基督教的原罪說並無衝突，因為人性中有善惡二端。文明的社會，通過教育、法律、宗教等，幫助人發揚性情中善的一面，壓抑惡的一面；這樣，人類就有進步了。萬惡的人，固然可怕；至善的人，也有點不可思議。聖雄甘地，據說有好些性格上的弱點。人就是善惡兼具的複雜動物。

以上我對《無名髮》的評論，乃從比較嚴肅的觀點出發。對一本作者速寫、以供讀者速閱的書，這樣做似乎有點像緣木求魚。不過，我總覺得，想像豐富、才思敏捷的作者，如果不以時速四千五百字、不以下筆前並無腹稿等異稟為滿足，而用心一點，細細構思情節、塑造人物、經營文字，則必然有一番多產以外、娛樂以外的可觀成就。[9] 頭髮的功能，《無名髮》中的衛斯理歷了險之後，終於明白過來。對於我，它引起這樣的聯想：藝術家對作品所用的心，苟能如髮之細之密，再加上其他的種種條件，才可望邁向既偉且大的境界。[10]

註釋

1 杜南發著，台北遠景出版事業公司 1982 年初版。杜與倪對談部分，在 101-116 頁；杜另有《在神祕的中間地帶》一文（117-120 頁），指出倪匡科幻小說的魅力所在。

2 據沈西城的《細看衛斯理科幻小說》（香港，天聲出版社，1983）21 頁所說，倪匡非嚴格意義的第一本科幻小說是《鑽石花》。

3 我根據的是 Michael Heron 的英譯本，此書於 1971 年發行，兩年間在美國和加拿大印了 21 版。

4 杜南發在其書 119 頁說：「絕對承認外星人的存在，是倪匡獨力建構的科幻世界所表現的重要主題之一」。

5 沈西城在《細看》一書中，也說「倪匡寫小說，有時很大意」，並舉出了兩個實例以支持其論點。

6 這些是所謂高雅文學的特徵。我反對簡單膚淺的高雅、通俗二分法，認為最好是「少貼標籤，多論作品」。不過，高雅和通俗文學，一般而言是有若干分別的。請參看本書《香港文學研究》一文。

7 香港作家西西的小說《哨鹿》（香港，素葉，1982），寫法就很不相同。西西着意描寫乾隆皇的宮殿，使讀者覺得彷佛到了古代的一個世界。

8 沈西城在《細看》的序中說：「倪匡的科幻小說，[⋯] 往往涉及人性，他的人性醜惡論，在我們這班朋友當中，往往成為談論的對象。」沈氏在其書 42 頁中說，他在報刊上曾評介過《無名髮》等倪匡科幻小說。沈氏並沒有註明發表資料，我無法找來一讀。《文藝季刊》的科幻作品專輯付印在即，我在時間上不可能輾轉查詢沈氏有關資料。《細看》一書並沒有討論《無名髮》。

9 《細看》112 頁：「倪匡不大喜歡改寫作品，他不像金庸，喜歡改改寫寫，要他像金庸那樣，把所有作品從頭修改一遍，倒不如叫他創作新的小說。」《無名髮》一書，除了我在上文指出的種種外，還有文字問題。它頗有一些句子，需要錘煉。

10 在當代小說家中，白先勇慢工出細貨，其《冬夜》《梁父吟》《遊園驚夢》等篇，藝術精湛，極可細玩。

完稿於 1983 年 11 月 9 日

後記

此文發表後，我影印了一份寄給四川作家流沙河先生。他既是詩人，也是四川省 UFO（不明飛行物體）研究會會員。看完拙作後，他來信談到頭髮與靈魂的關係，還寫了一篇題為《瞎編故事》的隨筆，登在四川的《現代作家》1984 年 7 月號上。下面所錄，是這篇隨筆的片段。他的補充，使讀者得益不淺。

《無名髮》的外星人用頭髮互相交流思想。頭髮在彼等乃是「思想電波束的通路」，這個奇想也許來自埃及。古埃及人相信人的靈魂藏在頭髮內。古羅馬人也有這類迷信。不是說凱撒大帝死了，他的靈魂升天，變成彗星了嗎，而彗星的英文是 comet，源出於希臘文「頭髮」一詞。希臘的彗星就是「頭髮星」。古羅馬作家奧維德在其《變形記》中寫道：「維納斯女神從天空降落在議院的人群中，沒人看得見她。她從凱撒的體內釋放出靈魂來。為了不讓這個靈魂逸散，她攜帶它升向星空。當其上升之際，維納斯女神察覺她所攜帶的這個靈魂變為神物而燃燒起來。她便讓其逃逸。於是這個靈魂升高，超過月亮，化為亮星一顆，亮星後面拖着一叢火焰般的頭髮在遼闊的天空裏。」

可驚的是中國古代也有這類迷信。古人相信，誰的一縷頭髮被雀鳥銜去了，誰就會夢見自己飛上天。此話出自一本圓夢書，載在北宋初期的《太平御覽》。原文簡潔優美如詩：「鳥銜髮，夢飛。」

先民樸素唯物，認為精神（靈魂）只能附在

物質（肉體）上面。親人死去多年，還頻頻入夢來，足證靈魂尚在。在哪里呢？在死者的肉體上面附着。掘墳一看，肌肉內臟皆已不存，骨骼雖在，但已枯朽，顯然也不適合靈魂居住。唯有頭髮不朽不壞，倒很適合靈魂幽棲。迷信就這樣產生了。

從小說到電影：劉以鬯的《酒徒》面目一新？

我認識劉以鬯先生約三十年，他向來不飲酒的。不飲酒的小說家寫《酒徒》，此書且成為他的代表作，1999 年獲《亞洲周刊》選為「百年百強」小說中之一強。醉翁之意不在酒，不飲酒則不醉之翁，其意更不在酒。劉公今年 93 高齡了，《酒徒》寫於 1962－63 年間，那時 45 歲，在香港生活了十餘年，報界、文壇的閱歷頗豐，感慨良深，乃有《酒徒》這部「發憤」之作。如今小說已改編製作成電影，快要公映了。在寄以厚望之際，我大為好奇，劉先生筆下的酒徒，將以什麼面目出現。

酒、色、財、氣。酒徒喜歡美麗的女性，書中有舞女楊霞，有張麗麗，有女房東，還有十七歲的司馬莉。酒徒周旋於女性之中，勞倫斯的查泰萊夫人、納布可夫的羅麗泰，在小說中隱隱約約出現。電影拍成後要放映，要有觀眾，不能不適量地「會俗」（借用劉勰《文心雕龍》説法，即適合一般觀眾），然則情色性愛這些，是電影《酒徒》可有且應有的內容。據説演員中有溫碧霞，就是 1982 年電影《靚妹仔》那位豔麗女星。當年她 16 歲，如果那時由她來演《酒徒》中的司馬莉，真是一時之選。不知道在電影《酒徒》中，導演黃國兆讓她扮演哪個角色。

性與暴力，是商業電影的主要元素。我相信電影《酒徒》不會強調商業性，但也不能完全沒有；因為電影不能完全不賣座，況且《酒徒》原來就有色，而色，人之性也。

電影《酒徒》還有什麼？社會有貧有富，有人借錢有人發財。為錢為財的人際關係，以至報界與文壇形形式式的其他人和事，都應該有，因為小説本來就有。怎樣呈現呢？原著中的香港社會，時維 1950 年代末、1960 年代初。即將公映的這部電影以那個時代為背景，搭個佈景，把古董式的報館排字房拍出來？還有，把當年的舞廳，包括今天的 80 後、90 後未見識過的「手指舞廳」，也拍出來？導演成為神偷，偷回半世紀前那段歲月，而為懷舊電影加添色相？

主角酒徒醉心於前衛文學（現代主義文學、先鋒文學），為了生活，逼不得已撰寫武俠小説，邊寫邊罵這種神怪物語，且不斷自責。電影《酒徒》也大罵武俠小說？去年梁羽生辭世，香港的文學雜誌紛紛推出紀念專輯，前此還有把榮譽博士學位頒給「生公」的活動，有為他舉辦過學術研討會。另一位香港武俠小說名家金庸，更是金光璀璨，毋庸細細描述。只例外地說一樁：有人建議在西九文化中心設立一個金庸文學館。電影《酒徒》如果忠於原著而大罵武俠小說，那末，黃導演不怕擔起「文化不正確」的罪名？這裏 cultural incorrectness 是我自鑄的新詞，靈感來自「政治不正確」。

電影《酒徒》忠於原著，或不忠於原著？——這正是問題。沉吟於“to be or not to be”的莎劇《漢穆萊特》(*Hamlet*)，從劇本到電影，一般只有長度等於原著或短於原著的問題，只有刪削哪些對白、哪些次要人物和情節的問題。《酒徒》從原著到電影，導演怎樣忠或不忠？《酒徒》有中文第一本意識流小說之譽。意識流「忠實」地反映人的內心；電影如何「忠實」地反映意識流？劉公的比喻式、通感式佳句如「酒變成一種護照，常常帶我去到另外一個世界」「生鏽的感情又逢落雨天，思想在煙圈裏捉迷藏。推開窗，雨滴在窗外的樹枝上霎眼」，黃國兆這位導演，能精忠報「公」嗎？「生鏽的感情」是《酒徒》開篇的文字。

我多年前說過，《酒徒》是本「文人小說」，我援用的是夏志清教授的 scholar-novel 一詞。夏公此詞指的是內容廣涉學問、知識的小說，如《鏡花緣》。劉公的《酒徒》處處是作家、作品的名字，主角是個小說家兼批評家，他怒斥過香港赴外地開會的筆會會員，連喬艾斯是誰也不知道。看官，酒徒這樣說：

> 湯瑪斯曼的《魔山》，喬也斯的《優力栖斯》與普魯斯特的《追憶逝水年華》是現代文學的三寶。此外格雷夫斯的《我，克勞迪亞》；卡夫卡的《審判》；加謬的《黑死病》；福斯特的《往印度》；沙特的《自由之路》；福克納的《喧囂與騷動》；服勤尼亞吳爾芙的《浪》；巴斯特納克的《最後夏天》；海明威的《再會罷，武器》與《老人與海》；費滋哲羅的《大亨小傳》；帕索斯的《美國》；莫拉維亞的《羅馬一婦人》，以及芥川竜之介的短篇等等，都是每一個愛好文學的人必讀的作品。

下面這一大段，更是作者藉酒徒之口發表的劉以鬯文學宣言，要經緯文學的區宇的（「經緯區宇」語見《文心雕龍．原道》），半世紀之後基本上仍然擲地有聲：

> 首先，必須指出表現錯綜複雜的現代社會應該用新技巧；其次，有系統地譯介近代域外優秀作品，使有心從事文藝工作者得以洞曉世界文學的趨勢；第三，主張作家探求內在真實並描繪「自

我」與客觀世界的鬥爭；第四，鼓勵任何具有獨創性的、摒棄傳統文體的、打破傳統規則的新銳作品出現；第五，吸收傳統的精髓，然後跳出傳統；第六，在「取人之長」的原則下，接受消化域外文學的果實，然後建立合乎現代要求而能保持民族作風與民族氣派的新文學。

台灣有酒黨，黨魁是曾永義教授。酒黨以「酒品中正」——酒仙、酒聖、酒賢、酒霸、酒俠、酒棍、酒丐、酒鬼、酒徒，來鑑定黨徒「黨倫」高下。曾永義指出：酒後能保持飄逸絕倫者為酒仙；酒後猶能通達無礙者為酒聖；不以飲酒害事者為酒賢；豪情萬丈、以力服人者視為酒霸；有扶持弱者義氣者為酒俠；想法設方使人飲而自己不飲者為酒棍；吝嗇又好向人求酒者為酒丐；每喝必醉，醉後如行屍走肉者為酒鬼。其中酒棍、酒丐、酒鬼在酒黨中都被視為可議之徒。

劉公的酒徒並非「酒品中正」中的「酒徒」。該怎樣為主角定品定位？電影《酒徒》怎樣定位定性？電影總不能忠實地由主角或他角宣讀「劉以鬯文學宣言」吧？然而，如果不幸地，電影的重心在酒在色在財，而不在文學的正氣，則《酒徒》中原本如賢如俠的「酒徒」，就很可能成為第九品的酒徒了。長篇小說拍成電影而極忠於原著的，難；意識流動且議論滔滔的長篇小說如《酒徒》，拍成電影而極忠於原著的，更難。十多年前錢鍾書看過《圍城》電視劇後，表示讚賞，我想一大原因是它忠於小說原著。草此文時，我人在宜蘭。台灣著名鄉土小說家黃春明是宜蘭人，由短篇小說到短篇電影的《蘋果的滋味》《兒子的大玩偶》，可說都忠於原著。行將公映的《酒徒》呢？我正等待觀看這部製作的表現。我想或有可能「面目全非」；如果是「面目一新」，希望新得劉公和他的讀者都滿意。

寫於 2011 年夏

附錄

對黃維樑《香港文學初探》等著作的評論

(一) 對《香港文學初探》(1985年5月出版)的評論(摘錄)

1. 這本書肯定是香港文學史上的重要文獻。讀者可感受到作者對香港文學殷切的期望,深厚的喜愛。(葉堤:《明報》1985.5.9)

2. 平易近人,如促膝談心似地把自己的觀點娓娓道來。(斯人:《新晚報》1985.5.9)

3. 作者主張多論作品,少貼標籤,要以廣闊胸襟來界定香港作家,我認為這是積極的態度。作者論詩,入手靈活,出評精彩。(海暘:《文匯報》1985.5.10)

4. 這書對「香港文學」的研究,無疑已做到了「篳路襤褸,以啟山林」的效果。(克亮:《明報周刊》1985.5.19)

5. 讀此書,有助於我們消除對香港文化的一些誤解。(戴木勝:《深圳特區報》1985.10.24)

6. 作者說，若非為了香港文學的發展和繁榮，他盡可不必去搞這吃力不討好的苦差事。皇天不負苦心人，《初探》一出版，即獲喝彩。（潘真：廣東《華文文學》1986 年第 1 期）

7.《香港文學初探》最近由北京友誼出版公司出版，這對香港來說是大大好事，因為這本書十分真實地反映了香港文學的面貌，徹底否定了「香港是文化沙漠」的說法。（倪匡：《明報》.1988.4.18）

8. 本書材料豐富，目標明確，論點詳明，態度嚴肅。其中「香港文學研究」一文尤具指導意義，可作日後編寫香港文學史的參考。黃維樑正視通俗文學的態度是值得認同的。（黃坤堯：《東方日報》1988.4.25）

（二）黃維樑《香港文學初探》出版二十周年筆談

以下為《香江文壇》雙月刊 2005 年 12 月出版那期的一個專輯，共有如下八篇文章，括號內是作者名字。篇目之後，是八篇中的第三篇（節錄）和第五篇。

1.「第一擊」的得失都可貴（梅子）

2. 八十年代的草圖：讀《香港文學初探》（黃坤堯）

3. 一樑九頂，一唱三歎：再讀黃維樑的《香港文學

初探》（喻大翔）

4.1985：香港文學的春天——兼談《香港文學初探》出版 20 年（許翼心）

5. 開拓香港文學研究新局面：簡論黃維樑的《香港文學初探》（古遠清）

6. 香港文學研究的指路圖：讀《香港文學初探》（王劍叢）

7.《香港文學初探》與香港文化（柳泳夏）

一樑九頂，一唱三歎：再讀黃維樑的《香港文學初探》（節錄）

喻大翔

維樑先生作為一個學貫中西的學者，一個「香港文學」範疇的建立者，在《香港文學初探》（當然還有《再探》和「三探」）裏，我以為有三點經驗最值得吸取：

一是，他和余光中先生一樣，堅決「反對文學藝術上的教條主義」（《初探》第 282 頁），對一切文學現象的觀察與評介，避免片面和武斷。他在《期待文學強人．後記》中說：

> 文學評論通常有褒有貶。我向來勉勵自己，

> 要儘量做到劉勰說的「平理若衡，照辭如鏡」，也就是說要符合「批評公正」的原則（我杜撰了critical justice一詞，是從poetic justice而來的）。儘管有文友說我「樂道人善」——樂於讚揚別人的優點，尤其是當代同行文友的表現——我一向要求自己對人的讚揚是恰如其分的、是妥當的。另一方面，我「也道人惡」時，同樣要求自己不過分、不意氣。善固要揚，惡也不能隱，而揚隱都要得其道。

對一個國家、一個地區的總體文學歷史的評論，將內心的「真」與客觀的「真」如鏡如衡起來，是最重要也是最難的，維樑先生做到了。

《初探》裏，他對金庸、劉以鬯、余光中、董橋、梁錫華、黃國彬、胡菊人、小思、梁秉鈞、蔣芸、西西、倪匡、戴天、陳德錦、陳浩泉、鄭鏡明、羈魂、古蒼梧等作家及其作品進行了毫不吝嗇的褒獎。但對司馬長風《中國新文學史》的標準錯亂、文理不通、行文草率，對新詩寫作中「破壞詩學的名譽，損害新詩的尊嚴」，「到處橫行」的「桀驁不馴的搗亂分子」，維樑先生則極其嚴肅地「要來一番『道德重整』」。在《略評司馬長風《中國新文學史》》的「附記」中，維樑先生說出了他的用心：「為了維護學術的尊嚴」，他發現的文學謬誤，無論創作還是評論，是一定要指出來的。不過我們發現，那篇批評發表時，司馬長風還活着；司馬長風不幸走了，維樑先生立馬又寫了《寫在司馬長風去世之後》，對司馬先生的遭際「感然感動」，對司馬先生的文學貢獻進行了恰當褒評，這是一種最令人感懷的文道。

正是不教條、沒成見、無偏見，維樑先生力破「沙漠論」，對香港自二十世紀六十年代興起的大眾文化、「通俗」文學思潮，進行了逆潮流而動式的讚揚。他認為「縱使文學有通俗和高雅之分，二者的區別不是絕對，而只是相對的。此外，我認為所謂『通俗』的文學，也是文學。」（《初探》第 12 頁）他因此判斷「框框雜文」漸成香港文學的重鎮；流行歌曲的歌詞也有很好的詩意；言情小說不能以意識形態正確與否就隨便否定掉了；至於金庸的武俠小說，他石破天驚地宣告「實在有高度的文學成就」（《初探》第 7 頁）。時在 1983 年，這至少是金學興起的先聲之一吧。

二是，他的文學知識非常豐富，採用的批評方法靈活多變。由於他留學的經歷，也由於他閱讀、批評和創作的經驗，還由於他在比較文學、「龍學」等領域的專家身份，面對一個批評現象或對象，維樑先生能縱橫古今中外，將道理講得合理而通透。《通論》中《香港文學研究》第五節談《「通俗」與「非通俗」文學的分別》，中國涉及到《詩經》《西遊記》《水滸傳》、張恨水的《啼笑因緣》和鴛鴦蝴蝶派、瓊瑤和她的小說、劉以鬯、西西、小思、黃國彬、饒宗頤、蘇文擢、羅忼烈、望雲（曾敏之）、陳耀南及其作品等；外國有莎士比亞、狄更斯及其作品等；理論方面涉及的人物與言論，中國有金聖歎、夏志清、劉若愚、張愛玲、白先勇、孫述宇、李昂、梁秉鈞等；外國有艾略特、余國藩和林培瑞等，他都信手拈來，為觀點的建立做了堅實的基礎。

維樑先生對詩歌、散文、小說與戲劇四種文學體裁的評說，真乃頭頭是道，很少有知識上的破綻或外行話，這不僅因為他握着文學理論上的庖丁之刀，還因為他針對批評對象所使用的方法靈活得當。文化學的、政治學的、地理學的、統計學的、美學的、語言學的、新聞學的、歷史學的、比較文學的種種方法，他無不嫻熟自得。

三是，維樑先生的文學創作在香港不能說是頂好的，但他學者兼作家的才能，在文學評論中得到了高水準的發揮。他曾說他的學術文章「往往身兼批評與抒情二任，難免會較為感性地談文而且談人」，而不管怎麼寫，「艱難晦澀的理論包裝，是我極力避免且抗拒的。」（《期待文學強人．後記》）他一直是這麼追求的，也一直是這麼做的。《初探》的行文，有概論也有個論，有綜述也有細節，但維樑先生總能説得楚楚動人且服人，這是將理性與感性相結合的批評典範。像對余光中《催魂鈴》、對董橋《藏書家的心事》、對梁錫華《有餘篇》等散文的修辭學的發現與挖掘，足可證明。維樑先生的論説生動好讀，不僅是他繼承了現代作家型學者的傳統，更是他食古、食西、食理、食作品而能化之的自信表現。

一唱而能三歎者，中氣足足也。

2005 年 11 月初寫於上海步桐齋壇

作者為同濟大學中文系教授、世界華文文學研究所所長

開拓香港文學研究新局面：簡論黃維樑的《香港文學初探》

古遠清

《香港文學初探》，是香港當代文學史上最早的一本以香港文學為評論對象的專著。它的結集出版，宣告了一位名副其實的香港本土文學評論家的崛起，這裏説的「香港本土文學評論家」，是指長期生活在香港，以香港本地（而非以籍貫為標準）文學作品為評論對象的評

論家。在黃維樑之前，也有不少人寫過香港作家作品評論，但大都顯得零碎，出集子時都沒集中在香港本地文學的評論上。這些客串的文學評論家，或對香港文學表示過巨大的熱情，但未能持之以恆，或對香港文學的概念和香港作家的定義缺乏認真的探討，或不十分情願把自己的主要精力放在香港文學研究上。在《香港文學初探》問世以前，很少有人像黃維樑這樣自覺追蹤香港文學的發展態勢，把自己的評論包羅小説、散文、新詩乃至文學評論領域，有意識對香港文學作全方位的研討。

《香港文學初探》最值得重視的是第一輯《通論》部分。它顯示了作者有容乃大、兼收並蓄的寬闊文藝胸懷。長期以來，人們對香港文學缺乏共識：到底是專指嚴肅文學，還是既指嚴肅文學，又包括通俗文學？黃維樑本身主要是從事嚴肅文學評論與研究的，搞創作也以嚴肅文學為主，但他並沒有因此輕視通俗文學，把武俠小説、流行愛情小説排除在香港文學大門之外。他認為雅俗應互相取長補短而不是互相拆台，互相學習而不是互相排斥，香港文學發展的道路才能愈走愈寬，而不是愈走愈窄。在各種文體批評中，黃維樑最擅長的應是詩論。但在《香港文學初探》中，有特色的文體是第五輯《文學批評論》。這是鮮有人注意的領域。在這部首次較為系統研究香港文學的著作中，作者中肯地評論了胡菊人

《文學的視野》、余光中《分水嶺上》的文學批評成就。對內地學者評價較高的司馬長風的《中國新文學史》，黃維樑不僅取存疑態度，而且獨具慧眼指出司馬長風成書倉促，治學態度不嚴謹，前言不對後語之處頗多，對郁達夫的《沉倫》的讚美不倫不類的毛病。這些批評不是出自文人相輕，更不是惡意攻忤，而是建立在實事求是的基礎上。

黃維樑的香港文學批評方法多種多樣。他評余光中的散文《催魂鈴》及倪匡的小説《無名髮》，便精分細析，非常詳盡。他還在許多地方用了廣泛聯繫、縱橫比較的方法。如評余光中的《苦熱》時和唐朝王維的同題詩《苦熱》對比。評黃國彬的愛情詩，不僅用杜甫的《月夜》、李商隱的《夜雨寄北》作比，突出《翡冷翠的寒夜》中所表現的夫妻恩愛之情，篤厚而溫馨，還用余光中的《等你，在雨中》和《杏燈書》的不同，去説明黃國彬詩意中婚前戀與婚後情之分。至於莎士比亞與艾略特等世界名家，更是他評論香港文學作品時經常選用的中外比較對象。

在《香港文學初探》中，黃維樑有力在地批駁了香港是文化沙漠、香港沒有文學的論調。這是大家都贊同的。但認為香港不僅有文學，而且「相當繁榮」，有許多人就不贊成。其實，就香港這塊彈丸之地來説，能出現像劉以鬯這類嚴肅文學的彩筆雅筆，像梁錫華這類框框雜文的快筆健筆，像梁羽生、亦舒這類武俠、科幻、愛情小説的奇筆幻筆，確實是不簡單的事。可以説內地眾多城市乃至某些省區，在文學的多元化和豐富多彩方面，都難與香港並肩。當然，繁榮不等於沒有問題。相反，有些問題還很嚴重，如嚴肅文學陷入困境，文學批評空氣薄弱，就是香港文學繁榮氣象後面所隱伏的危機。不過，這個危機應該説是帶着普遍性的：不僅台灣、澳門存在，而且在內地乃至整個華文文壇都存在着嚴肅文學生存空間越來越小的問題。黃維樑不是沒有看到這一點，而是他為了駁斥香港沒有文學的謬論，而着重強調香港文學的成績罷了。

香港文學要發展繁榮，必須有文學理論批評的推動。可檢視香港文壇，文學理論批評遠遠落後於文學創作。香港不是像有些人説的沒有文學評論家，但這裏的評論家們多半把眼睛盯在文學史上的成名作家或島外作家身上，很少有人願意將自己的精力投入香港本地的作家作品評論中來。因為這樣做，要冒極大的風險，常常因為人際關係問題捱罵。可黃維樑並不懼怕這些。

當然，《香港文學初探》由於是「初探」，也難免有粗疏和不周全之處。如該書詳略欠妥，比例失調。還有書名過大，使人對其內容作不切實際的幻想。但此書為通俗文學辯護，決不是它的缺陷，而應視為該書的特色。在香港文壇，通俗文學佔了重要位置，作為一個有責任感的評論家，理應正視這一問題，表現自己的觀點和態度。至於這態度和觀點是否會得到多數人的認同，那是另一回事。

《香港文學初探》的成績與局限及隨之而來的爭議說明：在香港，做一個文學評論家難，做一個以研究本地文學現象為主的評論家更難。正因為難，我們更需要眾多的人來做這吃力不討好的工作，去開拓香港文學研究的新局面。

作者為湖北經濟學院藝術與傳播學系特聘教授，是華文文學研究學者

香港文學通論：
從金庸、余光中到西西

黃維樑　著

責任編輯　黃嗣朝
裝幀設計　姚雙林
排　　版　黎　浪
印　　務　劉漢舉

出版　中華書局（香港）有限公司
香港北角英皇道 499 號北角工業大廈一樓 B
電話：(852) 2137 2338 傳真：(852) 2713 8202
電子郵件：info@chunghwabook.com.hk
網址：http://www.chunghwabook.com.hk

發行　香港聯合書刊物流有限公司
香港新界荃灣德士古道 220-248 號
荃灣工業中心 16 樓
電話：(852) 2150 2100 傳真：(852) 2407 3062
電子郵件：info@suplogistics.com.hk

版次　2025 年 5 月初版

規格　32 開（195 mm×140 mm）

ISBN　978-988-8913-40-4